KB178700

유치환 문학과 아나키즘

박진희

지식과교양

수학에서 방정식을 좋아했다. 방정식의 매력은 뭐니 뭐니 해도 미지수 x라는 기표에 있을 것이며, 방정식을 푸는 과정에서 쾌감을 느끼는 것은 등호를 매개로 이 x의 정체를 밝혀낸다는 점에 기인하고 있을 것이다. 그런데 쾌감은 잠시이다. x가 어떤 명징한 숫자로 밝혀지고 나면 x는 사라진다.

미지수 x라는 존재가 어찌 수학이라는 학문에만 한정된 기표이겠는가. 인간의 인식에 포착된 '세계'라면 항시 이 x라는 기표가 포회되어 있다고 보아야 할 것이다. 태초의 세계는 카오스, 그 자체가 그대로 x였다. 인간은 덩어리 x를 분리하고 종합하고 체계화하여 이 분절된 각각의 x의 정체를 밝혀나가기 시작했다. 하나의 x가 사라지면 인간은 또 다른 x에로 눈길을 돌린다. 어쩌면 인간 문명의 역사란 원초의 자연에서 x를 남겨두지 않으려는 작업의 과정이라 할 수 있지 않을까.

유치환의 문학에서 매력을 느낀 것은 이 x와 무관하지 않다. 더 정확히 말하자면 정체에 대한 명명에도 불구하고 사라지지 않는 x, 사라졌다고 인식하는 순간 다시 회귀하는 x 때문이었다. 시의 완결성에 관한 논의는 차치하고라도 시의 진의에 관한 논란, 시적 경향에 대한 상반된 평가, 동일한 시구에 대한 정반대의 해석, 시인 자신의 모순된 진술 등 유치환 문학의, 그리고 그 문학에 대한 연구의 다성성에서 우리는 다시 회귀하고 있는 x와 맞닥뜨리게 된다.

이 글은 이러한 유치환 문학의 특질을 아나키즘의 관점에서 풀어보고자 하는 시도이다. 유치환의 문학을 아나키즘의 시각에서 조망해 보았을 때, 비판 혹은 논란의 대상이 되었던 유치환의 진술이나 행위, 그리고 작품의 모순성 등을 관류하는 나름대로의 일관성을 발견할 수 있었기 때문이다.

지배를 거부하고 모든 권위적인 것에 대한 위반을 본질로 하고 있는 아나키즘 또한 하나의 이념이라 부르기 어려울 만큼 다양한 흐름을 내포하고 있다. 다만 견고한 동일성 사유를 기반으로 지배의 범주를 확대하려는 모든 힘의 논리를 거부한다는 점에서 아나키즘이란 '사라진 x들의 반란', '잊혀진 x를 복원하는 작업'이라 언표할 수 있지 않을까.

감사한 분들이 많다. 먼저 이 글이 나오기까지 세심하게 지적해주시고 다듬어 주신 이진우 선생님과 권정우 선생님, 남기혁 선생님, 그리고 김상열 선생님께 다시 한 번 감사하다는 말씀 전하고 싶다. 무엇보다도 늘 말씀으로보다 몸소 모범을 보이심으로 필자의 부족한 노력을 일깨워 주시고 독려해 주셨던 송기한 선생님께 깊이 고개 숙여 감사드린다. 바쁘다는 핑계로 마음을 전하는데 인색했던 가족들에게 송구한 마음 전하며, 늘 든든한 버팀목이 되어준 남편과 아이들에게도 고마움을 전하고 싶다.

2012년, 박진희 씀.

I.
유치환 문학과 아나키즘

유치환 문학과 아나키즘

1. 유치환 문학에 관한 여러 시각들

청마 유치환(1908~1967)은 1931년『문예월간』2호(1931. 12)에 시 「靜寂」을 발표하며 문단에 데뷔했다.[1] 유치환이 창작활동을 해온 시 기는 일제 식민치하로부터 전쟁과 분단상황, 4·19에 이르기까지 극 도의 억압과 폭력으로 점철된 혼란의 시기였다. 유치환은 시대에 대 한 고뇌와 본연의 인간에 대한 치열한 모색을 35여 년간의 시작(詩作) 활동을 통해 지속적으로 표출한 시인 중 하나이다.

그는 일제의 탄압이 극심했던 1939년, 첫 시집『靑馬詩抄』를 상 재한 이후『生命의 書』(1947),『鬱陵島』(1948),『蜻蛉日記』(1949), 『步兵과 더부러』(1951),『예루살렘의 닭』(1953),『靑馬詩集』(1954)[2],

---

1 청마는 1923년 동랑이 주도한 '토성회'에 가입하여 1925년『토성』이라는 동인지 발간에 참여하였고, 1927년『참새』2권 1호, 1930년『소제부』제1시집을 발간하는 등 문단에 데 뷔하기 전까지 활발한 동인지 활동을 통해 상당한 습작기를 가졌다. (문덕수.『청마유치 환평전』, 시문학사, 2004, p.74.) 그의 등단작「靜寂」또한 이들 동인지 중 하나인『소제 부』소제의 26편 중 일편이다. 이후 그의 첫 시집인『청마시초』에 대부분의『소제부』의 시들은 누락되고「靜寂」과「소리개」만이 실렸다.

2『靑馬詩集』(文星堂, 1954. 10.)은 두 권의 시집이 합본된 형식으로 두 시집의 제목은 『祈禱歌』와『幸福은 이렇게 오더니라』이다.

『第九詩集』(1957), 『뜨거운 노래는 땅에 묻는다』(1960), 『미루나무와 南風』(1960) 등의 시집과 『柳致環 詩選』(1958), 『東方의 느티』(1959)3, 『波濤야 어쩌란 말이냐』(1965) 등의 시선집, 『구름에 그린다』(1959), 『나는 孤獨하지 않다』(1963) 등의 산문집을 포함해 1967년 그가 타계할 때까지 도합 열다섯 권의 저서를 남겼다.

청마 유치환의 문학에 대한 기왕의 연구들을 살펴 볼 때 특징적이라 할 수 있는 것은 시인의 체험과 전기적 사실, 외적 환경들과의 관련 하에 이루어진 논의가 많다는 것이다. 이는 시인이 살아내야 했던 질곡의 시대가 작품의 배경이 되었을 것이라는 상식적인 전제에 기인하는 것이기도 하지만, 그의 수상집에 수록된 단장들이나 산문 등에서 진술된 개인적인 사념들이 외적 환경들과 결합되어 상당 부분 그의 시적 경향을 암시하는 요건으로 작용하고 있다는 점도 원인으로 지목할 수 있다. 시인의 사념과 작품에 대한 진술, 전기적 사실 등은 작품을 해석하는데 타당한 근거를 제시해 주는 것이 사실이지만, 작품 해석의 틀을 협소하게 제한하는 결과를 초래하거나, 시의 미적가치에 대한 정당한 판단과 이해에 오히려 장해로 작용하게 되는 한계를 노정하고 있다는 점 또한 주지의 사실이다.

이와 같은 성격의 글로 문덕수4와 김종길5의 논의를 들 수 있다. 문덕수는 유치환의 시의식이 허무의식이 아니라 '생명의지'와 '허무의지'

---

3 『東方의 느티』(新丘文化社, 1959. 3.)는 '隨想錄'이라 제목이 붙여진 『예루살렘의 닭』과 『第九詩集』의 '短章'들을 합쳐 이루어진 것이다.
4 문덕수, 「靑馬 柳致環論」, 『현대문학』, 1957. 11~1958. 5.
　문덕수, 『청마유치환평전』, 시문학사, 2004.
5 김종길, 「비정의 철학」, 『詩論』, 탐구당, 1970.
　김종길, 「靑馬 柳致環論」, 『眞實과 言語』, 일지사, 1974.
　김종길, 「靑馬의 生涯와 詩」, 『靑馬詩選』, 민음사, 1975.

라는 점을 밝혔다. 비록 신의 영역에 속하는 '허무의지'와 인간의 영역에 속하는 '생명의지' 간의 '명확한 접맥'의 문제에서 한계를 드러내었지만, 문덕수의 이러한 관점과 접근방식은 이후의 연구자들과 그 연구 방향에 영향을 미치고 있다. 또한 '愛憐을 치욕으로 여기는 非情의 태도'에서 '詩의 風格'을 간취해 낸 김종길은 유치환의 시에서 허무와 비정의 세계를 드러내고 있는데 도덕적 · 윤리적 측면에서 접근한 김종길의 관점 또한 이후 다수 연구자들에게 수용되고 있다. 이 밖에도 박철석[6] 허만하[7]의 논의가 있고 학위논문으로 조상기[8], 박재승[9] 서정학[10] 등의 연구가 있다. 이들은 유치환의 작품을 그의 생애와 유기적으로 관련시켜, 통시적 관점에서 작품과 시의식의 변모과정을 살피거나, 작가의 생애와 시대적 현실과의 관련성하에 작품을 분석하여 문학적 특질을 밝혔다는데 의의가 있지만, 작품과 작가를 동일시하거나 작품보다 작가에 치중하였다는 데에 한계가 있어 보인다.

한편, 이와는 달리 작가와 작품을 분리시키고 연구의 초점을 작품에 한정시켜 구조론적으로 접근한 형식주의적 관점의 연구[11], 이미

---

6 박철석, 「유치환시의 변천」, 『현대문학』, 1977. 1.
　박철석, 「청마 유치환의 삶과 문학」, 『유치환』, 문학세계사, 1999.
7 허만하, 『청마풍경』, 도서출판 솔, 2001. (이 책은 허만하가 선배이자 스승인 유치환에 대해 써 온 글들 중 29편을 재수록한 것이다.)
8 조상기, 「柳致環 硏究」, 한양대 대학원 박사학위논문, 1989.
9 박재승, 「유치환 시 연구」, 인하대 대학원 박사학위논문, 1990.
10 서정학, 「靑馬 柳致環 硏究」, 충남대 대학원 박사학위논문, 1992.
11 이기서, 「청마 유치환론」, 『어문논집』제23집, 고려대 국문학연구회, 1982.
　이어령, 「문학공간의 기호학적 연구」, 단국대 대학원 박사학위논문, 1987.
　성은숙, 「유치환 시 연구 : 어조를 중심으로」, 서강대 대학원 석사학위논문, 1991.
　김광엽, 「한국 현대시의 공간 구조 연구 : 청마와 육사, 김춘수와 김수영을 중심으로」, 서강대 대학원 박사학위논문, 1994.
　오세영, 「유치환의 '깃발'」, 『현대시』, 1996.

지 분석12과 상상력에 관한 연구13들이 있다. 이기서는 청마시를 의미구조와 시공구조로 구분하여 구조적 특성을 구명하였고, 특히 이어령은 방대한 양의 청마 시를, 그 기호학적 구조를 분석함으로써 청마 시의 다의적인 시적 의미가 구조적 차원에서 비롯된 것임을 구체적으로 밝혔다.14 최동호는 '물'을 청마 시의 지배적 심상으로 보고 물의 순환적 구조에 주목하여 청마 시의 본질을 밝히고자 시도했다. 근래 상상력에 관한 연구로는 '숭고'의 의미를 중심으로 유치환 시의 '수직적 상상력'을 연구한 이새봄의 논문이 있다. 이러한 연구들은 기존의 작가론적이고 내용중심적인 논의의 틀을 벗어나 작품 중심의 방법론적 성과를 이루었다는 점에 의의가 있으나 상대적으로 청마문학의 정신, 시의식, 문학적 의미 등속의 문제는 간과하게 된다는 한계가 있다.

그 외 유치환의 문학을 철학의 관점에서 살펴본 정신사적 연구가 있다. 흔히 유치환을 니체와 비교하여 언급하는 경우가 많은데 그 실마리를 김기림의 단평에서 찾아볼 수 있다.

---

12 최동호, 「韓國現代詩에 나타난 물의 心象과 意識의 硏究 - 김영랑, 유치환, 윤동주의 시를 중심으로」, 고려대 대학원, 박사학위논문, 1990.
　김예호, 「청마시의 심상구조 연구」, 연세대 대학원 박사학위논문, 1991.
　김수정, 「청마 유치환의 심상 체계 연구」, 연세대 대학원 석사학위논문, 2003.
13 최동호, 「靑馬詩의 旗발이 향하는 곳」, 『현대시』2집, 문학세계사, 1985.
　이새봄, 「유치환 시에 나타난 수직적 상상력 연구 - 숭고의 의미를 중심으로」, 서울대 대학원 석사학위논문, 2004.
14 임수만은 이어령의 논의에 대해 "위상학(topological)적 방법론에 의한 뛰어난 청마 연구"라고 그 방법론적 성취를 높게 평가하면서 "청마의 시정신, 그 문학적 의미에 대해 묻고 답하는 일에 연구자의 관념이 드러나 있지 않다는 점"을 한계로 지적하였다. (임수만, 「유치환 시의 낭만적 특성 연구 - 낭만적 아이러니를 중심으로」, 서울대 대학원 박사학위논문, 2004.)

柳氏는 한동안 몹시 形而上的詩를 乾燥平坦에서 救援하는 것은 '윗트'였고 思想의 美였다. 한데 이 詩人의 이전 詩는 形而上派의 이런 武器를 미처 갖추지 못한 것 같었다. 자칫하면 說敎에 끝일 염려가 있다. 「짜라-투쓰트라」는 詩라느니보다 思想의 깊이를 가지고 威脅한다. 形而上的인 시를 '짜라-투쓰트라'인 氣分으로써 救援하려는 柳氏의 最近의 試驗들은 우리들이 冷靜하게 살펴야 할 일이라고 생각한다.[15]

김기림은 형이상적시의 '乾燥平坦'함이 '윗트'와 '사상의 미'로 극복되어야 함을 강조하면서 유치환의 시가 이러한 단계에 이르지 못함을 지적하고 있지만 위 단평은 청마시의 사상적 성향을 니체의 철학과 비교한 최초의 발언이라는 점에서 의미가 있다. 이어서 임학수 또한 "朝光 七月號의 「鶴」其他諸誌에 실린 作品들이 모두 니-체의 차라스트라같은 感이 있는 素外하고 孤獨한 詩였다"[16]며 유치환 작품의 형이상적 특질과 니체 사상과의 유사성을 긍정하는 김기림의 견해에 상응하고 있다.

초기 이와 같은 이들의 언급은 본질적 측면에서라기보다 '感', 즉 시적 분위기에 대한 단면적인 평에 그친 것이었으나 이후 유치환의 시에 대한 다수의 연구가 니체의 사상과의 대비를 통해 이루어지는 계기를 마련하였다 할 수 있다. 오세영[17]과 김용직[18]의 논의 또한 니체와의 관련성하에 진행되고 있다. 오세영은 청마 사상과 니체 사상과

---

15 片石村, 「感覺. 肉體. 리듬 - 詩壇月評」, 『人文評論』2권 2호, 1940, p.79.

16 林學洙, 「恥辱의 一年 : 文藝小年鑑」, 『文章』2권 10호, 1940, p.182.

17 오세영, 『20세기 한국시 연구』, 새문사, 1989.

18 김용직, 「絶對 意志의 美學 - 유치환론」, 『한국현대시사』, 한국문연, 1996.

의 관련성을 언급하며 인간을 구원할 신이 존재하지 않는 이상, 인간의 문제는 인간 스스로 해결할 수밖에 없다는 청마의 인식에 주목한다. 김용직은 유치환이 그의 시에서 인간 세계를 숙명이나 운명으로 돌리지 않은 채 그 이상의 절대적 차원을 추구한다는 점에서 니체와 대비시키고 있으며, 니체가 생 자체를 그 본질로 규명하고자 사변적 입장을 취한 데에 반해, 유치환은 감성을 통해 세계를 그리고 있다는 데 차이가 있다고 밝혔다.

유치환 시의 사상적 성향을 니체 외의 철학자에서 찾은 논자로 문덕수와 이형기를 들 수 있다. 문덕수[19]는 청마의 '생명의지'를 베르그송, 짐멜, 니체와 비교하여 고찰하고 있는데, 이들의 '생명철학'이 일원적 방향인데 반해 청마의 생명의지는 이원적 방향을 갖는다는 데 차별성이 있다고 보았다. 이형기[20]는 절대자를 파악하는 방법의 유사성을 들어 청마와 파스칼을 대비시키고 있다. 청마와 파스칼의 정신세계는 '범신론(汎神論)'과 유일신론(唯一神論)의 뛰어 넘을 수 없는 장벽'이 존재하지만 "세인(世人)의 상식과 이성을 전적으로 뒤엎은 배리(背理)의 시선으로 절대자의 모습을 발견하고 있다"는 점에서 공통점을 갖는다고 보았다.

유치환 문학에 대한 기왕의 연구들에서 또 한 가지 주목되는 것은 해석과 평가에 있어서의 상반된 대립 양상들이다. 일반적으로 한 작가의 뚜렷한 문학적 경향이나 특질이 강조될 경우, 그리고 이러한 특질이 긍정적인 평가로 작용할 경우, 이와 상응되는 경향은 상대적으로 드러나지 않거나 부정적 평가의 관점에서 다루어지기 마련이다.

---

19 문덕수, 「생명의 의지 - 청마유치환론(1)」, 『현대문학』, 1957. 11~12.
20 이형기, 「柳致環論 - 『미루나무와 南風』을 中心으로」, 『문학춘추』, 1965. 2.

그러나 유치환에 대한 평가는 이러한 경우와는 달리 하나의 관점에 대한 상반된 의견이 도출되고 있다는 점에서 특징적이라 할 수 있겠다. 대표적으로 서정과 의지의 모순관계에 대한 연구자들의 대립을 들 수 있겠다.

먼저, 청마 시의 '의지'적 측면에 관심을 표한 사람은 서정주이다. 서정주는 유치환을 "原始와 本然에의 志向을 노래할 수 있는 健實한 意志의 所有者"로 보고, 청마의 시를 "굴하지 않으려는 의지의 세계를 기록한 것"으로 평하고 있다. 또한 "無情하고 傲慢한 意志는 벌써 인간의 것 같지 않은 氣賻까지를 뵈인다"며 청마 시의 비정적 의지의 측면을 강조하고 있다.21 김현22 또한 유치환의 '유교적 지사'의 기질에 주목하고 있는데 이처럼 윤리, 유교, 지사적 기질 등에 주목한 연구들은 대부분 '의지'적 측면을 강조하고 있다.

한편 김춘수는 이와는 상반되는 입장에서 유치환을 "일찍 傷한 감정을 가진 센티멘트의 抒情詩人"이라 단정하고 유치환 시의 '의지'에 관해서는 "서정시인이 될 수 있는 기질과 생리를 가진 것을 거부하고 그것에 저항하지 않으면 안되겠다는 막연한 불안"에서 기인한 것으로 설명하고 있다.23 조동민24과 같이 '의지'에 편중되어 있는 견해를 비판하면서 '애련'25에 비중을 두고자 하는 연구자의 견해들 또한 '의지' 측면의 청마론에 대응하여 하나의 경향을 이루고 있다.

다음은 청마시에 대한 인간주의론과 반인간주의론의 대립을 들 수

---

21 서정주, 「意志의 詩人 柳致環」, 『詩創作法』(서정주 · 박목월 · 조지훈 공저), 선문사, 1947, pp.129~134.

22 김현, 「유치환 혹은 지사의 기품」, 『한국문학사』, 민음사, 1973.

23 김춘수, 「유치환론」, 『문예』4권 2호, 1953, pp.71~73.

24 조동민, 「청마연구서설」, 『현대시연구』(국어국문학회편), 정음사, 1981.

있다. 김용직[26]은 Corliss Lamont의 휴머니즘 개념[27]에 기대어 청마 시의 인간주의에 대하여 논의를 전개하고 있는데, 유치환의 정신성향 이 인간의 차원을 넘어 그 이상의 절대적 차원을 추구한다는 점에서 인간주의에 그치지 않는다고 규정하였다. 방인태는 「한국 현대시의

---

25 '애련'과 관련하여 주목되는 점은 어휘의 개념에 대한 모호함이다. 김윤식의 경우 "애련 에 빠지지 않겠다는 결의 앞에 어떻게 원수라든가 아첨배에 증오를 예비할 수 있는가. 증오라든가 애련이란 것이 동질적인 개념이 아니었던가"(김윤식, 「허무의지와 수사학」, 『현대문학』, 1957. 11, p.181.)라고 지적하며 이러한 모순은 '신명을 바치지 못한 자기 변명', '자기합리화'에 가까운 것이라 비판하고 있다. 이때 '애련'은 인간사에 얽매는 마음, 감정쯤의 의미로 해석된 듯 하다. 즉 인간사적 감정에 빠지지 않겠다는 결의 앞 에 증오를 예비하겠다는 선언은 모순이라는 논리이다. 임수만(임수만, 앞의 논문, pp.11~12.)은 김윤식의 이러한 논의에 대해 첫째, '애련'과 '증오'를 동질적 개념으로 전제한 것, 즉 이원적 질의 개념을 '감정에 빠지지 않으면서 감정을 예비하는 것'이라는 형식적 층위로 환치하여 적용하고 있다는 점과 둘째, 이러한 모순이 '자기변명', '자기합 리화'라는 판단으로 나아가는 데 논리적 비약이 개입되고 있다는 점을 지적하였다. 그러 나 필자는 김윤식의 '동질적 개념'이나 임수만의 '등위적 개념'은 동일한 의미로 볼 수 있 다는 판단이다. 오히려 임수만이 문맥에 내포된 의미를 읽기보다 수학적 공식을 대입하 듯 제시한 '감정에 빠지지 않으면서 감정을 예비하는 것'이라는 문장에 얽매여 그 의미 를 오독한 감이 있다. 그러나 김윤식의 이러한 논의가 유치환의 '자기변명', '자기합리화' 로 나아가는 데 논리적 비약이 개입된다는 임수만의 지적은 타당하다 생각된다.
박철희의 경우, 「의지와 애련의 변증」(『한국근대시사연구』, 일조각, 2007.)에서 '의지' 와 '애련'의 상반된 정서를 '생명에의 열애'에서 비롯된 "한나무의 두 가지"로 규정하고 있다. '저항과 의지'에 대응하는 개념으로 '애련과 감정'을 상정한 것으로 보아 여기에서 '애련'은 연정을 포함한 서정성을 의미하는 것으로 보인다. 그러나 본문에서는 유치환 의 초기시를 모순·대립의 양상으로 파악하면서 "'애상과 의지', '열애와 애련', '생명과 반생명', '동경과 환멸', '이상과 현실' 등의 모순·대립의 양식"(pp.252~253), "'사랑과 증오', '열애와 애련', '은혜와 복수' 등 모순·대립의 양식"(p.255.) 등으로 예를 들고 있 다. 열거에서 보는 바와 같이 '열애'와 '애련'을 모순 내지는 대립의 관계로 상정하고 있 어 이 글에서 '애련'의 의미는 매우 모호해지고 만다.
"시적 담론은 일상의 대화나 과학적 담론에서 기표와 기의가 거의 일치하는 지시적 의 미를 공유하는 것과는 달리 함축적 기호 차원에서 그 의미가 실현되기 때문"(R. Barthes, 정원 역, 『신화론』, 현대미학사, 1995, p.25.)에 연구자마다 간취해내는 의미 가 다를 수 있지만 청마의 시에서 '애련'은 그의 시세계, 혹은 시의식을 표상하는 매우 중요한 개념의 하나이므로 그 의미를 명확히 할 필요가 있다.

26 김용직, 앞의 글.

인간주의 연구」[28]에서 청마시를 중심으로 인간주의에 대한 논의를 진행하고 있는데, 그는 유치환 문학의 근본 모태를 인간주의로 파악하고 있다. 그 외 김영석[29]과 김현[30] 또한 유치환의 사회비판시를 분석하는 가운데 유치환의 '예언자적 지성'과 휴머니스트로서의 면모를 강조하고 있다. 반면 김준오[31]는 청마의 신관(神觀)을 중심으로 청마 시를 '반인간주의'적 관점에서 해석하고 있고 신용협[32] 또한 청마 시를 애련의 측면에서는 인간주의로, 의지의 측면에서는 반인간주의로 나아가는 양상으로 파악하고 있다.

이러한 현상은 유치환 문학의 양가적 성격에서 기인한 것이기도 하지만 인간주의의 개념에 관한 불명확성의 문제, 이에 따른 해석의 혼동에 관한 문제이기도 하다. 안병욱[33]은 휴머니즘을 내용적으로 분류하

---

27 Corliss Lamont는 휴머니즘의 성격을 다음과 같이 열 개의 범주로 설명하고 있다. 첫째, 자연주의적인 형이상학을 신뢰하며 모든 형태의 초자연적인 것을 신화로 돌리는 우주관을 취한다. 둘째, 인간을 자연의 한 진화적 산물로 보고 인간의 정신은 그의 뇌수의 기능과 결합되어 있다. 셋째, 인간 존재는 이성과 합리성의 신뢰에 의거해 자신의 문제를 스스로 해결할 수 있다고 믿는다. 넷째, 숙명론, 운명론 등에 반대하고 인간 존재는 창조적 선택과 행위의 주체, 인간 자신이 운명의 주인이라 믿는다. 다섯째, 인간 가치의 근거가 되는 윤리와 도덕을 믿으며 인간의 최고 목표를 국가, 민족, 종교 등과 상관없이 모든 인류의 행복과 자유의 발전에 둔다. 여섯째, 개인의 발전과 집단의 복지의 유기적 결합으로 선한 생활에 이를 수 있다고 믿는다. 일곱째, 선에 대한 인식을 신뢰한다. 여덟째, 민주주의적 사회질서의 필연성을 믿는다. 아홉째, 이성과 과학적인 방법의 완전한 사회적인 성취를 믿는다. 열째, 교조적 정체적이 아닌 개방적 진취적 세계관을 지닐 수 있도록 신념에 대한 끊임없는 의문을 던진다. (Corliss Lamont, 방영식 역, 『휴머니즘』, 정음사, 1979, pp.21~27.)

28 방인태, 「한국 현대시의 인간주의 연구 - 유치환 시를 중심으로」, 서울대 대학원 박사학위논문, 1990.

29 김영석, 「유치환론」, 경희대 대학원 석사학위논문, 1974.

30 김현, 「기빨의 시학」, 『유치환 - 한국현대시문학대계15』, 지식산업사, 1987.

31 김준오, 「靑馬詩의 反人間主義」, 『가면의 해석학』, 이우출판사, 1985.

32 신용협, 「柳致環의 詩精神研究」, 『우리어문연구』, 우리어문학회, 1988.

33 안병욱, 『휴머니즘 - 그 理論과 歷史』, 민중서관, 1969, pp.13~15.

면서 ①신중심주의나 자연중심주의에 대해서 인간중심주의로서의 휴
머니즘, ②문화와 교양을 이념으로 하는 휴머니즘, ③정의와 인도 또
는 인류애를 내용으로 하는 휴머니즘으로 나누고 있다. 김용직의 경우
청마의 정신성향을 반인간주의로 규정하고 있지는 않지만 ①'인간중
심', 인간의 범위를 넘어섬에 있어서, 인간주의를 벗어나고 있다고 보고
있다. 유치환의 사회비판시를 중심으로 인간주의적 면모를 살피는 일
련의 연구들은 ②'정의와 인도, 인류애'를 내용으로 하는 휴머니즘의 축
에 서 있다고 할 수 있다. 그런데 신용협의 경우 "자기연민, 증오, 저항,
분노의 감정이 인간주의라면 비정, 함묵, 부동, 망각, 냉정, 인내, 시련,
초극 등의 의지는 반인간주의"[34]라 규정짓고 있다. 그의 논의에서 청마
시의 인간주의/반인간주의의 관계는 위의 언급에서처럼 '감정/의지'의
관계로, 내지는 '감성/이성', '애련/의지'의 관계로도 설명되고 있어 '인
간주의'에 대한 개념이 매우 불확실하고 자의적임이 드러난다.

　이상 유치환 문학 연구의 특질을 일별해 보았을 때, 이와 같은 전기
적 사실에 밀착된 해석, 생철학자들과의 대비, 이미지 분석, 특히 청마
문학의 모순적 양상에 있어서 양자택일적 해석 등의 관점으로는 유치
환 문학의 일면만을 강조하는 한계를 가질 수밖에 없다는 것이 필자
의 판단이다. 이에 이러한 일면적 관점들을 하나로 포괄할 수 있는 사
상의 하나가 아나키즘이라 보고, 아나키즘 사상을 중심으로 청마의
문학을 조망해보고자 하는 것이 이 글의 목적이다. 유치환의 시를 아
나키즘의 관점에서 조명한 연구로는 정대호[35], 황동옥[36]의 학위논문

---

34 신용협, 앞의 글, p.239.

35 정대호, 「유치환의 시 연구 - 아나키즘과 세계인식의 관련양상을 중심으로」, 경북대 대
　　학원 박사학위논문, 1995.

이 있고 소논문으로 이미경[37], 민명자[38]의 논의가 있다.

　정대호는 청마의 전시기의 작품을 연대별로 나누어 살피고 있다. 1930년대에는 순정아나키즘의 영향과 강한 의지를, 1940년대에는 북경중심의 한국적 아나키즘 수용과 민족자주국가 재건의 의지를, 1950년대는 전쟁체험과 노장사상의 심화를, 1960년대는 국가권력비판에 토대한 현실참여적 시정신을 각 연대별 청마시의 특징으로 분별하고 있다. 정대호의 논문은 적지 않은 양의 청마시에 대해 전시기에 걸쳐, 그의 사상과 세계인식을 통시적으로 구명하였다는데 의미가 있다. 그러나 전기적 관점으로 접근하는 과정에서 작품과 작가를 동일시하여 논리적 비약을 범하거나 모순되는 의견을 동시에 제시하고 있다. 예를 들면 청마의 만주 이주의 이유를 논하는 과정에서 처음엔 작가의 산문과 작품「광야에 와서」를 근거로 '본연의 자신의 삶을 살'[39]기 위한 행위로 규정하고 있다. 그러나 뒤에 가면 다시 작품「나는 믿어 좋으랴」를 인용하면서 청마의 만주이주는 "우리 나라 우리 겨레를 다시 찾기 위한 길을 모색하기 위한 것"[40]이었다고 밝히고 있다. 이는 작품과 작가의 동일시, 즉 작품의 표면에 드러난 그대로를 작가의 진술로 전제한 데에서 기인한 오류라 할 수 있다. 또한 10년 단위의 연대별로 각 시기의 사상적 영향관계를 구분짓는 과정에서 다소 도식적이라는 점과 함께 무리가 있어 보인다. 마지막으로 작가의 전기적 사실들에

36 황동욱,「유치환 시에 나타나는 아나키즘」, 동국대 대학원 석사학위 논문, 2007.
37 이미경,「유치환과 아옥나키즘 - 특히『소제부』,『생리』誌 소재의 시를 중심으로」,『한국학보』, 일지사, 2000.
38 민명자,「육사와 청마 시에 나타난 아나키즘 연구」,『비평문학』제29회, 한국비평문학회, 2008.
39 정대호, 앞의 논문, p.68.
40 위의 논문, p.74.

중점을 두다보니 유치환 시의 아나키즘적 미학의 측면은 고찰하지 못했다는 한계를 갖는다.

한편 황동옥의 논문은 **아나키즘**적 사유의 틀 속에서 '실존과 초월 사이의 갈등', '감각과 관념 사이의 갈등' 등 유치환 시의 모순성에 초점을 맞추어 논의를 진행하여 유치환 시에서 생명의지와 허무의지는 서로 상반되는 것이 아니라 동일한 것이라는 결론에 이르고 있다. 문학사조와 아나키즘사상과의 관련성, 철학적 사유로서의 아나키즘과 예술로서의 아나키즘의 상호영향성 등, 낭만주의, 실존주의, 형이상학적 요소를 모두 포함하고 있는 아나키즘에 대해 두루 고찰하고 있지만, 정작 유치환 시에서는 모순과 균열에 그 범위를 한정하고 있어 아쉬움이 남는다.

이미경의 글은 제목 그대로 『소제부』와 『생리』지 소재의, 유치환 작품의 극히 일부분이라 할 수 있는 초기시를 대상으로 하고 있다. 매우 협소한 범위의 작품을 대상으로 하고 있지만 청마의 외부적 환경과 시대적 조망을 바탕으로 다각적으로 분석하여, 『소제부』소재 작품들은 아나키즘 사상의 핵심이라 할 수 있는 평등과 자주의 정신을 시화하고 있고 『생리』소재의 작품은 아나키즘 사상의 현실적 약화와 청마 스스로 약화된 현실상황 속에서 자신의 이념과 주체의식을 상실해 가면서 느끼는 상실감과 자책감을 보여준다는 결론에 이르고 있다.

민명자는 육사와 청마의 시를 아나키즘적 관점에서 대비하여 볼 때 인간의 절대적 자유를 지향하고 있다는 점에서는 동일하나 육사가 사회주의적 아나키즘을 지향하는 반면 청마의 시에서는 개인주의적 아나키즘의 요소가 발견된다는 차이가 있다고 밝히고 있다. 그러나 유치환의 시를 개인주의적 아나키즘으로 규정하는 것은 극히 일면적인 분석이라 할 수 있다. 이는 텍스트 범위 선정에서 기인한 것으로 보이는데 육사의 죽음과 과작(寡作)을 이유로 1950년이라는 기준에 대한 타당한 근거를 제시하지 않은 채 청마의 시 텍스트를 1950년대 이전으로 한정한다는 전제에서 이미 모순과 한계를 노정하게 되는 것이다.

이처럼 많은 양의 유치환론에도 불구하고 아나키즘의 관점으로 청마시를 조망한 논의는 극히 미비하다고 할 수 있다. 이러한 점에 주목하여 이 글에서는 기왕의 연구 성과들을 토대로 청마시의 아나키즘적 요소를 철학적 · 미학적 측면에서 고구해보고자 한다.

2. 사상적·미학적 측면에서의 아나키즘

아나키(anarchy)는 그리이스어 anarchos에서 유래된 말이다. 이는 부정사 an에 지배를 뜻하는 archos가 결합된 말로, '지배에 따르고 있지 않다'는 소극적인 태도나 지배는 질서의 유지에 불필요하므로 '지배를 안 받겠다'는 적극적인 태도를 드러내는 의미로 사용된다.[41] 아나키라는 용어는 프루동이 아나키즘을 하나의 정치적 입장으로 끌어올리면서 최초로 '아나키스트'로 자처한 1840년 이후에 본격적으로 도입된 것이다. 이전까지 '아나키'는 혼란, 무질서, 정부의 부재 등과의 동의어로 경멸적이고 부정적인 의미로만 쓰였을 뿐이었다.

아나키즘에 의해 부정되는 권위주의적 제도의 정점에 정부, 혹은 국가가 자리하고 있음은 주지의 사실이다. "대부분의 정치 이론가들은 대체로 사회문제가 인간 본성의 본래적 결함 내지는 약점[42]에 기인한다고 생각한다. 따라서 그들은 일차적으로 외적인 규제, 즉 법적, 제도적 규제를 통해 인간의 약점을 보완하고 사회 갈등을 극소화하는

---

41 George Woodcock, 하기락 역, 『아나키즘 - 사상편』, 형설출판사, 1972, p.12.

데 역점을 둔다. 그들의 대안은 인위적이며 강제적이다."[43] 그러나 아나키즘은 국가가 인간의 본성에서 우러나온 것이 아니라고 본다. 그러므로 국가를 유지하는 국가 제도는 인간에 대한 억압이라고 보는 것이다.

> 국가와 자아는 서로 적대자이다. 국가는 그것이 한 사람의 독재이든 집단의 독재이든 독재자이다. 모든 국가는 필연적으로 소위 전체주의자이다. 국가는 항상 개인을 구속하고 길들이고 종속시키고 어떤 보편에 복종시키려하는 한 가지 목적을 가질 뿐이다. 국가의 검열, 감독, 정책을 통하여 국가는 모든 자유로운 활동을 억제하고 이러한 억압을 국가의 의무로 생각한다. 왜냐하면 국가의 자기보존본능이 억압을 요구하기 때문이다. 나의 모든 사상은 국가에 의해 가치를 지닐 수밖에 없고 그것이 국가의 사상이 될 때에만 그것을 사람들에게 전달할 수 있다. 그렇지 않으면 국가는 나의 입을 틀어막는다.[44]

---

42 홉스(T. Hobbes)에 의하면 "사회상태의 밖에서는 항상 모든 사람에 대한 모든 사람의 전쟁이 존재한다."(Paul Feyerabend, 정병훈 역, 『방법에의 도전』, 한겨레, 1987, p.209.) 이는 인간의 본성이 생존을 위한 투쟁에 근거하고 있다고 보는 데에서 기인하는 것이다. 그렇기 때문에 인간은 최소한의 안전을 보장받기 위해서라도 국가의 존립이 필요하다는 논리이다. 즉 "홉스의 국가관은 사람들은 만인의 만인에 대한 투쟁이 전개되는 자연상태를 극복하기 위하여 국가를 만들고, 국가는 모든 사람이 각자가 향유하는 자연권을 포기하여, 그것을 어떤 사람 또는 인간의 집단에 주어 버림으로써 성립된다는 것이다."(조진근, 「아나키즘 예술이론 연구 - Herbert Read를 중심으로」, 서울대 대학원 석사학위논문, 1990.)

43 남궁경, 앞의 논문, p.10.

44 Wiliam Godwin, 박승한 역, 『정치적 정의』, 형설출판사, 1993, p.70.

모든 정치권력은 필연적으로 그것을 행사하는 사람을 위한 특권화를 창출한다. 혁명을 넘겨받고, 지배하고, 마구 몰아대는 권력을 가진 자들은 자신을 유지하고, **명령하고** 질서지우는 한마디로 통치하기를 원하는 모든 권위에 필수적인 **관료적이고** 위압적인 기구를 창출하지 않을 수 없다. 모든 권위는 어느 정도 사회생활을 통제하려고 한다. 권위가 존재함으로써 대중은 수동적으로 기울어지게 된다. 바로 그러한 권위가 모든 진취적 정신을 질식 시킨다. …… 어떤 원천으로부터의 독창성은 권위의 영역을 침입하는 것이 됨으로 따라서 수용될 수 없는 것으로 여겨진다.[45]

위 글들은 독재적 폭력성이라는 국가의 성격을 드러내고 있다. 첫 번째 글은 아나키즘 사상가 고드윈의 글로 국가는 필연적으로 개인의 자유에 대한 억압과 억제를 내재할 수밖에 없음을 '국가의 자기보존본능'을 들어 설명하고 있다. 두 번째 글은 볼린(Volin)의 권위주의적 사회주의에 대한 비판의 글이지만 그 비판의 대상이 되는 성질을 정부나 국가 권력의 보편적 특성으로 보아도 크게 어긋나지 않을 것이다. 국가는 본질적으로 정태적이고 현상유지에 전념한다. 국가의 유지를 위해서는 각 체제마다 정도의 차이는 있겠지만, 통제와 획일화된 질서가 강제될 수밖에 없으며 자율적·자발적 독창성을 배제하고 타율적·수동적 획일성을 배양하게 됨을 의미한다. 이러한 측면에서 아나키즘은 통치기구인 정부, 혹은 국가를 부정한다. 아나키즘을 '무정부주의'[46], '무질서, 권위 혹은 조직의 부재'[47] 등으로 정의하는 관점에는

---

45 Daniel Guerin, *Anachismus*, Begriff und Praxis, Suhrkamp Verlag, p.29. 조진근, 앞의 논문, p.14에서 재인용.

통제와 확립된 획일성을 내면화한 계층의 통치에 대한 정당성이 내재되어 있다.

　억압기구로서의 국가를 부정하는 입장에서 아나키즘은 마르크시즘과 동일하게 출발한다. 사회주의도 자본주의 사회의 부조리를 바로잡아 평등한 세상을 만들고자 했으며 이를 위해 궁극적으로는 국가의 폐지를 지향했기 때문이다. 목표에 있어서는 그 차이가 분명히 드러나지 않는다. 그러나 아나키즘이 국가의 권력자체를 부정하는 것에 반해 마르크시즘은 프롤레타리아 계급에 의한 '지배'를 지향한다는 데에서 차별성을 갖는다. 즉 두 사상은 인간이 억압에서 자유로워진 무정부 사회를 추구한다는 점에서는 그 근원이 동일하다고 할 수 있으나 방법상 기본 노선의 차이, 혁명 후의 사회상의 차이에서 다른 결론에 이르게 된다. 아나키즘은 마르크시즘에 대해 기존의 정부가 새로운 정부에 의해 대체되는 것에 지나지 않는다고 비판한다.

---

46 근대 유럽에서 발생한 아나키즘을 일본의 煙山專太郎이 『近代無政府主義』에서 아나키즘을 무정부주의로 번역한 이래로 무정부주의로 잘 알려져 있다. (무정부주의사 편찬위원회 편, 『韓國아나키즘運動史』, 형설출판사, 1978, p.58.) 그러나 '무정부주의'로 번역했을 때 아나키즘의 근본 취지가 혼란의 정치태도, 무질서 등의 부정적 의미로 오역될 수 있음을 많은 연구자들이 지적하면서 '무정부주의'란 용어 대신 원어 그대로 '아나키즘'이란 용어로 사용하고 있다.

47 앙드레 랄랑드가 집필한 『철학사전』에서 아나키는 우선 "무질서, 권위 혹은 조직의 부재"로 정의되어 있다. 이 정의는 수정되어야 했다. 마르잘이 검토 과정에서 이 정의는 권위의 행사가 "질서의 필요충분조건"이고 따라서 무질서가 권위의 부재에서만 야기될 수 있다고 믿게 만드는 점을 지적했기 때문이다. 마르잘은 "아나키즘 이론가운데 한 테제가 아나키이긴 하지만 그것은 위와 같은 의미로 정의될 수 없다. 무질서는 결코 권위의 부재에 따른 결과가 아니다. 무질서의 대부분은 권위의 결과이다. 특히 권위가 강제적일 때, 권위가 가진 특권은 무질서를 야기하고 증폭시킨다."라고 하며 "질서는 어떤 경우에는 자발적으로 확립될 수 있다"고 주장했다. 이렇게 마르잘은 아나키가 '가장 높은 질서 상태에 대한 표현' 그 이상도 그 이하도 아니라고 생각했다. (Jean Preposiet, 이소희 · 이지선 · 김지은 역, 『아나키즘의 역사』, 이룸, 2003, pp.88~89.)

아나키즘과 마르크시즘의 간극은 국내의 시대상황에서도 확인된
다. 국내에 아나키즘 사상은 여러 잡지들이 사회주의를 소개하는 과
정에서 자연스럽게 아나키즘이 거론되는 형태였다. 이렇듯 아나키즘
이 국내에 본격적으로 소개되기 시작한 시기는 대략 1920년 전후인데
이때 아나키즘은 사회주의와 동일시[48]되거나 그 한 갈래로 이해되었
다. 초기 프로문학 운동에서 아나키즘과 마르크스주의는 민족해방이
라는 기치아래 연합전선을 구축할 수 있었다. 그러나 카프 1차 방향
전환기를 기점으로 개인적 자유를 중요시하는 아나키즘은 외적 강제
에 의한 경직된 조직성을 내세우는 카프와 결별하게 된다. 카프 측에
서는 아나키즘을 중간파적 논리라 공격[49]하고 아나키즘은 볼셰비키
에 경도된 카프의, 강제적 명령에 의한 당파성을 비판한다.

'권위에 대한 부정'을 그 본질로 하고 있는 아나키즘 사상은 하나의
단일한 이념이라 부르기 어려울 만큼 다양한 흐름을 내포하고 있다.
이러한 경향은 연구자에 따라 다른, 아나키즘에 대한 다양한 분류[50]

---

48 다니엘 게렝은 "아나키즘이 사실상 사회주의와 동의어"이며 "아나키스트는 본래 인간
에 의한 인간의 착취를 폐지할 것을 목적으로 하는 사회주의자"로 규정하고 있다. 또한
아돌프 피셔는 "아나키스트라면 누구나 사회주의자이다. 그러나 사회주의자라 해서 반
드시 아나키스트인 것은 아니다"라고 주장한다.(Daniel Guerin, 하기락 역, 『현대 아
나키즘』, 도서출판 新命, 1993, pp.51~52.)

49 1927년 한설야는 권구현을 중간파라 비판하고 카프에서 제명 처분하였으며 임화는 김
화산의 사회운동의 도구로써의 예술활동도 인정하지만 예술의 자율성도 인정해야 한
다는 주장에 "좌익 문예학자가 가면을 쓰고 대중에게 부르주아 이데올로기를 주입코자
하는 예술파적 소시민"(임화, 「착각적 문예이론」, 『조선일보』, 1927. 9. 4.)이라고 김
화산을 논박하였다.(조두섭, 「권구현 문학의 주체구성 방식」, 『문예미학』제10호, 문예
미학회, 2002, p.295, p.298.) 이러한 논쟁은 카프에서 아나키즘 계열 문인들이 모두
제명되는 것으로 끝났다.

50 죠지 우드콕은 개인주의 아나키즘, 상호주의, 집산주의, 무정부 공산주의, 아나르코-
생디칼리즘, 평화주의 아나키즘 등으로 분류하고 노박은 아나코 개인주의, 아나코 꼬
민주의, 종교적 아나키즘으로 분류하고, 밀러도 철학적 아나키즘, 개인주의적 아나키

나 아나키즘으로 묶이는 이념들 내에서 서로 모순되는 흐름이 공존하는 현상[51]에서도 확인되는 바이다. 이는 아나키즘 사상이 자유와 평등을 추구하는 해방의 사상인 만큼 경직된 사고를 거부하고 교조적인 권위체계를 부정하는 것에 기인하는 것이다. 이러한 유형에 대해 방영준은 "개인의 자주성과 공동체라는 문제를 어떻게 결합시키느냐에 따라"[52] 개인주의적 아나키즘과 상호주의, 평화주의적 아나키즘으로 분류하고 있고, 김은석은 "인간이 본질적으로 사회적 존재이냐 또는 개체적 존재이냐라는 시각에 따라"[53] 크게 개인주의적 아나키즘과 사회주의적 아나키즘으로 이대별하고 있다.[54]

개인주의적 아나키즘은 개인 그 자체에 목적을 두고 개개인은 어느 누구도 타인이나 사회를 위한 수단으로 취급되어서는 안 된다는 취지이다. 개인의 완전한 자유와 독립의 보장, 개인의 주권이야말로 개인주의적 아나키즘이 지향하는 형이상학적 기본조건이다. 대표적 사상가로는 고드윈, 슈티르너를 들 수 있는데 이들 사이에도 사상의 차이가

즘, 꼬 주의적 아나키즘으로 분류하지만, 그린은 에고이스트적 아나키즘, 휴머니테리언적 아나키즘으로 크게 이대별하고 있다. (김경복, 앞의 논문, p.19.)

51 철저하게 개인의 자유를 중요시 하는 슈티르너의 사상과 공동체를 전제로 하는 크로포트킨의 사상은 서로 모순되고 테러리스트의 꼬리표를 붙이고 다니는 집산주의적인 아나키스트들의 사상과 평화를 지향하는 톨스토이의 사상은 모순될 수밖에 없다. 이러한 유파간의 모순은 '협동적 사물의 관리'가 개인의 독립을 침해할 위험 없이 어디까지 적용될 수 있느냐 하는 견해의 차이를 반영한다. (방영준, 「아나키즘의 이데올로기적 특징」, 『아나키 · 환경 · 공동체』(구승회, 김성국 외), 도서출판 모색, 1996, p.56.)

52 방영준, 『저항과 희망, 아나키즘』, 이학사, 2006, p.26.

53 김은석, 『개인주의적 아나키즘』, 우물이 있는 집, 2004, p.34.

54 두 견해의 기준이 공동체와의 유대성이라는 점에서 동일해 보이나 김은석의 분류가 기준과 그에 따른 분류에 있어서 보다 유기적이고 명확해 보여 본고에서는 김은석의 분류를 따르기로 한다. 방영준의 분류에서는 평화주의적 아나키즘이 그 기준에서 볼 때 위치가 모호하기 때문이다.

있다. 고드윈이 인간을 이성적 애타적 존재로 보고 공동선을 지향하는 인도주의적 아나키즘을 주장한 반면 슈티르너는 인간은 기본적으로 이기적이며 오히려 자유, 선, 의무 등과 같은 추상적인 고정관념의 굴레에서 해방되었을 때 진정한 해방을 성취할 수 있다고 확신했다.[55]

사회주의적 아나키즘은, 인간관계를 근본적으로 상호부조와 협동으로 나타나는 동정심과 애정의 관계라고 보며 이러한 유대가 생을 위한 투쟁에 있어서 최대의 무기이며 인간진보의 가장 중요한 요소라고 확신한다. 사회주의적 아나키즘도 개인의 자유를 옹호하지만 이러한 연대감의 토대 위에 마련된 공동체 내에서 비로소 개인의 자유를 극대화시킬 수 있다는 것이다. 그러므로 경제적으로는 인간사회를 대립과 갈등의 관계에 놓이게 하는 사유재산제를 거부하고 공동체적 연대감과 생산수단의 사회화 내지는 공유화를 추구한다. 대표적 사상가로는 프루동, 바쿠닌, 크로포트킨 등이 있다.

아나키즘의 다양한 유형의 정치적 사상과 같이 아나키즘의 예술이론 또한 하나의 이론으로 확고하게 정립되어 있지 않다.[56] 아나키즘 사상가들의 예술에 대한 단편적인 견해가 있을 뿐이다. 여기에도 역시 권위와 도그마를 부정하는 아나키즘의 특성을 가장 큰 이유로 들 수 있을 것이다. 아나키즘은 실천을 중심으로 하는 사상으로, 아나키즘에 있어서는 예술 또한 인간의 자유를 위한 실천방편 중 하나일

---

55 김은석, 위의 책, pp. 238~241.
56 이러한 이유로 기존의 연구에서는 아나키즘 예술이론을 여러 유파의 미학과 결합하거나 비교하여 밝히는 양상을 보인다. 가령 김경복(김경복, 앞의 논문.)은 아나키즘 예술론의 제 양상을 아방가르드 미학, 비판적 리얼리즘 미학, 참여미학으로 분류하여 살펴보고 있다. 남궁경(남궁경, 앞의 논문.) 또한 한국 아나키즘 문학론을 아방가르드 예술운동과 관련하여 살펴보고 있으며 황동옥(황동옥, 앞의 논문.)은 유치환의 아나키즘 문학을 낭만주의적 시각에서 고찰하고 있다.

뿐 특별한 지위를 갖는 것이 아니다. 특별한 지위란 곧 또 하나의 권위일 수밖에 없기 때문이다.[57] 그러므로 아나키즘 미학은 그 사상적 특성을 중심으로 살펴보는 것이 필요하다. 아나키즘 예술의 정신이 무엇인지, 또한 이를 통해 아나키즘 예술이 그 자신의 미적 구조를 통해 어떠한 방식으로 사회에 작용하며 존재하는가를 알아보아야 할 것이다.

> 예술은 영원한 정열이요 영원히 혁명적이다. 왜냐하면 예술가란 그가 위대한 정도에 따라 항상 미지의 세계와 직면하고 그 만남을 통해서 언제나 새로운 삶의 새로운 비전 내적인 것의 외적 형상화를 이룩하기 때문이다. 사회에 대한 그의 중요성은 인정받는 의견들을 그가 말함에 있지 않고 혹은 대중의 막연한 감정에다 명료한 표현을 주는 데 있지도 않다. 그것은 정치가나 저널리스트나 선동가의 임무이다. 예술가는 요지부동한 현존의 질서를 뒤흔들어 놓는 자이다.[58]

위 글은 아나키즘 미학의 핵심을 드러내고 있다. '현존의 질서를 뒤흔들어 놓는다'는 것, 즉 부정의 미학을 의미하는 것이다. 한 시대의 지배적 예술은 그 시대를 옹호하고 그 시대가 아우르지 못하는 이념을 배척하기 위한 도구로 흔히 사용되었다. '인정받는 의견들을 말함'

---

57 허버트 리드는 직업으로써의 예술을 인정하지 않는다. 특권적인 존재로서의 예술가 또한 인정하지 않으며 다 같은 노동자로 규정한다. 그는 에리크 길의 말을 빌려, "자연적 사회에서는 아무도 특권을 갖지 않"음을 강조하고 "예술가가 특수한 인간인 것이 아니고 모든 인간이 특수한 예술가가 되어야 한다"고 주장한다. (Herbert Read, 박정봉 역, 「문화여 지옥으로」, 『비정치적 인간의 정치론』, 형설출판사, 1993, pp.87~88.)

58 Herbert Read, *Art and Alienation*, The Role of the Artist in Society, p.13, 조진근, 앞의 논문에서 재인용.

과 '대중의 막연한 감정에다 명료한 표현을 주는' 역할들이 바로 그것일 것이다. 마르쿠제는 '대중'의 개념을 "단순히 지배받는 사람들이 아니라 더 이상 반대의 입장에 서지 않는"[59] 사람들이라 규정한다. 이는 현대 산업사회에서 인간의 의식과 욕구까지 통제되고 조작되어, 정당화된 지배 속에서 안정과 만족감을 느끼는 무리가 대중이라는 의미이다. 예술은 이러한 '자발적 예속'으로부터 대중을 해방시키는 역할을 해야 한다는 것이다. 이러한 측면에서 아나키즘 예술은 무엇보다도 계몽주의적 특성이 강하다고 할 수 있다. 프루동은 예술이 사회적 계몽의 도구 역할을 해야 한다고 주창하고 있다.[60] 아나키즘은 이처럼 기득권의 정당성을 옹호하는 이데올로기를 바탕으로 한 예술이나, 사회와는 무관한 예술을 위한 예술을 거부한다.

　아나키즘이 정치·경제·사회적으로 개인의 독립과 자유를 침해하는 모든 억압을 거부하며, 국가제도와 자본주의 체제, 이를 지탱하고 있는 부르주아 이데올로기를 부정하는 사상이라 할 때 그 미학적 지향점이 부르주아 예술에 대한 비판으로 향할 것이라는 것은 자명한 이치이다. 부르주아 예술미학을 거부하고 파괴한다는 측면에서 아나키즘 미학은 아방가르드[61]에 맥이 닿아 있다.

---

59 Herbert Marcuse, 박종렬 역, 「이성과 자유」, 『마르쿠제 평론선 (I)』, 풀빛, 1982, p.133.

60 구승회 외, 『한국 아나키즘 100년』, 이학사, 2004. pp.294~295.

61 포지올리는 "어떠한 아방가르드이건 그 한가운데 언제나 자리하는 정치적인 유일한 이념은 모든 정치적 이념들 중에서도 가장 비정치적이고 가장 반정치적인 것으로 그것은 곧 무정부주의"임을 밝히고 있다. (Renato Pogioli, 박상진 역, 『아방가르드 예술론』, 문예출판사, 1996, p.148.) 정치적으로든 예술적으로든 아방가르드의 근원적 목표는 유토피아적인 무정부주의라는 것이다. (Matei Calinescu, 이영욱 외 공역, 『모더니티의 다섯 얼굴』, 시각과 언어, 1993, p.34.) 이는 아방가르드라는 개념의 핵심에 아나키즘 사상이 자리하고 있음을 말해준다.

이러한 아방가르드 운동의 특성은 문학에 있어서는 '부정'과 '단절' 사상으로 드러난다. 부르주아 이데올로기에 대한 부정과, 전통적 형식과의 단절이 그것이다. 그런데 '부정'과 '단절'이라는 특성은 "아방가르드가 이데올로기 측면에서 '정치적 부정'을 주요 내용으로 하는 현실 비판의 문학으로 나타나게 되는 한 방향과 예술적 측면에서 형식적 부정을 통한 미적 자유주의를 추구하는 실험적인 문학으로 나타나게 되는 다른 한 방향으로 나뉘"[62]는 계기로 작용하였다. 현실비판문학과 실험문학은 같은 목적에서 출발하였으나 방법론의 차이를 보이는 것이다. 이러한 차이로 인해 마르크스주의 문학과 아나키즘 문학의 대립 양상이 나타나기도 하는데 한국문학에서는 위에서 언급한 아나키즘 논쟁이 그것이다.

우리나라에서 아나키즘 논쟁은 김화산의 「階級藝術論의 新展開」[63]로 시작되었다. 김화산은 예술의 목적을 무산계급의 의사에 상응하는 예술창조로 보되, 그것이 강제되는 것인가, 자연적인 것인가로 마르크시즘 예술과 아나키즘 예술을 구분하고 있다. 강요되지 않은 자연스러운 목적의식이 발현된 작품일 경우에만 무산계급예술의 진정한 의의를 부여할 수 있다는 것이다. 아나키즘 논쟁은 부르주아 문학을 비판하고 새로운 예술을 전개하려는 아방가르드 문학 운동안에 정치적 논리와 예술적 논리가 충돌하고 또한 아방가르드 문학이 계급문학과 전위문학의 두 갈래로 나뉘게 되는 과정을 보여준다.[64]

"예술은 영원한 정열이요 영원히 혁명적"이라는 점에서 아나키즘

---

62 이순옥, 「한국 초현실주의 시의 특성 연구」, 영남대 대학원 박사학위 논문, 1998, p.46.
63 김화산, 「階級藝術論의 新展開」, 『朝鮮文壇』, 1927. 3.
64 남궁경, 앞의 논문, pp.25~29.

미학은 다분히 낭만주의적 요소를 포회하고 있다. 낭만주의 또한 자유와 혁명을 추구하는 정신을 기초로 하고 있기 때문이다. 낭만주의는 일본을 중개 축으로 하여 1920년대부터 우리나라에 소개되고 확산되기 시작하여 1930년대에는 그 파급이 절정에 달했다. 이러한 낭만주의적 분위기의 확산이 일본 내에서의 "정치를 거부하는 고고한 반항"[65]으로서 군국주의에 맞설 수 있는 방편이었음에 관련된다는 점에서 아나키즘의 맥락을 읽을 수 있다. 낭만주의가 흔히 계몽주의와 18세기의 합리주의 및 물질적 유물론 일반에 대한 반발로 이해되고 있음을 상기할 때, 아나키즘에 낭만주의와 계몽주의적 특성이 공존하고 있다는 것은 아이러니라 할 수 있겠다.

계몽주의적 아나키스트로는 프루동을, 낭만주의적 아나키스트로는 크로포트킨과 바쿠닌, 슈티르너를 들 수 있다. 프루동이 도덕적 향상을 위한 도구로서 예술의 역할을 중시했다면 크로포트킨과 바쿠닌의 경우 낭만주의적 특성인 혁명적 이상을 내세웠다. 특히 크로포트킨은 사실주의를 "혁명의 이상이 차갑게 식어버린 현상만 존재"하는 것으로 비판하면서 예술작품에 있어서 영감과 '인간적인 감정'을 강조한다.[66] 개인주의적 아나키스트인 슈티르너의 경우엔 개인, 주관, 비합리성, 개성, 반항을 주창하는 점에서 낭만주의적이라 할 수 있다.[67]

다른 한편으로 아나키즘의 낭만주의적 특성은 유토피아 의식[68]으로 설명될 수 있다. "유토피아적인 것은 기존질서를 파괴하는 성격을 지닌다. 즉 현존하는 질서를 부정하고 비판한다."[69] 유토피아 사상이

---

65 후지타 쇼조, 김석근 역,『천황제 국가의 지배원리』, 논형출판사. 2009, p.183.
66 구승회 외, 앞의 책, pp.296~297.
67 위의책,p.301.

이상사회를 기획하는 사상이며 현실에 대한 제도적 비판과 개혁을 위한 제안의 사상이라 할 때 아나키즘이야말로 유토피아 사상을 가장 궁극에까지 밀고나간 사상이라 할 수 있다.[70]

의미론적 '양가성'(ambivalence)에 기원하는 텍스트는 주체 중심의 인과율적이고 위계적인 질서를 파괴하는 효과를 지닌다는 점에서 '양가성' 또한 '부정의 힘', 내지는 비판적 도구로 작용할 수 있다. 앞에서 살펴보았던 아나키즘의 아방가르드적 맥락이 표현층위에서의 다성성이라면 양가성은 아나키즘의 내용층위의 다성성이라 할 수 있겠다. '양가성'은 이중가치성을 지니는 것으로 서로 공존할 수 없는 것들의 결합을 의미한다. 질과 양, 강한 것과 약한 것, 고귀한 것과 비천한 것, 선과 악 등과 같은 서로 어울리지 않는 의미론적 가치들이 통일[71]을 이루는 양가적 이중성은 자본주의의 보편적 특성이 된 몰가치성에 대한 비판의 의미를 띤다.

양가성은 또 한편으로 헤겔의 동일성 사유에 대한 비판으로 작용한

---

68 송기한은 유토피아 의식이 기독교의 붕괴와 현 상태에 있어 세계의 불완전함에 대한 극심한 혐오로부터 싹튼 미래지향적인 의식이라는 칼리니스쿠의 의견에 기대어, 끊임없이 전진하는 시간에 대한 미래에의 지각실패와 파편화된 시간의식에서 배태된 근대에 대한 '위기'의 관념이 '새로운 질서'와 '유토피아 지향성'으로 나타난 것으로 파악하고 있다. 이는 순환적 시간에서 선조적 시간이라는 변화된 시간의식에 의해 조정되는 근대성에 대한 비판적 성찰로서의 질서의식과 유토피아의식을 의미하는 것이다. (송기한, 『한국 전후시와 시간의식』, 태학사, 1996, pp.48~49.)

69 손철성은 유토피아적인 것과 이데올로기적인 것을 구분하여 비교하는데 그에 의하면 유토피아적인 것은 기존질서를 부정하고 비판하는 것인데 반해 이데올로기적인 것은 기존 질서를 실현하거나 재생산하는 방향으로 작용한다. 그러므로 유토피아적인 것은 현실에 대한 변혁력이 있지만 이데올로기는 변혁작용 없이 '세계상'속에 합일화되어 있다. (손철성, 『유토피아, 희망의 원리』, 철학과 현실사, 2003, pp.16~19.)

70 김경복, 앞의 논문, p.32.

71 p.V. Zima, 허창운 역, 『텍스트사회학』, 민음사, 1991, p.30.

다. '세계의 자아화'라는 주체중심의 동일성 사유는 주체에 의한 타자의 지배를 의미하며 동일화에서 배제된 객체는 타자로 소외시킨다. 이러한 원리가 객체에 대한 극단적 폭력의 형태로 현실화된 예를 우리는 식민제도와 파시즘, 홀로코스트로 대표되는 인종학살과 끊이지 않는 크고 작은 전쟁 등에서 목도 할 수 있다. 페터 지마는 이러한 전지적 주체라는 헤겔의 관념이 이데올로기라 규정지으며 이는 "개별주체들의 자유를 제한하고 있는, 화해되지 않은 경제적, 정치적 제 관계를 변호하고 있다"[72]고 보았다.

양가성은 이러한 동일성, 통일성, 총체성에 대한 비판을 수행하고 이에 저항한다. 바흐친의 양가성이 사회주의 리얼리즘에서의 단의화 경향에 맞서는 효과적 수단이 되었다[73]는 것은 그 단적인 예가 될 것이다. 바흐친은 단의화하는 인식 범주이자 완결된 통일성을 뜻하는 총체성 개념에 의문을 제기하면서 그 대신에 양가성 개념을 내세운다. 양가성은 헤겔주의적인 의고전주의의 조화로운 총체성을 깨뜨리고, 그 자리를 해소할 수 없는 이율배반, 불일치, 다성성으로 채운다. 벤야민 또한 조화로운 총체성이 아닌 언어적 굴절과 잠재하는 사회적 갈등을 문학 텍스트에서 찾는다. 헤겔이 지양과 종합을 통한 합일을 주장했다면 벤야민은 지양이 없는 대립의 일치를 말한다. 이는 합이 없는 대립자의 통일로서, 동일한 현상에 대해 두 가지 모순적인 측면들이 노정되는 극단적 양가성인 것이다.[74]

---

72 p. V. Zima, 허창운 역,『문예미학』, 을유문화사, 1993, p. 183.
73 한스 퀸터는 "사회주의 리얼리즘의 고착화를 문화의 중앙 집권화와 획일화, 즉 문화 영역에서 '통일어'를 도입하려는 시도로 이해"할 수 있음과 바흐친의 이율배반적이고 다성적인 미학은 사회주의 리얼리즘이 강요한 고전주의에 대한 항거로 파악할 수 있음을 밝혔다. (H. Günter, *Die Verstaatlichung der Literatur*, 위의 책, p. 140에서 재인용.)

아도르노는 객체를 주체와 분리시키고 객체를 주체로 환원시키는 대신 매개된 관계를 제안한다. 아도르노가 제시하는 '매개'는 벤야민의 그것처럼 헤겔의 억지 종합이나 화해를 부정하고 모순과 양면성에 대한 의식을 끝까지 지속시켜 나가는 것을 의미한다.[75] 이는 미메시스 이론으로 바로 '객체에의 동화'를 지향한다. 이러한 의미에서 양가성은 지배 이데올로기들이 강제로 분리시키고 있는 가치들을 결합시킴으로써 획일적, 강제적 동일화에 항거한다는 것, 이를 통해 상실된 객체의 복원을 꾀한다는 것, 다시말해 주체로 환원될 수 없는 타자의 자리를 마련한다는 데에 큰 의미가 있는 것이다.

아나키즘 이론에서 양가성을 그 미학적 특성으로 다룬 바는 없다.[76] 그러나 양가성은 무엇보다 개별 주체들의 자유를 제한하고 있는 지배 이데올로기에 대한 반항, 저항, 부정의 제스처라는 점에서, 또 비동일성, 개별적인 것, 특수한 것을 옹호한다는 점에서 아나키즘 미학의 특성으로 상정할 수 있을 것으로 판단된다. 아나키즘은 개별적 주체의

---

74 위의 책, pp.161~162.

75 T. Adorno & M. Horkheimer, 김유동 역, 『계몽의 변증법』, 문학과 지성사, 2002, p.36.

76 이는 필자가 확인한 자료에 한하여서다. 다만 방영준의 『저항과 희망, 아나키즘』에서 "진정한 아나키스트는 아나키즘을 부정한다. 많은 아나키스트는 모순을 즐긴다. 모순의 균형은 아나키즘을 역동적으로 만드는 큰 요소"라는 언급이 확인되었을 뿐이다. (방영준, 앞의 책, p.7.) '아나키스트는 아나키즘을 부정한다'는 뜻은 진정한 아나키스트는 어떠한 이즘이나 주의에 얽매이지 않는다는, 그것이 아나키스트로 규정해주는 아나키즘일지라도 그것에서조차 자유로워야 한다는 의미일 것이다. 이러한 이유로 '진정한 아나키스트는 아나키즘을 부정한다'는 아이러니가 성립하는 것이다. 그러나 뒤에 이어지는 '아나키스트는 모순을 즐긴다'는 것과 '모순의 균형은 아나키즘을 역동적으로 만드는 요소'라는 것에서 '모순'의 의미는 동일성을 배척하는 '양가성'과 동일한 맥락에서 이해할 수 있다. 객체를 주체로 환원시키려는 주체중심의 사유에서 주체는 하나의 강력한 힘, 즉 권위로 세계에 위치하게 되며 아나키즘은 근본적으로 권위를 부정하는 사상이기 때문이다.

자유를 옹호하면서 이 자유로운 개별적 주체들의 자발적 연합을 통한 공동체 사회를 이상향으로 하고 있기 때문이다.

　유치환의 시는 양가적 가치들의 대립을 포함한 모순성, 언술의 배리, 역설적 구조 등을 특징으로 하고 있다. 이로 인해 그의 시에 대한 해석과 평가 또한 상반된 견해들이 양립하고 있는 것이다. 아나키즘 사상은 이러한 유치환 시의 모순과 역설을 설명하는 데 유용한 분석의 틀이라 생각된다. 아나키즘에 입각한 연구는 유치환에 대한, 혹은 그의 작품에 대한 긍정적 평가와 부정적 평가 사이의 거리 또한 밝혀줄 것으로 판단된다. 유치환 시에서 중요한 위치를 점하고 있는 개념들이 일반적이고 상식적으로 통용되고 있는 의미로는 모순에 그칠 수밖에 없었다. 상식이나 확정된 개념을 고정관념으로 여기는 아나키즘 사상으로 고구될 때 유치환 시에서 이율배반적으로 보이는 이러한 개념들의 가치가 제대로 그 의미를 드러낼 것이라는 것이 필자의 판단이다.

　　　내가 의식적으로 시라는 것을 쓰기 시작한 것은 이때부터였으니 나이로 스물셋 무엇보다 그 때 한창 일본에서 힘차게 나타나고 있던 '아나키스트' 詩人들의 作品에 공감을 느꼈으며……[77]

　　　문학에 있어서 나에게 애착을 갖게 한 시인은 일본의 '다까무라 고오다로-'와 '하기하라 사구다로-' 그리고 그밖에 아나-키스트 詩人 '구사노 신뻬이', '다께우찌 데루요' 같은 분들이다.[78]

---

77 유치환, 「生長記」, 『구름에 그린다』, 신흥출판사, 1958. 『청마 유치환 전집 Ⅴ』(남송우 엮음), 국학자료원, 2008, p.281에서 인용. 앞으로 특별한 언급이 없는 한 유치환의 수필집 『구름에 그린다』의 인용은 『청마 유치환 전집 Ⅴ』에서 하고 페이지만 표기하기로 한다.

위 인용글들은 유치환이 아나키즘 시인들로부터 어느 정도 영향[79]을 받았다는 것을 시사한다. 또한 "나의 주변에는 많은 '아나키스트'와 그 동반자들이 있었고 따라서 내게도 항상 일제 관헌의 감시의 표지가 붙어다녔"[80]다는 유치환의 진술에서도 알 수 있듯이 유치환은 국내의 아나키스트와도 친분관계에 있었다. 그러나 그 외 유치환의 글에서 구체적인 아나키즘 사상이 거론되었다거나 그의 행적에서 아나키스트로서의 실천적 행위가 드러나는 것은 아니다. 그러므로 이글에서는 다양한 아나키즘 유파의 구체적인 성격과 실천 강령 등이 아닌, 이들을 관류하는 사상적 측면과 미학적 특성들을 근거로 유치환의 시 세계를 고구하여 보고자 한다.

---

78 유치환, 「偶然히 詩人이 되었다」, 『작가수업』(조연현 편), 수도문화사, 1951, p.117.

79 문덕수는 이들 아나키스트 시인들의 영향을 구체적으로 밝히고 있는데 "도쿠토미 로카의 인도주의 사상, 요시다 겐지로의 종교적 순정과 감상, 다카무라 고타로의 군센 의지의 남성적 본령과 이상주의, 하기와라 사쿠타로의 정신적 표박자의 허무감" 등이 청마의 사상 및 시 특성의 형성에 영향을 준 것으로 보고 있다. (문덕수, 「유치환의 시연구」, 『유치환』(박철희 편), 서강대 출판부, 1999, pp.73~74.)

80 유치환, 「生長記」, 『구름에 그린다』, p.284.

II.
생명의식의 문학관과
아나키즘적 시정신의 형성

1. 생명파 형성의 배경과 그 사상성

생명파에 대한 문헌상의 최초 언급은 김동리에 의해서이다. 김동리는 당대 시단의 신세대의 경향을 1)생명파적 윤리적 경향, 2)신비적 회화적 경향, 3)양자의 절충적 경향, 4)공리파적 경향으로 분류하는 가운데 '생명파'를 언급하고 있으며 이 경향에 속하는 시인으로 오장환, 유치환, 윤곤강, 이찬, 여상현, 김달진, 서정주, 박두진 등을 들고 있다.[1] 그러나 김동리가 사용한 '생명파'라는 용어는 신세대의 다양한 시적 흐름을 보여주기 위함이지 어떤 유파적 개념으로 지적한 것이 아니며 유파적 개념으로써의 '생명파'라는 호칭을 처음으로 쓴 사람은 서정주라는 의견[2]도 있다.

서정주는 『조선명시선』(온문사, 1949.)의 해설문(「현대조선시약사」)에서 현대시를 1)초창기, 2)낭만파전기, 3)낭만파후기, 4)푸로레타리아예맹파와 경향파, 5)순수시파, 6)주지파와 초현실파, 7)인생파, 8)자연파로 구분하고, 인생파[3]에 속하는 시인으로 유치환, 이용악, 서정

---

1 김동리, 「新世代의 精神」, 『문장』, 1940, 5, p.92.

2 이미경, 「생명파 연구」, 경북대 대학원 박사학위논문, 2000, pp.20~21.

주, 오장환, 김달진, 신석초, 윤곤강, 이육사, 김광균, 백석, 장만영 등을 꼽고 있다. 이처럼 김동리와 서정주에 의해 '생명파'가 거론된 뒤 조지훈4, 조연현5, 정한모6 등이 문학사 기술에서 사용함으로써 비로소 문학사에서 한 유파로서의 의미를 갖게 되었다.

생명파 시의 중심에 『시인부락』이 자리하고 있음은 주지의 사실이다.7 '동인지의 홍수시대'라 일컬어지던 1930년대(1936. 11.)에 『시인부락』은 시전문 동인지로 창간되었다. 『시인부락』은 일치된 시적경향이나 목적의 구심점을 명료하게 드러내는 바는 없으나8 프로문학의 이념성과 모더니즘의 기교주의, 순수 서정시의 감상성 등을 동시에 비판하고 부정하면서 이에 대한 대타의식에서 출현한 것이다. '생명파'가 자연발생적으로 대두된 데에는 어떠한 이념적인 구속이나 규제가 없고, 동인의 문호도 자유롭게 개방했던 이러한 『시인부락』의 특

---

3 오세영은, 서정주가 「현대조선시약사」에서 그 목차에는 '인생파'라는 용어를, 본문에서는 '생명파'라는 용어를 사용하여 혼란을 일으켰지만, 『한국의 현대시』(일지사,1973, p.22.)에서는 미당 스스로가 『일본현대시사』에 등장한 '인생파'와 혼동될 우려가 있다 하여 '생명파'로 통일하여 불러주기를 바라고 있다는 점을 지적하였다. (오세영, 앞의 책, pp.206~208.)

4 조지훈, 「한국현대시사의 관점」, 『조지훈전집3』, 일지사, 1973, p.169.

5 조연현, 『한국현대문학사』, 성문각, 1982, pp.504~508.

6 정한모, 「한국현대시개관」, 『대학국어』, 서울대출판부, 1989, p.299.

7 조연현은 『시문학』에서 시작된 '문학의 독자적 영역의 인식'이 구인회의 '순수문학에의 동조와 계승'에 이어 『시인부락』에서 그 성장이 이어지고 있다고 보았다. (조연현, 위의 책, p.484.) 오세영과 박철석 또한 '생명파의 본질이자 이 유파의 구심점', '생명파 시의 중심'으로 『시인부락』에 대해 언급하고 있다. (오세영, 앞의 책, p.206. ; 박철석, 「1930년대 시의 사적 고찰」, 『1930년대 민족문학의 의식』(이선영 편), 한길사, 1990, p.206.)

8 "사람은 本來 個性과 ||味가 各各 달러 抑制를 當할 때에는 언제나 愉快하지 못한 것이니 우리는 우리 部落에 되도록이면 여러 가지의 果實과 꽃과 이를 즐기는 여러 가지의 食||들이 모여서 살기를 希望한다."(『시인부락』창간호, 시인부락사, 1936, 11, 편집후기, p.32.)에서도 확인되는 바 『시인부락』은 일정한 문학적 이념이나 방향 아래 모인 동인이라기보다는 각기 개성과 특성이 다른 시인들의 우호적인 집단이었다.

성에 기인하고 있다.

『시인부락』이 특별히 내세우는 취지 없이 동인각자의 개성의 표현과 자유로운 창작 활동을 권장하였다고 하지만 이들의 공통분모를 간취하자면 그것은 '인간', '인생', '생명', '인간성' 등속의 어휘9가 될 것이다. 이러한 동인지의 특성이 생명파의 근간이 된 것이다. 그러나 이러한 '생에 대한 근원적 문제', '抑制를 거부한 본래의 個性과 □味의 시'라는 다소 광범위한 문학적 특성은 역사성의 부재, 현실인식의 결핍이라는 비판에 이르게 된다. 이는 "문학의 자율성으로 이해하면 긍정적 평가를, 역사의 몰각이라 판단하면 부정적 평가를 하게 되는 지점"10인 것이다. 이러한 평가는 생명파에도 그대로 이어진다.11

생명파의 문학적 특징은, 첫째 지성보다 감성을 옹호한다는 점이다. 이는 생명의 본질이 이성적 합리적인 데에 있지 않고 본능적 감성적인 데 있다는 것에 기인하는 것이다.12 다음으로 생명파의 시는 본능

---

9 그러나 이 '인간'이라는 공통분모도 엄밀히 말하면 일치된 경향이라 할 수 없는 것이다. 동인들이 이 '인간'이라는 어휘에 제각기 다른 함의를 다른 함량으로 담고 있어 이 '인간'을 동일한 의미로 범주화하기는 어렵기 때문이다. "제각기 다른 뜻을 품었으되 함께 옹호한 이 '인간'이라는 공통주제는 오히려 시인들이 훗날 서로 다르게 나아가는 문학적 향방의 출발점이 되고 있으며 각기 그 입지점이 되는 시들을 『시인부락』에 싣고 있다고 할 수 있다."(김은정, 「『시인부락』의 모색과 도정」, 『상허학보』제4집, 상허학회, 1999, pp.443~444.)

10 김은정, 위의 글, p.442.

11 서동인은 생명파 시인들이 "식민지라는 현실상황에 직면하여 직접 맞서서 싸울 용기는 거의 내보이지 않는다"고 하면서 "서정주나 김동리가 문학의 순수성을 내세우고, 유치환이 식민지 현실에 울분을 느끼면서도 그것과 직접 대결하기에 앞서 소위 생명 의지론을 내세운 것"을 이러한 경향의 표출이라고 판단한다. 이들이 '생명의 구경적 문제에 집착'하는 것이 현실상황에 직면하기를 꺼려하는 것에서 기인하는 것이라 판단하고 있는 것으로 보인다. (서동인, 「한국 현대시에 나타난 '생명성' 연구」, 성균관대 대학원 박사학위논문, 2005, p.20.)

12 오세영, 「생명파와 그 시세계」, 앞의 책, pp.227~231.

적 직관에 의해 형상화된다. 이는 인위적인 의도성에 의존하지 않고 생명의 울림에 의존한다는 의미이다. 따라서 생명파의 시에는 세련된 기법보다는 투박한 육성, 형식미보다는 직관적 감동, 아폴로적 균형보다는 디오니소스적 역동성이 중시된다. 이들의 시들은 산문시체, 직접적 자기 고백 형식의 어법, 투박하면서도 불규칙적인 리듬, 절제되지 않은 영탄, 연과 행 구분의 관용성 등을 특징으로 하면서 그 언어 표현이 직접적이라는 특징 또한 내포하고 있다. 이는 그들의 언어가 어떤 시적 규범에 따라 정제되거나 조형되지 않고 어떤 인위적인 의도나 미학적 규범, 지적 세련에 구애받지 않는다는 의미이다.[13]

생명파의 자연발생적 형성과정이나 동인 각자의 개성을 용인하는 유파의 특성, 그리고 그 문학적 특징은 아나키즘과도 그 맥을 이을 수 있겠는데 이는 생명파에 속하면서 그의 시세계에서 아나키즘적 사상을 농후하게 뿜고 있는 유치환이 매개가 되기 때문일 것이다. 먼저아나키즘에 있어서 생, 자연, 자아, 개성 등이 매우 중요한 인식의 틀로 작용한다는 사상적 특성[14]은 '인간', '인생', '생명'에 대한 구경을 본질로 하고 있는 생명파와 어느 정도 관련성을 확보하고 있다고 볼 수 있다.

또한 생명파의 동인들이 어떤 특정한 이념 하에 모여 주어진 강령이나 규범에 얽매인 것이 아니라 각자 다른 특성을 보유한 채 '인간', '생명'이라는 범주 안에 묶여진 자연발생적 유파였다는 점에서, 주어

---

13 방인태, 앞의 논문, pp.33~35.

14 역설적이게도 아나키즘 사상은 절대부정의 정언명제에 기초하고 있기 때문에 불의와 반역 사상의 선취를 강조하는 것에 그치지 않고 생명, 동심, 우주 등의 구경적 개념을 강조하게 된다. 근원적이고 모성적인 자연, 생, 우주에 대한 탐구는 아나키즘 사상이 포회하고 있는 유토피아 사상을 의미한다. (조영복, 『1920년대 초기 시의 이념과 미학』, 소명출판사, 2004, p.216.)

진 제도가 아닌 자발적 질서와 자율을 통한 연합의 형태를 추구하는
아나키즘과 일맥 상응하는 면을 찾을 수 있다.

생명파의 문학적 특성으로 인위적 의도성에 의존하지 않고 생명의
울림에 의존한다는 점 또한 아나키즘 미학에서 의도적 상징을 배제하
는 측면과 조응된다. 아나키즘에서는 시인이 '의도해서' 만든 상징은
그것이 비록 한편의 시를 '시답게 해 준다'고 하더라도, 그러한 상징은
인정하지 않는다. 이러한 상징은 타자에게 권위로 다가오고 자유스러
운 영혼의 흐름을 멈추게 한다고 생각하기 때문이다. 아나키즘에서
좋은 시인은 상징을 교묘한 방식으로 독자에게 주는 사람이 아니다.
그는 어떤 식으로든 주려하기 때문에 상징의 계몽성에 갇혀 있을 뿐
이며, 좋은 시인은 상징을 마치 자연물처럼 행간에 자신도 모르게 설
치해 놓고 가는 사람[15]을 이른다. 이처럼 인위적 의도성에 대한 거부
는 생명파의 문학적 특성에서나 아나키즘의 미학적 특성에서 공통적
으로 지향되는 측면이다.

한편, 계몽주의적 아나키스트 프루동은 『예술의 원리와 그 사회적
효용』에서 "예술은 우리 인류의 물리적 도덕적 완성이라는 목적을 위
하여 자연과 우리 자신을 이상적으로 묘사하는 것이다"라고 하여 도덕
적 향상을 위한 예술의 역할을 강조하였다.[16] 이러한 예술의 윤리성과
그 효용적 측면은 생명파에서도 일면 간취되는 바이며 특히 유치환의
윤리에 기반한 효용론적 문학관과는 일치하는 면이라 할 수 있다.

---

15 박연규, 「아나키즘 미학과 상징」, 『전환기의 문학론』(남송우 · 정해룡 편저), 세종출
  판사, 2001, p.434.
16 구승회 외, 앞의 책, p.295.

30년대 또 하나의 대표적 경향은 세칭 인생파라고 불리는 일군이다. 다분히 윤리와 의지를 서정하는 사람들 - 직접적으로 모더니즘의 감각성, 부박성(浮薄性) 그 말단의 기교주의에 반기를 들고 일어선 시인으로 이 경향을 대표한 시인은 유치환, 서정주, 오장환이다. 유치환의 준열한 논고, 서정주의 반항의 몸부림, 오장환의 통곡은 그 당시의 시대적 배경이 그러했고 현대 정신의 심연에 직면하여 또는 시단의 경박한 풍조에 반항하여 어쩔 수 없는 자세로 나타나게 된 것이다. 여기에 그 일군 시인들의 시사적 의의가 있다[17]

위 글에서 조지훈은 생명파 경향의 대표적 시인으로 유치환, 서정주, 오장환을 들면서 이들의 특징을 '윤리와 의지를 서정'하는 것으로 규정하고 있다. 특히 유치환의 경우 '준열한 논고'라 하여 그의 문학세계에 드러나는 강인한 윤리의식을 부각시키고 있다. 이는 유치환의 문학관을 드러내는 글에서 더욱 분명하게 드러난다.

지각이 있는 사람 치고는 누구나 다 그렇겠지마는 현실 사회에 일어나는 보고 듣는 일에 대하여 쏠리는 관심이 내게도 대단히 많습니다. 더구나 그것이 不正不義한 일일 것 같으면 견딜 수 없을 만큼 흥분하기까지 하기가 일수입니다. …… 중략 …… 나는 나대로의 정의감이나 내지는 인생관을 바꾸든지 굽힐 수는 적어도 내가 글을 쓰는 한에는 불가능한 일입니다. 왜냐하면 글이나 문학이란 언제나 높은 윤리의 태반을 갖지 않고서야 낳아지지가 않기 때문입니다. 윤리를 갖지 않은 글, 윤리의

17 조지훈, 앞의 글, p.169.

정신에서 생산되지 않은 문학은 무엇보다 첫째, 그것을 읽어줄 독자가 없을 것입니다. 그 이유는 읽어서 공명을 맛볼 수 없으므로 읽을 필요나 흥미를 아무도 안 느낄 것이기 말입니다.[18]

우리 인간 자신 속에 더 큰 어떤 모순이나 당착이 있다 하여 그 이유로서 자신의 다른 부정이나 不善을 간과한다든지 허용할 수는 없는 일이다. 어떠한 미명의 명분 아래에서도 자신의 악을 은폐하여서는 아니 될 일인 것이다. 그리고 바로 이러한 준열성이야말로 더구나 항상 인간의 앞을 나서기 마련인 문학에 있어서의 정신이요 또한 진실이라 아니 할 수 없는 것이다.[19]

위 인용글들에서 유치환의 문학관이 윤리적 정신을 기반으로 한 효용론적 관점에 근거하고 있음을 알 수 있다. 문학이란 '높은 윤리의 태반'에서 낳아진다는 것, '윤리를 갖지 않은 글, 윤리의 정신에서 생산되지 않은 문학'은 독자에게 '공명'을 줄 수 없다는 견해, 그리고 '문학의 정신'과 '진실'은 바로 '부정'과 '不善'을 허용하지 않는 '준열성'에 근거하고 있다는 언급에서 이를 확인 할 수 있다. 위 인용글들이 독자들을 인식한 사회적 효용론의 관점이라면 아래 글은 창작자 관점에서의 효용성을 드러내는 글이라 할 수 있겠다.

詩를 쓰고 지우고, 지우고 또 쓰는 동안에 절로 내몸과 마음이 어질어지고 깨끗이 가지게 됨이 없었던들 어찌 나는 오늘까지 이를 받들어 왔

---

18 유치환, 「나와 文學」, 『구름에 그린다』, pp.373~374.
19 유치환, 「문학과 진리」, 『마침내 사랑은 이렇게 오더니라』, 문학세계사, 1986, p.191.

아오리까.

詩人이 되기 전에 한 사람이 되리라는 이 쉽고 얼마 안되는 말이 내게는 갈수록 감당하기 어려움을 깊이깊이 뉘우처 깨다르옵니다.[20]

'詩를 쓰고 지우고, 지우고 또 쓰는 동안에 절로 내몸과 마음이 어질어지고 깨끗이 가지게 된'다는 고백에서 드러나듯, 유치환은 시작(詩作)행위를 '도덕적 향상'을 위한 자기수양의 과정으로 인식하고 있다. 여기에서 우리는 유치환의 문학관이 프루동의 독자와의 관계에서 상정되는 '사회적 효용'으로서의 예술의 가치 뿐 아니라, 예술가의 관점에서의 효용성, 즉 '어짊'과 '깨끗함'을 지향하는 자기수양의 과정으로서의 창작이라는 의미까지 포회하고 있음을 알 수 있다.

마지막으로 생명파 시의 형식적 측면에서 산문시체, 직접적 자기 고백 형식의 어법, 불규칙한 리듬, 절제되지 않은 영탄, 연과 행 구분의 관용성 등은 압축, 절제, 은유, 상징, 운율이라는 기존의 시적, 미학적 규범을 파괴하는 형태이다. 이는 기존의 질서를 뒤흔들어 놓는다는, 주어진 틀을 부정한다는 아나키즘의 미학과 상통하는 일면인 것이다.

물론 생명파에 속하는 모든 시인들이 아나키즘과의 상호 연관속에서 파악되는 것은 아니다. 전언한 바와 같이 생명파나 아나키즘이나 고착된 이념을 거부하고 개성을 옹호하는 유연한 집합이기 때문이다. 그러나 생명파와 아나키즘의 교집합에 유치환의 문학을 위치시킬 수 있다는 판단에서 두 사상적 특성의 교호되는 지점을 살펴본 것이다.

---

20 유치환, 「序」, 『靑馬詩抄』, 靑色紙社, 1939, pp.4~7.

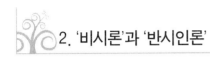

2. '비시론'과 '반시인론'

유치환의 문학관을 논할 때 그의 언급에서 가장 많이 회자되는 것이 '내 시는 시가 아니'라는 '비시론'과 '나는 시인이 아니'라는 '반시인론'일 것이다. 아나키즘의 핵심을 말하라 하면 전언한 바와 같이 '권위에 대한 부정'이라 할 수 있다. 본고에서는 유치환의 문학관을 핵심적으로 보여주는 이 '비시론'과 '반시인론'이 아나키즘 사상의 '권위에 대한 부정'과 긴밀하게 연결되어 있다고 본다. 부언하자면 유치환의 문학관에는 아나키즘적 태도, 즉 권위에 대한 부정의 태도가 배태되어 있다고 보는 것이다.

문덕수는 유치환을 문학관이 없는 시인, 시론이 없는 시인, 그리고 유치환의 문학관을 '무시론의 시론', '반시론주의 시론'으로 규정[21]한 바 있다. 이후 유치환의 문학관에 대한 이러한 인식은 그대로 수용되어 거의 일반화 되어 있는 것이 사실이다.

---

[21] 문덕수, 앞의 글, pp.67~69.

문학이란 어디까지나 높은 양식과 심오한 관조에서 재래되어서야함
에도 불구하고, 내게 있어서는 언제나 생명의 목마른 절규같은데서 자
연 발생한 심히 조잡한 문학 이전의 어떤 소재 같은 것에 불과한 때문
이다.22

詩라는 藝術作品이나 그것을 製作하는 詩人이란 藝術家를 두고 나
의 경우와를 비교하여 곰곰이 생각해 볼 때 첫째 나는 詩人이 될 수 없
고 또한 도저히 詩人이 아님을 깨닫지 않을 수 없기 때문이다.23

이는 위 글들과 같은 유치환의 자신의 작품과 창작에 대한 소견들
이 토대가 된 것이기는 하지만 방인태의 지적24대로 유치환은 뚜렷한
문학관이 있었고 그 자신의 시론에 따라서 창작에 임한 것이다. 본고
에서는 이러한 유치환의 시론의 중심에 '권위에 대한 부정'이 자리하
고 있다고 보는 것이다. 이 '권위에 대한 부정'은 먼저 유치환의 탈중
심적 시형식에서 확인된다.

유치환은 1950년대 이후 아포리즘 형식을 즐겨 사용했다. 수상록인
『예루살렘의 닭』과 『第九詩集』, 『뜨거운 노래는 땅에 묻는다』에 게재
되어 있는 「단장」들이 여기에 해당된다. 그런데 이러한 수상록과 「단

---

22 유치환, 『쫓겨난 아담』, 범우사, 1976, pp.80~81. 오탁번, 「청마 유치환론」(『어문논
　집』제21집, 고려대국문학연구회, 1980.)에서 재인용.
23 유치환, 「나의 시에 대하여」, 『세대』, 1964, 9. 오탁번, 위의 글에서 재인용.
24 방인태는 유치환의 문학관에 대한 이러한 인식에 반기를 들며 유치환의 문학관은 생명
　시론, 윤리적 효용론, 인간제일주의의 관점을 보인다고 밝혔다. 또한 유치환의 '반시인
　론'의 의미는 현대시의 조류로 파악하고 있는 이미지 중심의 시들에서 자신의 시는 빗
　겨나 있음을, 다시 말해 자신의 시의 독자적인 개성의 가치에 대한 우회적 표명임을 밝
　히고 있다. (방인태, 앞의 논문, pp.44~68.)

장」들을 시작품으로 간주할 것인지, 산문으로 간주할 것인지에 대한 문제가 생긴다. 유치환은 『第九詩集』 간행시 표제에 '詩와 短章'임을 명기하여 「단장」을 시와 구분하고 있으나 시집의 「後記」에서 "여기에 함께 수록된 단장이라는 것들도 기실은 나의생활에서 그때 그때 얻은 심히 평범한 사고와 직관의 편편들을 주워 나로서는 서정적 철학을 노린 아포리즘이긴 하지마는 내 시가 시 아니듯이 이것들을 그대로 시라 불러 주어도 무방한 것이다"라며 「단장」들도 시로 간주하고 있다는 견해25를 드러내고 있다.

서정학은 유치환의 이러한 견해에도 불구하고 그의 「단장」들이 형식적 요소와 주제적 성격면에서 서정시의 일반적인 특질에 부합되지 않음을 근거로 산문의 영역에 포함시키고 있다. 여기에서 서정시의 일반적인 특질이란 현재의 시제, 일인칭 단수의 시점, 주관적이며 내면적인 특성, 시인의 경험이나 정서를 현재의 양상으로 표현하고 대상을 내면화하는 특질 등을 이르는 것이다.26 그러나 유치환의 수상록과 「단장」들은 이러한 측면에서 오히려 탈중심적인 형식, 즉 서정시의 일반적 특질이라는 개념화되고 고정화된 전통적 틀에서 탈화된 형식의 시로 위치시킬 수 있을 것으로 본다.

유치환의 "내 시가 시 아니듯이 이것들을 그대로 시라 불러 주어도 무방한 것"이라는 표현을 좀 더 자세히 살펴볼 필요가 있다. 유치환의 "내 시가 시 아니"라는 표현은 아래의 글에서 연원한다.

---

25 이에 대해 조연현은 이렇게 밝혔다. "그에게 人間과 詩, 詩와 生活의 구별이 없었던 것처럼 詩와 散文의 구별도 없었는지도 모른다. 그에게는 다만 하나의 표현에의 길만이 있었는지 모른다. 아니 청마식으로 말한다면 하나의 삶의 자세만이 있었는지 모른다." (조연현, 「유치환」, 『한국현대작가론』, 어문각, 1977, pp.39~40.)

26 서정학, 앞의 논문, pp.69~74.

詩란 더구나 現代의 그것에 이르러서는 어디까지나 明鏡止水적인 이마쥬의 순수한 連鎖위에 이루어져야만 할텐데 그것이 全無하고 詩 以前의 吐露일 뿐인 때문이다.27

위 인용글에서 보면 유치환은 현대시가 이미지의 연쇄로 이루어지고 있음을 인식하고 있다. 또한 "자기 直情의 端的인 토로 의욕과 한 작품으로서의 形象化 방향과는 항상 괴리되기 마련"28이라는 유치환의 언급을 함께 살펴볼 때 유치환은 현대시의 특질이라 할 수 있는 이미지의 연쇄라는 형상화 작업을 거치는 동안 시는 '자기 직정'과는 괴리되어 버린다는 점을 지적하고 있다. 유치환의 이러한 견해는 생명파와 아나키즘 미학에서 공통적으로 지향하는 바인 인위적 의도성에 의존하지 않는다29는 측면에 조응되는 부분이다. 특히 이미지 연쇄에 기대지 않고 '자기 직정의 토로'를 취하는 태도는 생명의 울림에 의존한다는 생명파의 창작태도와 일치하고 있다.

이처럼 '자기 직정'과 '형상화'가 조화를 이루지 못할 때 유치환은 '자기 직정'의 토로의 편에서 창작하고 있으며 그러기에 자신의 시는 현대시의 틀에서 볼 때 시가 아니라는 결론에 이르는 것이다. 그러므로 유치환의 시는 시이지만 현대시의 틀에서 조망할 때 시가 아니듯, 「단장」들 또한 시가 아니지만 현대시, 현대 서정시의 틀에서 벗어난 시로 보아도 무방하지 않겠냐는 의미이다. 유치환의 시가 중심으로

---

27 유치환, 「나의 시에 대하여」, 오탁번, 앞의 글에서 재인용.
28 유치환, 「나와 文學」, 『구름에 그린다』, p.374.
29 물론 유치환의 시에서 이미지나 상징이 전무한 것은 아니다. 그의 대표작이라 할 수 있는 「깃발」은 시적 긴장을 유지하는 데 있어서 이미지의 연쇄와 상징성이 부각되는 작품이라 할 수 있다.

위치하는 시적형식, 기법의 범주에 귀속되지 않고 독자적인 범주를
구축하고 있는 일면30이라 할 수 있겠다.

유치환의 수상록과 「단장」들은 니체의 아포리즘 형식31의 글들을
연상시킨다. 페터 지마는 폐쇄적 텍스트가 객체를 타자화시키고 주체
로 귀속시키는 주체 중심적 사유의 반영이라 밝힌바 있다. 이는 자본
주의 사회에서 화폐가 사물의 사용가치를 교환가치로 환원시키는 것
에 대응하는 것이라 한다. 그러므로 개방적·다의적 텍스트는 주체 중
심의 동일성 사유에 대한 부정과 자본주의 원리에 대한 비판을 수행
하는 것이 된다. 아이러니, 다성성, 자기반성 및 연상적 글쓰기와 아
도르노의 미메시스적 글쓰기 등이 개방적이고 다의적인 텍스트에 포
함된다.32 니체의 에세이적·아포리즘적 글쓰기 또한 여기에 해당된
다.33 그러므로 유치환의 수상록이나 「단장」들 역시 탈중심의 시형
식, 범주에 속하지 않는 것을 타자화시키는 동일성 사유에 대한 부정
의 시형식으로 볼 수 있다는 것이 필자의 판단이다.

---

30 이는 청마의 한자에 대한 고집에서도 간취되는 바이다. 당대 시단에 압도적인 영향을
행사하고 있었던 서정주는 유치환에게 "생경하거나 관용화된 한자어를 뽑아 버리고 그
자리를 우리말로 채우는 데서 시의 첫 착수를 삼아야 하는 한글시의 표현도"에도 마음
을 써 달라고 주문하였다. (서정주 외, 『시창작법』, 선문사, 1955, pp.128~135.) 그러
나 유치환은 그 이후에도 '생경하고 관용화된 한자어'를 의도적으로 사용했고 그것으로
도리어 다른 시인과의 차별화를 시도했다고도 볼 수 있다. "한자를 남의 글이라 하나,
천만에! 이미 우리의 기나긴 전통 속에 생활화, 정신화한 우리 글인 것이다"라는 유치
환의 말에서도 서정주의 주문에 대한 거부의 의사를 드러내고 있다. (문덕수, 앞의 책,
2004, p.182.)

31 아포리즘의 단편 형식은 질서에 대항하는 창조적인 파괴, 혁신, 자발성의 충동 등을 담
지하고 있으며, 아포리즘 형식의 자기성찰은, 낭만적 아이러니가 지향하는 '무한한 것
의 조망'을 표현한다. (칼 하인츠 보러, 최문규 역, 『절대적 현존』, 문학동네, 1998,
pp.23~26.)

32 p.V. Zima, 앞의 책, 1991, p.30.

33 위의 책, pp.126~127.

한편, 유치환이 권위적인 것을 거부했다는 것은 어떠한 이론이나 사상에 경도되지 않고 '외로운 사색'을 통해 창작에 임했다는 데에서 찾아볼 수 있다. 개인주의적 아나키스트 슈티르너는 "꿈, 관념, 사상을 탐구하면서 시작하지 말라"고 이른다. "왜냐하면 그것들은 모두 신성한 이론"이기 때문이다. 이러한 것들은 개인에게 하나의 신, 우상, 권위, 힘으로 작용할 수 있음을 지적하고 자신으로 돌아가 자신이 간직하고 있는 것을 끄집어내고 드러내 놓고, 공개하라고 주장한다.[34]

> 흔히 나를 시론이 없는 시인이라 핀잔합니다. 그러나 지당한 판단인 것입니다. 왜냐하면 나는 사실로 시나 문학에 대한 이론을 가지지 못했으며 그것을 하기 위하여 여러 방법을 연구한다든지 시험해 본 적도 없습니다.[35]

> 그때 들었던 증언 가운데서 청마 시작을 이해하는 데 도움이 되는 이야기를 간추리면 청마가 문학 이론서와 비평을 멀리 했다는 사실이다. 청마는 시의 창조는 독서를 통한 지식이 아니라 외로운 사색에서 태어나는 것이란 기본태도를 흐트러짐 없이 지켰다는 것이다. 청마가 스스로 '서정적 사색'이라 이름지었던 것도 이러한 자세에서 이해의 실마리를 얻을 수 있을 것 같다. …… 중략 …… 생래적으로 체계를 싫어하던 그가 독자적인 사색으로 실존사상에 유사한 생철학의 한 경지에 이른 것은 놀랄 만한 일이다.[36]

---

34 Max stirner, *Der Einzige und sein Eigentum,* 김은석, 『개인주의적 아나키즘』, 우물이 있는 집, 2004, p.124.에서 재인용.

35 유치환, 「나와 文學」, 『구름에 그린다』, p.371.

위 글들에서 유치환의 시작(詩作)태도가 슈티르너의 언명에 근접해 있음을 알 수 있다. 문학이론서란 이미 주어진 관념이요 사상, 체계이 며 비평이란 이를 근거로 한 평가이기 때문이다.37 주어진 관념, 사상, 체계는 슈티르너의 주장대로 권위적 힘, 고정 불변된 틀로 작용할 수 있으며 이러한 힘은 개인에게 우상으로 존재하게 되며 나아가 또 하 나의 억압이 될 수 있다. 유치환은 이러한 권위적인 힘으로서의 이론 이나 사상에 대해 거부의 태도를 보여주고 있는 것이다. 이는 '생래적 으로 체계를 싫어하'는 유치환의 기질도 한 몫 하고 있는 것으로 보인 다. 이 '생래적으로 체계를 싫어'한다는 표현은 그가 이론을 토대로 아 나키즘 사상을 적극적으로 수용하였다기보다 그의 의식·무의식 깊숙 한 곳에 아나키즘적 기질이 자리하고 있음을 의미한다. 역설적으로 유치환의 이 생래적인 아나키즘 기질 때문에 아나키즘 이론에도 경도 되지 않았다38고 볼 수 있는 것이다.

유치환은 문학 자체에도 권위적인 자리를 내어주지 않는다. 이는

---

36 허만하,「안의에서 대구로 나타난 청마 - 체험적 시론」,『다시 읽는 유치환 - 청마탄신 100주년 기념문집』, 시문학사, 2008, pp.437~438.

37 이는 의미를 확대하면 앞에서 살펴 본 '인위적 의도성'에 대한 거부와도 맥이 닿아 있는 것이다. '외로운 사색', '서정적 사색'으로부터의 창작이란 '이미지의 연쇄', '형상화'라는 문학이론에 근거한 창작이 아니라 '생명의 울림', '직정'에 의존한 창작이라는 의미로 볼 수 있기 때문이다.

38 정대호는 그의 논문「유치환의 시 연구 - 아나키즘과 세계인식의 관련 양상을 중심으 로」에서 10년 단위의 연대별로 유치환의 작품을 살피고 있는데 유치환이 각 시기마다 의 특정한 아나키즘 사상을 '수용'한 것으로 파악하고 있다. 특히 1940년대에는 '북경 중심의 한국적 아나키즘을 수용'했다는 부분이 그러하다. 그러나 유치환 의식의 저변 에 흐르고 있는 아나키즘의 조류와 당대에서 요구되는 아나키즘 운동이 교호되는 지점 이 있을 수는 있으나 유치환이 당대 유행하는 아나키즘 유파를 수용했다는 의견은 무 리가 있어 보인다. 인용글에서처럼 유치환은 생래적으로 체계를 싫어하였으며 이러한 기질이 그가 아나키즘에 수용되는 요인이자 동시에 아나키즘에 경도되지 않는 요인이 기도 한 것이다.

그의 '인간 제일주의, 문학 제이주의 문학관'[39]에서 확인된다. 표현 그대로 인간을 제일의 순위에, 문학을 부차적인 순위에 위치시킨다는 의미이다.

貴한 종이를 浪費해 가면서까지도 이렇게 詩를 버리지 못함은 오늘 韓國의 現實에 對한 絶望과 所謂 文壇이란 것에 對한 憎惡로 보면 내 自身 汚辱의 느낌을 禁하지 못하나, 따지고 보면 실상 내가 詩 그것에 보다도 人生을 熱愛하는 所以에서가 아닌가 싶다.[40]

위 인용글에서뿐만 아니라 '시는 제2의적인 것이고 인생이 우선'된다는 유치환의 언급은 여러 곳에서 확인[41]된다. 위 글의 문맥을 따라가 보면 '오늘 한국의 현실에 대한 절망'과 '소위 문단이란 것에 대한 증오'[42] 라는 관점에서 보면 시를 버리는 것이 마땅하나 '귀한 종이를 낭비해 가면서까지' 시를 버리지 못하는 것은 '시 그것에보다도 인생을 열애'하기 때문이라는 것이다. 인생이 시에 우선한다는 표면적인 의미는 그대로 전달되고 있으나 시를 버리지 못하는 것은 시 그것 자

---

39 방인태, 앞의 논문, pp.56~57.

40 유치환, 『청마시집』, 문성당, 1957, p.244.

41 "R형의 이 글을 읽으면서 참 옳은 말들이라 首肯하면서도 한편으로 내게는 如前히 詩보다 人間이나 人生이 더 소중한 것으로 믿어지는 데는 어찌 할 수가 없었다.", "그러나 내가 진정한 詩人이 못되고 따라서 나의 쓴 詩들이 人間과 人生을 보다 所重히 다루었으므로 詩가 못되더라도 내게는 하나 애석하거나 憤스러울 理는 없다" (유치환, 「문학과 인간」, 『현대문학』, 1962, 12, p.128.)
　"나의 시는 내게 있어서 언제나 第二義的인 가치 밖에 가지지 않았고 그것은 언제나 인생에 대한 나의 사유하고 느끼는 바를 표현하는 구실을 하는 것 밖에는 아니었습니다. 그러므로해서 나는 심히 대담하게도 '나는 시인이 아니다', '진실한 시는 마침내 시가 아니어도 좋다'고 말했던 것입니다."(유치환, 「나와 文學」, 『구름에 그린다』, p.371.)

체보다 인생을 열애하기 때문이라는 표현은 그 의미가 명확하게 전달
되지 않는다. 그 행간의 의미를 다음의 글에서 간취해 낼 수 있다.

> 나는 시인이 아닙니다. 만약 나를 시인으로 친다 하면 그것은 분류학
> 자의 독단과 취미에 맡길 수밖에 없는 길이요 어찌 사슴이 초식 동물이
> 되려고 애써 풀잎을 씹고 있겠습니까. 이슬에 젖은 초록의 아침 속에서
> 애티디 애틴 태양과 더불어 처음으로 조상 사슴이 생겼을 적에 진실로
> 우연히 그렇잖으면 정말 마지못할 사정으로 풀잎을 먹은 것이 그만 그
> 러한 슬픈 습성을 입지 아니하지 못하게 된 소이가 아니겠습니까. 이렇
> 게 시는 항상 불가피한 존재의 숙명에 잇는 것이라고 생각합니다.[43]

위 인용글의 핵심이라 하면 유치환에게 시창작이란 생리적이고 숙
명적인 필연의 행위라는 것이다. 초식동물인 사슴은 자신의 생명체를

---

42 유치환의 권위적인 것에 대한 거부는 '소위 문단이란 것에 대한 증오'라는 표현에서도
엿볼 수 있다. 유치환의 문학에 대한 견해는 등단 시기인 1930년대부터 문단의 주류를
이루고 있던 문학론들과 거리가 있었다. 주지하다시피 당대 문학론은 크게 카프를 중
심으로 한 리얼리즘론과 김기림 중심의 모더니즘론, 시문학파를 중심으로 한 낭만주의
적 순수시론이 주류를 이루고 있었는데, 1935년에 시작된 '기교주의 논쟁'에서 보여주
듯 이들은 다시 '지식인의 문학'과 '문학인의 문학'이라는 입장으로 대립하게 된다. '지
식인의 문학'이란 문학에서 이성과 지성이 강조되고 현실에 대한 적극적 관심과 참여
를 주장하는 입장이고, '문학인의 문학'이란 시인의 섬세하고 독특한 감정을 어떻게 시
적변용을 통해 표현해낼 것인가에서 문학성을 찾으려는 입장이다. 그러나 유치환의 경
우는 문학이 가지는 윤리적 책무를 강조하면서도 생리적이고 숙명론적인 시론을 펼침
으로서 양대 진영의 어느 쪽과도 일정한 거리를 둔 문학적 태도를 보인다. 이러한 문단
주류와의 거리는 해방후 그가 청년문학가협회의 회장을 맡으며 소위 '문협정통파'의 구
심점이 된 상황에서도 이어진다. 유치환은 김동리나 서정주, 박목월 등과는 달리 대사
회적 긴장을 유지하는 시세계를 보여주고 있기 때문이다. (이미경, 앞의 글,
pp.170~171.)

43 유치환,『생명의 서』, 행문사, 1947, 서문.

지속시키기 위해 풀잎을 씹는 것, 즉 풀잎을 씹는 행위는 생리적 현상이고 존재의 숙명이지 초식 동물이기 위한 행위는 아니라는 것이다. 유치환의 시창작은 사슴이 풀잎을 씹는 것에 비유된다. 즉 유치환의 시를 쓰는 행위 또한 생리적인 일이요, 숙명과 관계된 일이지 시인이기 위해 '애써' 시를 쓰는 것은 아니라는 것이다. 다시 말해 시는 유치환의 삶이며 인생이자 숙명이라는 의미이다. 그러므로 시는 곧 인생이기에 나라와 문단의 절망적 현실에도 불구하고 시를 버리지 못함은 인생에 대한 열애에 연유한다는 뜻이다.

이러한 유치환의 문학관은 아나키즘의 예술관과 일치한다. 아나키즘은 예술을 모든 인간이 창조적 예술가로서 행하는 하나의 시도로 본다. 따라서 예술을 직업과 생활의 수단으로 삼는 예술가를 아나키즘은 부정한다. 예술적 능력을 특정한 천재만이 갖고 태어나는 것이 아니라 모든 인간의 보편적인 본성으로 보는 것이다. 천재로서의 특별한 예술가를 인정하지 않는 반권위주의44로서의 아나키즘은 소위 위대한 예술가, 독창적인 예술가, 천재적인 창조자나 그 역사적 역할에 대하여 유죄 선고를 내린다. 아나키즘은 예술 행위란 모든 인간이 갖는 '본능적인 권리'라고 보기 때문에 창조의 행위를 작품 자체보다

---

44 아나키즘의 예술이나 문화에 대한 반권위주의적 성격에 관해서는 바쿠닌의 진술에서 그 일면을 엿볼 수 있다. 바쿠닌은 이렇게 말했다. "내가 모든 권위를 부정한다고? 그건 나를 모르고 하는 소리다. 장화에 관한 한 나는 장화 만드는 사람의 의견을 구한다. 집, 운하, 철도에 대해선 건축가나 엔지니어와 협의한다. …… 그러나 장화 만드는 사람이든 건축가든 내게 자신의 권위를 강요하는 것을 나는 허용하지 않는다. 나는 자유롭게, 그리고 온당한 존경심을 갖고 그들의 말을 듣는다. …… 그러나 나는 어떤 사람도 절대적으로 믿지 않는다. 그런 믿음은 나의 이성, 나의 자유, 그리고 내 과업의 성공에 치명적일 것이다. 그런 믿음은 나를 즉각 어리석은 노예, 다시 말해 다른 사람의 의지와 이익을 위한 도구로 전락시킬 것이다."(Sheehan, S. M. 조준상 옮김, 『우리시대의 아나키즘』, 필맥, 2003, pp.56~57.)

더욱 중요시한다.[45] 유치환이 자신의 창작활동을 초식동물이 풀을 뜯는 행위에 비유한 것은 바로 이 '본능적인 권리'라는 의미에 다름 아닌 것이다. 유치환에게 시란 곧 생리적인 현상이자 생활 그 자체이듯 아나키즘 또한 예술과 생활을 격리시키는 모든 것을 거부한다. 아나키즘에서 창조란 일상생활과 격리된 것이 아니라 보통 사람들의 생활 속에서, 생활과 일치되는 것에서부터 일어나는 것으로 보기 때문이다.

> "한 가지 일에 정신을 모으고 두 손을 바삐 놀려 힘든 육체노동을 할 때 그 댓가로 기쁨과 성공을 거둘 수 있을 때 생명을 부어 주는 하늘의 입김에 몸을 그을리며 연거푸 여섯 시간씩 땅을 파고 망치질을 할 때 그럴 때 새로운 생각이 수 없이 우리 머릿속을 찾아든다. 그렇게 스쳐드는 각 가지 생각 직관 연상……"
>
> '빠스테르나크'가 이렇게 술회한 바와 같은 역시 내게 있어서도 그러한 생각, 직관, 연상 따위가 글줄로 변신한 뿐인 것입니다. 더 솔직히 말하면 나의 시 작품들이란 나의 생활에서 떨어진 낙엽이요, 인생에서 흘러지는 카렌다 쪼각에 다름없는 것입니다. 그러기에 어디에서 내가 역시 말한 바와 같이 나의 작품은 인생이란 숫돌에다 나의 생활의 칼을 갈므로 생기는 그 숫돌물에 지나지 않는다고 지적하였던 것입니다.[46]

위 인용글은 생활의 일부, 생활과 일치되는 문학을 지향하는 유치환의 문학관이 아나키즘의 예술관과 정확히 일치하는 것을 보여준다.

---

[45] 박홍규,『자유·자치·자연 아나키즘 이야기』, 이학사, 2004, pp. 227~229.
[46] 유치환,「遮斷의 時間에서」,『구름에 그린다』, p. 290.

그는 그의 시작품들을 '생활에서 떨어진 낙엽', '인생에서 흘러지는 카렌다 쪼각'에 비유한다. 생활과 일치되는 문학에서 더 나아가 문학을 인생의 부산물쯤으로 생각하는 것이다. 이는 문학인들의 분개를 살 만한 생각임에 분명하며 시인 자신도 이러한 고백이 '시예술을 모독하는 소리요 시인으로서의 자격 이하의 태도'일 수 있음을 드러낸 바 있다. 그러나 이 글의 초점은 '시예술의 모독'에 있는 것이 아니라 '생활', '인생'에 대한 열정에 있는 것이다.

아나키즘은 생활과 격리된 예술을 거부한다고 하였다.[47] 이러한 맥락에서 아나키즘은 순수예술을 인정하지 않는다. 유치환의 문학관 또한 동궤에 놓여 있다고 할 수 있다. 그러므로 유치환이 언급한 '시예술을 모독하는 소리'와 '시인으로서의 자격 이하의 태도'는 이 순수예술을 기준으로 하였을 때의 경우이다. 이는 "이러한 내 안에서 버릴 수 없는 생각(나는 시인이 아니라는 생각 - 필자)의 이유는 나는 출발에 있어서도 그랬거니와 오늘에 이르러서도 내가 문학을 전문하기 위하여! 그러한 태도로 시를 쓴다든지 그 길을 예찬한다든지 하고는 결단코 있지 않기 때문"[48]이라는 유치환의 진술에서도 명징하게 드러나는 바이다.

살펴본 바와 같이 유치환의 문학관은 시의 형식적 면에 있어서나 내용적 면에 있어서, 그리고 시인의 창작 태도와 관련하여서도 탈중심적인 층위에 자리하고 있음을 알 수 있다. 이는 다시 말하면 권위에 대한 부정이라는 아나키즘적 사유와 관련된 것으로, 당대의 주조적 예술관에서 요구되는, 혹은 일반적이고 보편적인 개념으로서의 시 예

---

47 박홍규, 앞의 책, p. 229.
48 유치환, 위의 글, 같은 곳.

술론에서 유치환의 문학관이 벗어나 있다는 것을 의미한다. 내 시는 시가 아니라는 '비시론'과 나는 시인이 아니라는 '반시인론'이 이를 단적으로 보여주는 예라 할 수 있는데 유치환의 이러한 사유는 권위적인 것에 대한 거부의 태도와 긴밀하게 연결되어 있는 것이었다. 당대에서 요구되는 문학관 내지 창작태도는 작품의 가치에 대한 판단의 근거로 작용할 수 있기 때문에 시인에게는 거부할 수 없는 하나의 권위적 힘으로 자리할 수 있다. 유치환은 인간과 인간의 생활을 문학에 앞선 가치로, 제일의 순위에 위치시킴으로써 권위적 힘으로서의 문학의 틀에서 벗어난 독자적인 문학관을 보여주고 있다. 그의 '비시론'과 '반시인론'은 이러한 의식이 총체적으로 반영된 것이라 할 수 있다.

III.
아나키즘적 세계 인식과
시적 실천의 양상

1. 원시적 · 본연적 질서로서의 자연

1) 원시적 원형으로서의 자연

아나키즘 사상의 뿌리는 자연이다. 이러한 자연 개념은 아나키즘의 모든 교의, 즉 권위의 거부, 정부 및 국가에 대한 혐오, 상호부조, 소박성 등의 원천이자 기초가 되고 있다. 실제 자연에 있어서 일반적인 법칙은 공정 형태의 발전을 이끌고 구조적으로 최대의 효력을 발휘시키려고 하는 균형과 조화의 원리일 것이다. 이러한 자연의 원리는 국가가 강제로 만든 법보다 우수한 정의의 원리, 즉 우주의 자연적인 질서에 본래부터 갖추어져 있는 평등과 공명의 원리가 실재하고 있다는 믿음을 반영한 것이다.[1] 따라서 아나키스트에게 자연은 최초에 물리적 세계에 있어서, 다음으로 도덕적 세계에 있어서 균형이 잡힌 질서를 의미한다.[2]

---

1 손지은, 「열린 체계로서의 미학」, 『시와 반시』, 5호, 1993, pp.100~101.
2 김경복, 「생태아나키즘 문학의 흐름」, 『전환기의 문학론』(남송우 · 정해룡 편저), 세종출판사, 2001, p.397.

유치환의 시에서 자연은 전시기에 걸쳐 그의 시세계에 포회되어 있는 원형으로서의 가치를 지닌다. 이는 강제적 규범과 질서가 존재하기 이전의 원시 본연의 세계로, 유치환의 시에서는 이러한 본연적 자연에 대한 염원과 동경이 발현되고 있다. 본연적 자연으로의 회귀에 대한 염원의 태도는 아나키즘의 한 특성이라 할 수 있는데 이러한 특성은 아나키즘을 원시주의(Primitivism)[3]와 유사하게 보이게 만든다. 원시주의는 원시의 상태 혹은 문명 이전의 상태로 되돌아가고 싶어하는 사람들의 향수와 깊은 관련이 있기 때문이다. 그러나 유치환의 시세계에 드러나는 원시의 생명의식과 본연적 자연에 대한 염원의 태도는 복고적인 역사의식, 과거로의 회귀를 의미하는 것은 아니다. 오히려 이러한 본연적 자연, 본연적 자아에 대한 의식은 역사의 체험 끝에 인간이 찾아야 할 미래지향적인 인간 정체성에 관련된 것이라 할 수 있다. 먼저 원형으로서의 자연은 산을 소재로 한 일련의 시들을 통해 시적 자아의 염원하는 자아상, 의지적 자아의 상으로 자리한다.

> 그의 이마에서 붙어
> 어둔 밤 첫 여명이 떠오르고
> 비 오면 비에 젖는대로
> 밤이면 또 그의 머리 우에
> 반디처럼 이루날는 어린 별들의 찬란한 보국(譜局)을 이고
> 오오 산이여

---

3 원시주의는 원시 집단에 대해 가치를 부여하고 그 의미를 찾으려는 태도를 일컫는다. 원시집단은 초자연관, 초합리관과 관계되는 신앙과 의례를 가지며, 그들의 협소한 공동사회의 신앙과 의례는 특정한 교조가 없고 환경에 밀착하여 완전히 체화하는 동질 집단을 특색으로 한다. (방영준, 앞의 책, pp.54~55.)

앓는 듯 대지에 엎드린 채로

그 고독한 등을 만리 허공에 들내여

묵연(黙然)히 명목(暝目)하고 자위하는 너

- 산이여

내 또한 너처럼 늙노니

「山(1)」 전문

음우(陰雨)를 안은 무거운 절망의 암운이

너를 깊이 휘덮어 묻었건마는

발은 굳게 대지에 놓았고

이마는 구름 밖에 한결같은 창궁(蒼穹)을 우르렀으니

산이여

너는 끝내 의혹하지 않을지니라

「山(2)」 전문

위 인용시들은 암울한 현실에 흔들리지 않는 자아를 '산'으로 형상
화하고 있다. 유치환의 시 곳곳에서 '산'은 시적 자아이거나 '자아상'으
로 등장[4]한다. '산이여 내 또한 너처럼 늙노니'나 '산이여 너는 끝내 의
혹하지 않을지니라'라는 표현에서 보면 위 시들에서 '산'은 화자가 이
르고자 하는 '자아상'으로 볼 수 있다. 여기에서 '늙는다'는 것은 노쇠

---

[4] '나는 산입니다'로 시작하는 「山(3)」에서는 시적 자아가 그대로 산에 이입되어 화자로
등장하고 있으며, 「山(4)」에서는 '오오래 내게/ 오르고 싶은 높고도 슬픈 산'이라는 표
현으로 '산'이 화자가 이르고자 하는 자아상으로 등장하고 있음을 확인할 수 있다.

의 의미라기보다 성숙의 의미로 해석할 수 있으며 '산'의 '끝내 의혹하지 않음'은 화자가 자아와 동일화하고 싶은 내면적 성질인 것이다. '산'을 표징하는 '고독', '묵연', '명목' 등의 어휘는 이 '끝내 의혹하지 않음'과 상통하는 시어로 '무거운 절망의 암운' 가운데서도 흔들리지 않는 '의지'와 관련된다. '발은 굳게 대지에 놓았고/ 이마는 구름 밖에 한결같은 창궁(蒼穹)을 우르렀'다는 대목에서 위 어휘들이 '의혹'하지 않는 강한 의지라는 긍정적 맥락에 닿아있음이 확인된다.

한편, 위 시들에서는 산을 인간의 형상에 대입하고 있는데 정상부분은 이마, 산 아래 부분은 발로 표현되고 있다. 그런데 '그의 이마에서 붙어' 여명이 떠오르는 것, '그의 머리 우'의 '어린 별'들이라는 표현에서 '대지 위'라는 산의 위치가 또 다른 면에서는 '하늘 아래'임을 드러내고 있다. 특히 '발은 굳게 대지에 놓았고/ 이마는 구름 밖에 한결같은 창궁(蒼穹)을 우르렀'다는 대목에서 산의 위치가 대지와 창공의 중간이라는 의미를 더욱 명징하게 부각시키고 있다. 산이 대지와 창공의 중간에 위치하고 있다는 점에서 '박쥐'와 마찬가지로 '중간자'로서의 인간성을 드러냄과 동시에, '산'의 대지에 붙박고 있는 부동성에 주목해, 세계에 대결하여 '의혹하지 않는 자아', 흔들리지 않는 의지를 표징하고 있는 것이다.

그 윤락의 거리를 지켜
먼 한천(寒天)에 산은 홀로이 돌아앉아 있었도다

눈 뜨자 거리는 저자를 이루어
사람들은 다투어 탐람(貪婪)하기에 여념 없고

내 일찌기
호을로 슬프기를 두려하지 않았나니

일모에 하늘은 음한(陰寒)히 설의(雪意)를 품고
사람들은 오히려 우러러 하늘을 증오하건만

아아 산이여 너는 높이 노하여
그 한천에 굳이 접어 주지 않고 있으라

「怒한 山」전문

오직 한 장 사모(思慕)의 푸르름만을 우러러
눈은 보지도 않노라
귀는 듣지도 않노라

저 먼 땅끝 닿아 솟은 산,
너메 산, 또 그 너메
가장 아슬히 지켜 선 산 하나-
아아 그는 나의 영원한 사모에의 자세

…… 중략 ……

아아 너는 나의 영원-
짐짓 소망 없는 저자에
더불어 내 차라리 어리숙게 살되

오직 너에게의 이 푸르름만을 우럴어

귀는 듣지 않노라

눈은 보지 않노라

「山처럼」부분

「怒한 山」은 작품 「山」(1), (2)와 구도에 차이가 있지만 '산'이 시적 자아의 내면을 반영하고 있다는 점에서는 동일하다고 할 수 있다. 「山」(1), (2)가 '산'의 형상과 그 표상하는 바를 부각시키고 있다면, 「怒한 山」에서는 '산'에 대척되는 현세계가 명징하게 제시되어 있다. 다소 상징적이었던 현세계의 '무거운 절망의 암운'이 '윤락의 거리', '사람들은 다투어 탐람하기에 여념'이 없는 거리로 보다 구체적으로 묘사되어 있다. '산'은 이러한 현세계와 보다 분명하게 대척되는 지점에 위치해 있고 시적 자아는 현세계와 '산' 사이에 거리를 두고 위치해 있다. 화자는 '호을로 슬프기'를 두려워하지 않음으로 현세계와 거리를 상정하고 있으며 '노한 산'은 화자의 현세계에 대한 비판의 시선을 노정하고 있는 것이다.

작품 「山처럼」에서는 '눈은 보지도 않노라', '귀는 듣지도 않노라'라는 표현에서 현세계와 거리를 두고자 하는 화자의 구체적인 의지를 확인할 수 있다. '~노라'는 자신의 행위를 장중하게 선언할 때 쓰이는 종결어미이지만 이 시에서는 '~겠다'라는 결연한 의지를 드러내는 의미로도 해석할 수 있다. '아슬히 지켜 선 산'을 향한 '푸르름'만을 우러르겠으며 '소망없는 저자'로 대변되는 현세상에 대해선 눈도 귀도 막겠다는 의미인 것이다. '저 먼 땅끝 닿아 솟은 산,/ 너메 산, 또 그 너메'는 화자의 시야에 끝없이 이어지는 산봉우리를 표현하는 것으로 화자는 이를 '영원한 사모에의 자세'로 인식하고 있다. '너메 산, 또 그 너메'라는 표현은 '영원'과 연결되어 자연의 영원성, 혹은 순환성5이라는 의미를 환기시키고 있다. 시각적 배경의 관념화로, 배경이 단순한 배경에 그치지 않고 내포된 시적 자아의 관념을 드러내며 그 의미를 확대·심화하는 효과를 내고 있다. 인용된 시 「山처럼」에서는 시적 자아에게 '산'의 의미가 무엇인지 화자의 목소리를 통해 직접적으로 밝히고 있다. '산'은 화자에게 '사모의 푸르름'이며 '영원한 사모에의 자세'이자 '영원' 그 자체이다. 즉 화자의 닿을 수 없는 이상이자 이르고자 하는 자아상이다. 또한 '저 먼 땅끝 닥아 솟은 산'은 '사람들이 탐람'하기에 여념이 없는 저자, '소망없는 저자'가 되기 이전의 세계이며 바로 원시 본연의 세계인 것이다. 이처럼 유치환은 '산'을 소재로 한 일련의 시들을 중심으로 시적 자아가 이르고자 하는 자아상, 내지는 인류가 문명에 구속되기 이전의 원시 본연의 세계에 대한 염원을 드러내고 있다.

> 어디서 창랑(滄浪)의 물결새에서 생겨난 것
>
> 저 창궁(蒼穹)의 깊을 남벽(藍碧)이 방울저 떨어진 것
>
> 아아 밝은 칠월달 하늘에
>
> 높이 뜬 맑은 적은 넋이여
>
> 오안(傲岸)하게도

---

5 자연과 인간 의식이 일치하는 사회 세계는 '영원한 순환'(eternal recurrence)이라는 믿음에 의해 이끌려진다. 이는 인간이 자연으로부터 자유롭지 못하다는 사실과 그의 의식이 자연의 주기적 순환에 종속되어 있다는 것을 말해준다. (A. J. Gurevich, Time as a problem of cultural history, *CULTURES and TIME*, The Unesco Press : Paris, 1976, p.231.)

동물성의 땅의 집념을 떠나서

모든 애념(愛念)과 인연의 번쇄(煩瑣)함을 떠나서

사람이 다스리는 세계를 떠나서

그는 저만의 삼가하고도 방담(放膽)한 넋을 타고

저 무변대(無邊大)한 천공(天空)을 날어

거기 정사(靜思)의 닻을 고요히 놓고

황홀한 그의 꿈을

백일(白日)의 세계 우에 높이 날개 편

아아 저 소리개

「소리개」 전문

　'산'은 시적 자아의 염원하는 자아상의 일면을 보여준다. 시적 자아
가 '산'에서 자아와 동일화하고 싶은 성질은 '산'의 부동성에 근거하여
상징된 결연한 의지와 굳셈이다. '산'이 시적 자아가 기대하는 의지적
자아의 표상이라면 '솔개'는 시적 자아가 '산'에서 취하고자 하는 의지
로 획득된 본연적 자아의 표상이라 할 수 있다. 이 시에서 '솔개'의 탄
생은 매우 신화적이면서 창세기적이다. 푸른 파도(창랑)의 '물결새에
서 생겨'났다거나 푸른 하늘(창궁)의 푸름(남벽)에서 '방울저 떨어진
것'이라는 표현에서 그러하다. 이는 합리적 개념과 논리와는 대척되는
지점의 원시적 상상에서 연원한 것이다.

　이 시에서 '솔개'는 매우 진취적이며 자율적인 모습을 보여준다. 거
만하여 굴하지 않으면서 '저만의 삼가고도 방담'함, 즉 스스로 절제하
면서도 대담함을 잃지 않는 존재이다. '솔개'의 넋은 '동물성의 땅의
집념'을 떠나고 '모든 애념과 인연의 번쇄함'을 떠나고 '사람이 다스리

는 세계'를 떠나 '무변대한 천공'에 조응한다. '동물성의 땅의 집념'이
나 '사람이 다스리는 세계'는 본연적 질서를 내재한 자연, '본래부터 갖
추어져 있는 평등'과는 상반되는, 탐욕과 수탈, 강제가 수반되는 인위
적 제도의 세계를 의미하는 것이다. 또한 '모든 애념과 인연'은 자기가
자기의 진정한 주인이 되지 못하게 하는 구속의 의미를 지니고 있는 개
념이다. 결국 이 모든 것들로부터의 떠남이란 원시적 원형으로서의 자
연, 본연적 자연으로의 귀속을 의미하는 것이다. '무변대한 천공', '백일
의 세계'를 본연적 자연의 표상으로 볼 수 있는데 '솔개'는 이러한 밝고
인위적 경계가 존재하지 않는 세계 위에 '높이' 날개를 편 것이다.

머언 태고ㅅ적부터 훈풍을 안고 내려온
황금가루 화분(花盆)을 분분히 이글거리던 그 태양이로다

처음 꽃이 생겼을 때
서로 부르며 가리처 조화(造化)를 찬탄하던
그 아름다운 감동과 면면(綿綿)한 친애를 아느뇨

오늘날 세기의 큰악한 비극이
스스로의 피의 속죄 끝에
나종 인류는 지표(地表)에 하나 없어저도 좋으리라

누구뇨 볓을 가리어 서는 자는!

이 묵은 역사의 세계 우에

구원(久遠)한 연륜의 귀한 후광을 쓰고

오직 앵지만한 싹과 한 마리 병아리의 탄생을 위하야

창조의 아침의 보오얀 향수에 젖은 오롯한 태양이로다

「오오랜 太陽」 전문

'태양'은 '머언 태고ㅅ 적부터' 있어왔던 존재이다. 인류가 잊어왔던 원시의 시공을 고스란히 '향수'로 간직한 존재라는 의미이다. 이 시에서 원시의 시공에 대한 기억은 '처음 꽃이 생겼을 때'의 경이로움과 '서로를 부르는' 공동체 의식, '조화'와 이에 대한 감동, 끈끈이 이어져 내려오는 '친애' 등에 관한 것6이다. 제임슨에 의하면 기억은 안과 밖, 심리적인 것과 정치적인 것 사이에서 근본적인 매개자 역할을 하는 것으로서 유토피아적 사유의 근원이다. 비록 개인의 마음에 남아있는 그 선사시대의 낙원에 대한 흐릿하고 무의식적인 종류의 기억이라 할지라도, 이 기억이 심원한 정신요법적, 인식론적 내지 정치적 역할까지도 수행해 낼 수 있는 것은 바로 우리가 생의 출발에서 충만한 심적 충족을 경험한 바 있기 때문이다. 이는 구체적으로 어떤 억압도 아직 생겨나지 않았던 때, 즉 그후의 보다 세련된 의식의 정교한 분화가 일어나지 않았던 때, 아직 주관이 객관에서 분리되지도 않았던 때의 경험을 의미하는 것이다.7

그러나 '오늘날'의 현실은 이러한 기억의 대척되는 지점에 자리하고

---

6 크로포트킨은 인간이 본질적으로 사회적인 존재라는 점과 권위가 파괴되는 경우 이를 충분히 감당해낼 수 있을 뿐만 아니라, 자유롭고 자연적이고 본질적인 인간의 우애적 결속에 의해 사회를 유지할 수 있는 인간의 강력한 윤리 · 도덕적 충동을 믿었다. (김경복, 「생태아나키즘 문학의 흐름」, 앞의 책, 2001, p.399.)

7 F. Jameson, 여홍상외 역, 『변증법적 문학이론의 전개』, 창작과 비평사, 1992, p.122.

있다. 이는 '오늘날 세기의 큰악한 비극'과 '묵은 역사의 세계'에서 드러난다. 원시에 대한 기억이 '어떠한 억압도 생겨나지 않았던 때', '주관이 객관에서 분리되지도 않았던 때'에 관한 것이라면 '오늘날'은 그 역의 현상, 즉 '억압'이 '큰악한 비극'을 형성한 때, 의식의 정교한 분화가 일어나고 주관이 객관에서 분리된 때를 의미한다. '의식의 분화', '주관과 객관의 분리'라는 개념은 한편으로 미개에서 벗어난 진보를 의미하는 것이기도 하지만 다른 한편으로는 대상의 타자화, 소외[8]의 양성을 의미하는 것이기도 하다. 그러므로 원시의 시공은 주객간 경계없음의 '무변대'(「소리개」)인 것이다.

　'앵지만한 싹과 한 마리 병아리의 탄생'을 위한 '창조의 아침'은 원시의 생명에 대한 외경을 표상한다. '스스로의 피의 속죄 끝'에 '나종 인류는 지표에 하나 없어저도 좋'으리라는 '오늘날'에 대한 화자의 인식은 원시의 미물의 탄생, '창조'와 대조되어 역으로 원시적 생명력에 대한 강한 희원을 드러내는 역할을 하고 있다. 여기에서 '피'는 인류의 속죄, 원시적 자연으로의 회귀를 위한 통과제의적 상관물이 된다. '피'는 이어지는 인용시 「生命의 書(2章)」에도 등장[9]하는데 "다음의 만만한 투지를 준비하여 섰나니/ 하여 어느때 회한 없는 나의 정한(精

---

8 대상의 타자화와 소외현상은 대표적인 부정적 근대성으로, 아나키즘은 이러한 자연이나 타자를 물화(物化)나 수단으로 치닫게 하는 기술적 근대성에 저항하는 요소를 포회하고 있다. 아나키즘 사상은 타자를 자기의 보존을 위한 도구로 사용하는 관점이나 행동에 대해 반대한다. 아나키즘은 모든 사람이 이성과 양식에 따라 자발과 평등의 호혜로운 원칙 위에서 사회를 구성할 것이라고 믿는다. 이것이 자연론적 사회관의 반영이다. (김경복, 앞의 글, p.407.) 아나키즘의 자연론적 사회관은 '자연과의 합치'를 주장한 우주론적, 자연론적 정의관과 인간 이성의 믿음에 바탕을 둔 근대적 자연권 사상이 서구의 휴머니즘적 전통 및 유토피아적 전통과 맞물려 생성된 것으로 볼 수 있다. (방영준, 앞의 책, p.36.)

悍)한 피가/ 그 옛달 과감한 종족의 야성을 본받"는다는 데서 이때의 '피'는 속죄의 의미보다 생명에 대한 결연한 의지, 투지의 의미를 담고 있음을 알 수 있다.

> 뻗쳐 뻗쳐 아세아의 거대한 지벽(地甓) 알타이의 기맥(氣脈)이
> 드디어 나의 고향의 조그마한 고운 구릉에 닿았음과 같이
> 오늘 나의 핏대 속에 맥맥히 줄기 흐른
> 저 미개ㅅ적 종족의 울창한 성격을 깨닫노니
> 인어조(人魚鳥) 우는 원시림의 안개 깊은 웅혼한 아침을 헤치고
> 털 깊은 나의 조상이 그 광막한 투쟁의 생활을 초창(草創)한 이래
> 패잔(敗殘)은 오직 죄악이었도다
>
> 내 오늘 인지(人智)의 축적한 문명의 어지러운 강구(康衢)에 서건대
> 오히려 미개인의 몽매(曚昧)와도 같은 발발한 생명의 몸부림이여
> 머리를 들어 우러르면 광명에 표묘(漂渺)한 수목 위엔 한 점 백운
> 내 절로 삶의 희열에 가만히 휘파람불며
> 다음의 만만한 투지를 준비하여 섰나니

---

9 「오오랜 太陽」, 「生命의 書 (2章)」외에 「頌歌」와 「首」에서도 '피', '피의 법도'라는 어휘가 약간의 차이는 있지만 유사한 의미로 등장하고 있다. 위 시들에서 '피'는 생명과 관련된 것으로 '생명의 험렬함', 생명에 대한 의지, 이에 대한 '준렬한 결의'(유치환, 『구름에 그린다』, p.40.)를 표상한다.
"오늘 쓸아린 인고의 울혈(鬱血) 속에 오히려 맥맥히/ 그 정한(精悍)하던 저희 발상(發祥)의 거룩한 피를 기억하고/ 그날 산전(山巓)에 유랑(嚠喨)히 노래하던 야성의 교망(翹望)이/ 저희의 귀에 다시금 맹아리처럼 새로움도다 …… 이는 죽엄과 같은 저희의 피의 법도(法度)가 되어지이다"(「頌歌」부분)
"힘으로써 힘을 제(除)함은 또한/ 먼 원시에서 이어 온 피의 법도(法度)로다"(「首」부분)

하여 어느때 회한 없는 나의 정한(精悍)한 피가

그 옛날 과감한 종족의 야성을 본받아서

시체로 엎드릴 나의 척토(尺土)를 새빨갛게 물들일지라도

오오 해바라기 같은 태양이여

나의 좋은 원수와 대지 위에 더 한층 강렬히 빛날진저!

「生命의 書(2章)」 전문

아아 줄기차고도 호화스런 권속들 -

삼림이여 너희는 우주의 구원한 의지를 받들어

아름들이로 자라 하늘도 어두이 칠칠히 땅에 번지고

모든 금수 가운데도

사나운 범 이리로부터 어질고 소심한 노루 토끼에 이르기까지

서로 쫓고 쫓기고 포효하고 비명하여 원시 그대로 즐거이 살고

공중에 나는 새는 항상 신의 총명과 축복을 입어 가지에 기뜰어

이 나라의 호호(浩浩)한 대기와 좋은 밤과 낮을 하염없이 노래하라

「호화스런 眷屬들」 부분

「生命의 書(2章)」은 (1章)에 비해 원시적 시공이 보다 구체적인 모습으로 자리하고 있다.[10] 「生命의 書(1章)」에서 '본연적 자아'를 대

---

10 이에 대한 원인은 청마의 만주체험에서 찾을 수 있다. 「生命의 書 (1章)」은 1938년 10월 9일 『東亞日報』에 발표된 작품으로 만주체험 이전의 작품이고 이에 반해 「生命의 書 (2章)」은 1942년 『在滿朝鮮詩人集』에 수록된 작품으로 만주체험이 게재되어 있는 작품이라 할 수 있다. 서정학 또한 청마의 만주체험을 기점으로 「生命의 書 (1章)」속의 원시적 공간은 다소 관념적인데 반해 「生命의 書 (2章)」의 경우는 보다 구체적인 모습을 보여준다고 밝힌바 있다. (서정학, 앞의 논문, p.123.)

면케 되는 공간으로 '아라비아 사막'이라는 상징적인 공간을 상정하고 있는데 반해 (2章)에서는 화자가 위치해 있는 '원시림'의 수목 사이에서 눈앞에 펼쳐진 광경을 배경으로 시가 진행되고 있어, 화자가 상정한 원시의 공간은 시적 자아와 매우 밀접한 거리에 자리하게 된다. 이 시에서 원시의 공간은 '인지(人智)의 축적한 문명'과 대척되는 반문명적 공간이다. 그런데 '생명의 몸부림', 즉 생명에 대한 의지는 '인지의 축적한 문명'에서가 아니라 '미개인의 몽매(矇昧)', '미개ㅅ적 종족의 울창한 성격'에서 표출된다. 이는 시적 자아의 원시적 생명에 대한 희원과 관련되는 것이다.

한편 시적 관점은 '아세아의 거대한 지벽 알타이의 기맥'에서 '나의 고향의 조그마한 고운 구릉'으로 그리고 '오늘 나의 핏대'에 이르기까지, 웅대한 열린 공간에서 점차 좁고 닫힌 공간으로 이동하면서 결국 시적 자아에 집중되는 양상을 보인다. '미개ㅅ적 종족의 울창한 성격', '과감한 종족의 야성' 등과 같은 열린 공간의 웅혼한 힘은 시적 자아에게 '삶의 희열'과 '투지', '투쟁'의 의지로 승화되고 있다. 1연의 마지막에서 '털 깊은 나의 조상이 그 광막한 투쟁의 생활을 초창(草創)한 이래/ 패잔(敗殘)은 오직 죄악이었도다'에서 투쟁의 오랜 역사와 강인한 의지를 표출하고 있다. 즉 문명과 대척되는 원시적 공간에 대한 시적 자아의 상상과 연계하여 '핏대 속에 맥맥히 줄기 흐른/ 저 미개ㅅ적 종족의 울창한 성격', '과감한 종족의 야성'에서 원시의 궁극적 생명력을 꿈꾸며 삶의 희열과 투지를 온몸으로 체득하고 있는 것이다.

「호화스런 眷屬들」에서도 원시의 공간은 '삼림'으로 표상되고 있다. 이처럼 위 시들에서 '삼림'으로 대변되는 자연은 본연적 자아의 생명력을 희구하는 원시적 원형으로서의 공간으로 상정되어 있는데 「生命의 書(2章)」이 만주체험에서 획득된 결연한 의지, 투지 등이 결합되어 있는 데 반해 해방 후의 작품인 「호화스런 眷屬들」에서는 자기 동일성을 획득한 생명의 기쁨을 노래하고 있다. '사나운 범 이리로부터 어질고 소심한 노루 토끼에 이르기까지' '원시 그대로 즐거이' 살고 '공중에 나는 새'는 '이 나라의 호호한 대기와 좋은 밤과 낮을 하염없이 노래'하는 이 유토피아적인 세계는, 바로 시적 자아가 염원하던 원시적 원형으로서의 공간이자 나라를 되찾은 환희의 정서를 대별하는 객관적 상관물인 것이다.

> 오만분지 일의 지도를 들여다보고 섰는
> 연대장의 넓죽한 어깨 위에
> 어디서 잠자리가 한 마리 와서 앉는다
> 멀리 영흥만쪽으로 고요히 흐르는 것은
> 구름인가
> 포연(砲煙)인가
>
> 「好天 - 應谷에서」 전문

> 여기는 외금강 온정리(溫井里) 정거장
> 기적도 끊이고 적군(敵軍)도 몰려 가고
> 마알간 정적만이 고스란히 남아 있는 빈 뜰에
> 먼저 온 우군들은 낮잠이 더러 들고
> 코스모스 피어 있는 가을볕에 서량이면
> 눈섭에 다달은 금강의 수려한 본연(本然)에

악착한 전쟁도 의미를 잃노니

시방 구천 야드 밖으로 달아나는 적을 향하여

일제히 문을 연 여덟 개 포진은

쩌릉쩌릉 지각(地殼)을 찢어 그 모독(冒瀆)이

첩첩 영봉(靈峰)을 울림하여 아득히 구천(九天)으로 돌아들고

봉우리 언저리엔 일 있는 듯 없는 듯

인과(因果)처럼 유연히 감도는 한 자락 백운(白雲)

「金剛 - 溫井罹에서」전문

　　인간이 자연에 속해있을 때 인간은 자연에게서 큰 의미를 획득하
지 못한다. 인간이 자연으로부터 분리되고 원시적 자연을 상실하였
을 때, 하여 인간마저도 타자화되고 도구화되는 피폐한 현실에 이르
렀을 때 자연의 가치와 의미는 이에 비례하여 절실하게 부각되는 것
이다. 유치환의 시에서 원시적 자연에 대한 갈구와 의지가 강하게 드
러나는 것은 그만큼 인위적이고 강제적인 현실에 대한 시인의 인식에
서 비롯되었다고 할 수 있다. 그 극단의 예가 시인이 체험한 6·25 전
쟁이 될 것이다. 유치환이 종군기간[11] 동안 쓴 시들을 모은 『보병과
더불어』에는 전쟁 현장의 모습들이 비교적 생생하게 재현되고 있는
데, 그러한 긴박하고 때로는 참혹한 전장의 중심에서 시적 자아의
시선에 포착되는 자연물들이 청자의 주목을 끈다. 유치환의 전쟁
시[12]에서 자연은 시의 전체적인 배경으로 등장[13]기도 하지만 시의

---

11 1950년 전쟁이 발발하자 유치환은 피난지 부산에서 '경남문총구국대'를 조직하여 이끌
　다가 '육군종군작가단'의 일원으로 동부전선을 따라 진격하는 육군 3사단 23연대에 종
　군하게 된다. 『보병과 더부러』는 유치환이 이 종군 기간 동안 쓴 시들을 모아 1951년
　간행한 시집이다.

흐름을 깨며 급작스럽게 등장14하기도 한다. 또 전장의 모습이 자연
물을 가운데 두고 화자의 시선을 통해 그려져 자연과 인위의 폭력의
극명한 대조를 보여주기15도 한다.

「好天」의 '오만분지 일의 지도를 들여다보고 섰는/ 연대장의 넓죽
한 어깨'에서는 격돌을 앞둔 준비상황에서의 긴장감과 '연대장'에 대한
신뢰, 진취적 분위기 등이 발현되고 있다. 그런데 뒤에 이어지는 '어디
서'라는 어휘에 의해 주의는 환기되고 '잠자리'가 '연대장의 넓죽한 어
깨 위'에 앉는다는 서정적 분위기로 전환하는 양상을 보인다. 대조적
인 분위기의 병렬적 배치는 두 대상의 대립적 성질을 극명하게 드러
내는 방법적 의장이다. 물론 여기에는 있는 그대로 '본연'인, 인위에
대립되는 자연의 성질이 강조되는 것이다. 2연에서도 '고요히 흐르는
것'을 두고 '구름'과 '포연'을 병렬적으로 배치하는, 동일한 양상을 보
이고 있다.

「金剛」에서는 '전쟁'과 '자연'의 대립적 관계를 보다 구체적으로 진

---

12 오세영은 전쟁시를 선전 선동시, 전쟁 기록시, 전쟁 서정시 등으로 분류한바 있는데 이
에 따르면 유치환의 자연이 등장하는 전쟁시는 '전쟁 서정시'에 포함된다. '전쟁 서정시'
에 속하는 작품들은 인간탐구의 특성을 갖는데 이는 다시 인간을 대상화 한 것 (「들꽃
과 같이」, 「삶과 죽음」, 「紅모란」, 「羚아에게」 등), 전쟁 생활을 대상화한 것 (「素朴」,
「探索隊」, 「前進」, 「노래」, 「묻노라」, 「感傷狙擊」 등), 자연을 대상화하여 전쟁 상황
속의 인간서정을 작품화한 것 (「好天」, 「억새꽃」, 「金剛」, 「受難」 등), 사물을 대상화
한 것(「旗의 意味」으로 나뉜다. (오세영, 「6 · 25와 한국전쟁시」, 『한국 근대문학론
과 근대시』, 민음사, 1996, pp.296~349 참조.)

13 자연을 배경으로 한 전쟁시에는 「歲月 - 明沙十里에서」, 「金剛 - 溫井嶺에서」, 「日暮
에 - 海金剛에서」, 「묻노니 - 갈재에서」, 「東海여 - 東海街道를 가며」 외 다수의 작품
이 있다.

14 "연대장의 넓죽한 어깨 위에/ 어디서 잠자리가 한 마리 와서 앉는다" (「好天 - 應谷에서」
중), "난데없는 메뚜기 한 마리/ 나의 목덜미를 눌르나니" (「感傷狙擊 - 松田에서」 중).

15 "엎드려/ 억새꽃 하늘대는 새로 바라다보면" (「억새꽃 - 應谷에서」 중), "여기는 동해 바
닷가의 한 솔밭/ 호을로 모래 위에 누웠노라면" (「羚아에게 - 文川에서」).

술하고 있다. '마알간 정적', '빈 뜰', '낮잠', '코스모스 피어 있는 가을 볕' 등은 전쟁 속 평온한 한때를 보여주는 상관물들이다. '금강의 수려한 본연'으로 대별되는 자연에, 탐욕으로 비롯되는 '악착한 전쟁'은 의미를 잃는다. 전쟁을 표징하는 '포진'은 '지각을 찢'는 '모독'을 범하고 이는 '아득히 구천으로 돌아든'다. 즉, 자연으로부터 벗어나 자연의 질서를 거부하고 파괴하는 전쟁의 행위는 결코 인간 사회를 진보시키는 '삶'에의 길이 아니라 '죽음'에의 길이라는 것이다. '일 있는 듯 없는 듯' 봉우리 언저리에 '유연히 감도는 한자락 백운'은 이러한 인간사와는 무연한, 자연의 본연한 자태를 보여준다.

소로우는 신을 자연과 동일시할 수 있다고 하였으며 자연의 창조적인 무위성 내지 자율성은 인간의 정신적인 안녕, 건강을 위해 절대적으로 필요한 것이라고 했다. 또한 그에게 있어 여타의 사회적 경험과 달리 자연을 접함으로써 얻어지는 경험은 창조적 상상력에 촉진제 역할을 하는 것이며, 이에 못지않게 도덕적 의지의 형성을 위한 단련과 수양의 역할도 하는 것이다. 그러므로 그는 인간과 자연의 친교와 합일은 인간과의 어떠한 관계보다도 더욱 근본적인 것이라고 생각했다.[16] "태고형적 자연의 이미지는 일반적으로 일상적 지각이 산만하게 혼돈 속으로 빠지는 것을 막아주며 우리를 관조와 자기명상으로 이끄는 역할을 하는데 이는 불변의 진리를 가정하는 모든 논리적 범주, 즉 모든 독단체계를 거부"[17]하는 것과 관련된다. 전쟁의 참상 속에서도 끊임없이 자연과의 교감을 지향하는 유치환의 전쟁시는 단일한 이념에 인간을 구속하려는 독단체계와 이에 의한 폭압, 또한 인간과

---

16 방영준, 『저항과 희망, 아나키즘』, 이학사, 2006, pp.29~30.
17 조진근, 앞의 논문, p.73.

인간, 집단과 집단 간의 도구적 관계에 대한 거부를 드러내는 것이라
볼 수 있다. 다른 한편으로는 자연이 배제된 가장 극단화된 인위의 세
계에서 오히려 본연적 질서의 고귀한 가치를 절실하게 체득하는 과정
을 보여주는 것이다.

> 황금데미 같은 누우런 보릿단 둥치에 등을 기대고
>
> 사나이는 앉은 채 잠들었는데
>
> 아낙은 남편의 무릎을 베고
>
> 제껴진 풍만한 젖가슴,
>
> 허벅지는 서슴없이 내던진 채로
>
> 더르렁 더르렁 콧소리도 들릴세라 곤히 떨어졌거니
>
> 그러나 그들의 그들도 모르는 이 거조가
>
> 하나 추잡커나 흉스럽지 않음은
>
> 온 근력과 정성을 다하여 이들이
>
> 주어진 바 제 구실에 경건히도 충실하므로
>
> 「至足」부분

  유치환 시의 특징으로 의지적, 윤리적, 지사적인 면이 거론되는가
하면 그의 연정시를 바탕으로 서정적인 측면이 부각되기도 한다. 그
런데 그의 시에는 이와는 또 다른 방향에서 인간의 본능을 자극하는,
육체를 소재로 한 일련의 작품들이 있어 주목된다. 이성이 강조되는
사회에서 육체, 정념 등과 같은 본능에 관계된 것들은 저급한 층위에
속하는 개념으로 감추어지고 억눌려져야 하는 대상으로 인식되어 왔
다.[18] 푸코에 의하면 "온갖 이성적 규율과 억압으로부터 자아를 해방

시키는 것은 본능이 가지고 있는 해방적 기능"[19]에서 가능하다. 이성이 인위적 세계의 산물이라면 본능은 자연에 속하는 원시적 감성으로, 이성에 의해 규율되기 이전의 자유 상태라는 의미를 내재하고 있기 때문이다. 이때 "원시적 감성[20]이란 문명에 대한 야만적 상태라는 일반의 의미를 넘어서서 문명에 의해 상실된 정신의 근원성을 소생시키는 사상이라는 의미 역시 가지고 있다."[21] 원시주의는 문명화된 자아와 그것을 거부하고 변형시키는 욕망 사이의 상호작용에서부터 탄생[22]하는 것이기 때문이다.

위 시는 수확기의 노동으로 고단한 부부가 '낮잠'을 자고 있는 장면을 소상히 그리고 있다. 그런데 그 묘사에 있어서 '제껴진 풍만한 젖가슴'이나 '서슴없이 내던진 허벅지'와 같이 매우 적나라한 표현을 사용하고 있어 성욕 내지 정념과 관계된 이미지를 떠오르게 한다. 그러나 이어서 화자는 이러한 자태가 '하나 추잡커나 흉스럽지 않음'을 고백하고 있다. 이는 생산, 원시의 생명력과 관련된 것으로 '온 근력과 정

---

18 아나키즘 사상은 인간이 지니고 있는 원초적 본성과 갈망에 토대를 두고 있다. 일반적으로 아나키즘의 핵심에 있는 어떤 태도, 즉 인간의 본질적 품성에 대한 신뢰, 개인의 자유에 대한 강한 갈망, 지배의 부정 등은 역사를 통해 도도히 흘러온 사상이다. (방영준, 앞의 책, pp. 22~23.)

19 M. Faucalt, 이규현 역, 『性의 歷史』, 나남, 1993, p.35.

20 인간의 심성에 내재되어 있는 원시성은 자연에 보다 가깝게 다가가려는 욕구이다. 이러한 원시성은 복고적이거나 과거회귀적인 것이 아니며, 비이성 또는 반이성으로 돌아서려는 미개함도 아니다. 흔히 문화아나키스트들이 보여주는 원시성에 대한 정의는 고도로 이성적인 인간이 보다 나은 합리성을 전제로 해서 나타내는 인간성 회복을 위한 회귀이다. 역설적으로, 미개인은 원시적이 될 수도 없고, 되려고도 하지 않을 것이다. (박연규, 「아나키즘 미학과 상징」, 앞의 책, 2001, p.424~425.)

21 송기한, 「서정적 주체 회복을 위하여」, 『서정시의 본질과 근대성 비판』(최승호 편저), 다운샘, 1999, p.219.

22 M. Bell, 김성곤 역, 『원시주의』, 서울대 출판부, 1985, p.104.

성을 다하여' '주어진 바 제구실에 충실'하기 때문이다. 여기에서 '근력과 정성'은 이성과 대척되는 개념으로, '주어진 바'의 의미는 본연적 자연의 질서, 원시의 자연을 의미하며 이들의 행위는 '경건'과 연결되고 있다.

> 지금 남풍의 세찬 나의 손에 매달려
> 당신은 이내 몸부림치거니
> 수줍음과 부대낌에 못 견뎌할수록
> 당신의 육체 속에 든 나의 연정의 손은
> 더욱 더 즐거이 희롱거린다
>
> 「미루나무와 南風」 부분

> "눈 감아요"하고
> 숨기며 서서 옷 갈아 입는 순간의
> 그런 황홀한 당신 인 거요
>
> 희롱할라치면
> 부끄러운 데를 손을 가리곤
> 수줍어 수줍어하는 당신
>
> 「春樹」 부분

위 인용시 두 편은 모두 나무와 바람의 관계를 노래한 작품인데 바람은 남성인 화자로, 나무는 여성인 '당신'으로 의인화하여 인간의 에로스로 형상화 한 작품이다. 자연의 정취를 노래하면서도 또 한편으로 교묘히 인간의 에로스를 그리고 있는 것이다. '수줍음', '연정', '즐거이', '황홀' 등의 시어에서 위 시들에서도 육체성의 지향은 긍정적으로 그려지고 있음을 알 수 있다. 두 시에 모두 등장하는 '희롱'이라는 시어는 남성화자편에서의 성애를 대별하는 어휘로, 남성은 희롱하는 주체, 여성은 수동적인 입장에서 그려진 것[23]이 사실이다. 그러나 여기에서 부각되어야 할 점은 시인이 성애, 정념에 근거한 사랑, 혹은 육체성이 바람과 나무의 관계처럼 지극히 자연스러운 본연적 감성으로 인식하고 있다는 것이다.

　　"자연은 이성을 그립게 한다!"는 말이 있다. 인간이 대자연의 품안에서 절로 감흥할 때, 그 감흥 가운데는 자신도 모르는 사이 이성에의 어떤 갈구(渴求)까지가 내포되게 된다는 것은, 바로 인간이 느끼는 이성에의 연정이야말로 인간이 가진 바 본연의 가장 자연적 유로(流露)임의 증거라고 할 수 있다.[24]

　'대자연의 품안에서 절로 감흥할 때' 이성에 대한 갈구가 '자신도 모르는 사이' 유발된다는 것은 유치환의 진술대로, 인간이 느끼는 이성에 대한 감성이 '인간이 가진 바 본연의 가장 자연적 유로'임을 드러내는 것이라 할 수 있다. 위 인용글에서 연정은 '사랑하는 사람'이라는

23　김영주는 청마의 여성관이 레비나스의 그것과 상통하고 있음을 밝히는 부분에서, 남성으로 설정되어 있는 시적 자아는 주체가 되고 여성은 타자가 되는 위 시들의 남녀 관계에 주목하여 청마의 여성관이 '타자를 타자 그대로 인정하는 면모'를 보이지 못하고 있다고 지적하였다. (김영주, 「청마 유치환 시에 나타난 시적 자아 연구 - 타자성과 양면성을 중심으로」, 부산대학원 석사학위논문, 1998, pp.37~39.)

24　유치환, 「눈감고 죽고싶다'고」, 『나는 고독하지 않다』, p.180.

정확한 대상에게가 아니라 '이성'이라는 보편적 대상에게 향해 있다.
이는 '이성에의 연정'이 단순히 특정 대상에 대한 그리움으로 의미지
어지는 것이 아니라 말 그대로 '이성'에 대한 그리움, 성애와 정념을
포함한 개념이라는 의미이며 오히려 육체성에 그 의미가 더 기울어져
있다고 볼 수 있다. 즉 남녀 관계에서의 정념, 육체성과 같은 본능에
관계된 부분은 '대자연의 품안에서 절로 감흥'하는 것에 다름 아니라
는 것이다.

> 하룻저녁
> 동정녀 마리아의 육체에 성령이 머물고 갔듯이
> 그렇게 정결하게 피어난
> 이제는 회임(懷妊)할 수 있는 육체의 처녀들이
> 그 수줍고도 아름다운 꿈들을 안고
> 부끄러운 눈짓은 아닌 공중으로 팔며
> 그 윤끼 있는 고운 지체들을 가만히 뻗고 기다려 있는 것이다
>
> 「聖靈受胎」 부분

> 이것은 여인의 한 흉상(胸像)-
> 그 앞에 서서 나는
> 풍만하고 균정한 유방이 가진
> 미의 지완(至完)한 절정(絶頂)에 새삼 놀란다
> 이 귀한 보배는 만 여성이 다 가진 것 아닌가?
>
> …… 중략 ……

저 시온의 동산이 이토록 아름다우랴?

거기엔 어린 양들이 마음껏 뛰놀고 마시고

유열과 유족의 성스런 탐닉만이 꽃 피는 곳

평화로운 포옹과 정결한 애무와

오직 무한한 증여(贈與)만으로써

소망의 세계를 향하여 길이 열려 있는 생명의 문인 것

거만한 신분의 계집을 미워 말라

종이라 멸시 말라

윤락한 년이라 돌 던지지 말라

그들도 또한 다 같이

이 아름답고 참되고 선한 생명의 문을 가졌으므로

생명의 문인 여성이므로

「生命의 門」부분

위 두 인용시들은 모두 이성적 규율과 대척되는 지점에서 여성의 육체를 생명과 연결시키고 있다는 공통점을 가지고 있다. '동정녀'가 잉태를 한다는 것이나, '하룻저녁 마리아의 육체에 성령이 머물고 간'다는 것은 이성의 범주에서는 용납되지 않는 신화적 세계에 가까운 것이기 때문이다. '회임할 수 있는 육체의 처녀들'은 '어디서 어떻게' 오는지도 모르는 '정령'의 힘으로 '동자들을 분만'한다. 작품「生命의 門」은 화자가 여인의 흉상에서 '풍만하고 균정한 유방이 가진/ 미의 지완한 절정'을 발견하고 놀라는 장면으로 시작해 여성의 '유방'에 대한 찬미로 이어진다. 이 시에서도 눈에 띄는 표현은 '유방', '탐닉', '포

옹', '애무' 등과 같은 정념의 이미지를 연상케 하는 시어이다. 그런데
'유방'은 '참되고 선한 것'이라 규정되고 있고, '탐닉', '포옹', '애무'와
같은 시어 앞에는 '성스런', '평화로운', '정결한' 등과 같은 수식어가 붙
어있다. "원시적 감성, 혹은 신화적 상상력은 객관적 인식과 주관적
느낌의 분리가 없는 총체성"25이라 할 수 있다. 이러한 맥락에서 보면
정념과 관련된 어휘에 대한 화자의 인식이 원시 본연의 감성에 이성
의 틀이 덧씌워지기 전의 개념에 닿아 있음을 의미하는 것이며, 또 다
른 측면에서는 화자의 인식이 덧씌워진 이성의 틀을 깨뜨린 감성의
차원에 닿아있음, 즉 객관적 인식과 주관적 감성의 비분리성을 의미
하는 것이기도 하다.

이와 같이 유치환의 시에서 자연은 다양한 양상으로 원시적 원형을
구현하고 있다. 먼저 '산'을 소재로 한 일련의 시들을 통해 시적 자아
가 이르고자 하는 자아상, 내지는 인류가 문명에 구속되기 이전의 원
시 본연의 세계상을 제시하고 있다. 이때의 원시의 시공이란 '어떠한
억압도 생겨나지 않았던 때', '주관이 객관에서 분리되지 않았던 때'로
유치환의 시에서는 '아라비아 사막'이라는 상징적 공간으로, 혹은 원
시림, 삼림의 공간으로 드러나고 있다.

본연적 자연으로의 회귀에 대한 염원의 태도는 원시주의로도 설명
이 되는데 유치환의 시세계에 드러나는 원시의 생명의식과 본연적 자
연에 대한 염원은 복고적인 역사의식, 과거로의 회귀를 의미하는 것
이 아니라 오히려 인간이 찾아야 할 미래지향적인 인간 정체성에 관
련된 것이었다. 또한 유치환의 육체를 소재로 한 일련의 작품들에서

---

25 위의 글, p.11.

원시적 감성에 대한 긍정의식을 확인할 수 있었다. 그의 시에서 육체성, 정념 등과 같은 본능에 관계된 개념들은 생산, 노동, 아름다움, 풍요, 자연 등과 연관되어 매우 긍정적으로 발현되고 있다. 이는 이성 이전의 자연에 속하는 원시적 감성에 대한 긍정적 의식으로, 문명에 의해 상실된 정신의 근원성을 소생시킨다는 점에서 의미를 갖게 된다.

2) 무위·무한으로서의 자연

아나키즘의 자연론은 동양적 도가사상의 무위자연과도 연결된다. 노자에 있어서 자연은 도의 모습이며, 모든 만물이 그 스스로 존재하며 변화해 가는 과정 전체의 모습을 가리키는 개념이다. 도의 움직임은 곧 만물의 자발적 운동과 변화이며 그러한 모습이 곧 자연이라는 등식이 성립된다. 도는 우주의 본원이요 자연은 도의 성질이다. 이러한 자연관은 무위의 사상으로 나타난다.[26] 노자가 강조하는 무위자연은 "인위적인 조작을 하지 않고도 필연적으로 그렇게 된다는 뜻이다."[27] 이것이 바로 도(道)이다. 우주, 천지 및 대자연을 움직이는 힘이나 법칙은 인위적인 힘이나 법칙이 아니다. 그것은 곧 무위자연이며 도인 것이다.

아나키즘의 자연론 또한 무위자연을 근원[28]으로 하고 있다. 이는

---

26 방영준, 앞의 책, p.33.

27 노자·장자, 장기근, 이석호 역, 『노자·장자』, 삼성출판사, 1992, p.15.

28 아나키즘의 자연은 '사물이 현존하는 상태' 및 '사물이 마땅히 지향할 바'를 포함하고 있다. 이것이 아나키즘이 동양 사상, 특히 불교나 도교 사상과 유사하게 평가받고 있는 이유 중 하나이다. (방영준, 앞의 책, p.106.)

아나키즘의 자연론적 사회관의 근간이 되는 것이기도 하다. 즉 사회에서 모든 권위와 통제, 인위적 질서가 사라졌을 때 인간사회는 혼란에 빠지는 것이 아니라 인간 본연의 자발적 질서에 의해 유지된다는 것이다. 크로포트킨 역시 자연적 법칙에 따른 사회구성이 가장 이상적인 사회로서 아나키즘 사회가 됨을 밝히고 있다. 그에 의하면 인간성 속에는 도덕적 원리가 본능으로서 반드시 포함되어 있으며 이 인간성에서 나오는 도덕적 감정에 위배되는 행위는 불가피하게 타인 속에 반감을 불러일으키게 되는데 이러한 인간사회에 있어서의 도덕적 감정과 사회성의 습관을 필연적으로 버티어 주는 것은 자연적인 힘이 뿌리박고 있기 때문이라 하였다. 이 힘은 어떤 종교나 입법자의 명령보다도 무한히 강력하다고 보았다.[29] 자연의 상태가 가장 최고의 원리를 구현하고 있다는 믿음인 것이다. 이러한 맥락에서 아나키즘의 자연은 바로 정의로운 사회의 본원[30]이 되며, 자연을 이념으로 한 아나키즘 사회는 자연의 한 성질이 되는 셈이다.[31]

　도가의 이상정치에 대한 믿음 또한 '자연'에 근거를 두고 있다. 도가 사상은 우주만물이 '도'라는 유기적 통일성 속에 근거해서 그 무엇에

---

29 크로포트킨, 하기락 역, 『근대과학과 아나키즘』, 도서출판 신명, 1993, p.38~39.

30 호혜적인 자연성의 문제는 프루동에 의해 '정의'라는 이름으로 표현되고 있다. 이러한 정의는 완전히 인간적이며 본래 타고나면서부터 지니는 것으로 주장되고 있다. 프루동에 의하면 '인간은 그 존엄을 자기 자신과 타인 속에서 동시에 느끼며 그리하여 인간은 마음속에 자기 자신을 넘어선 도덕의 원리를 갖고 있다'는 것이다. 또한 이 원리는 '밖으로부터 인간의 속으로 들어오는 것이 아니라 본래 그의 속에 잠재하여 그 속에 내재한다. 그것은 인간의 본질을 이루고 사회 자체의 본질을 구성한다. 그것은 인간 정신의 참된 형태이며 이 형태는 일상 사회생활을 영위하는 가운데서 구체화되고 완성을 향하여 성장한다'는 것이다. 즉 '정의는 사랑처럼, 아름다움이나 공리나 진리의 개념처럼, 또한 우리의 모든 힘과 능력처럼 우리속에 존재하고 있다'는 것이다. (방영준, 앞의 책, pp.29~30.)

31 김경복, 앞의 글, p.399.

도 의존함이 없이 저절로 그러한 '자연'의 방식으로 저절로 그러하게 드러낼 수 있다는 믿음을 가지고 있다. 우주만물의 자연질서, 즉 자연의 자연성에 대한 확고한 믿음이 인간의 자연성과 사회의 자연성에 대한 믿음으로 연속되고 있는 것이다.[32]

유치환의 자연관 또한 이러한 맥락에 닿아있는데 이는 그의 신에 대한 진술에서 확인된다.

> 신의 능력은 무량광대하고 영원무궁한 우주 만유에 미만하여 있다. 그리고 그의 무량대한 의사는 그가 이미 지으신 바를 무한한 질서와 조화 속에 있게 하고, 그들의 있음을 영원히 지속하여 있게 하는 따름이다. 가령 화산이 터지고 홍수가 창일한다더라도 그것은 결코 신이 그 무엇을 벌하렴에서나 어떤 의도에서 그리 행하는 것이 아니요, 그 화산, 그 홍수 자체들의 절로 있음의 한갓 자세요 현상밖에 아닌 것이다.[33]

위 글에서 유치환이 생각하는 신은 도가사상의 자연과 다르지 않음을 알 수 있다. 또한 신의 존재를 부정하지 않으면서도 자연에서 일어나는 모든 현상은 신의 의지에 의해서가 아니라 대상 '자체들의 절로 있음'에서 비롯된 것이라는 그의 인식이 확인된다. '그 무엇을 벌하'고 '어떤 의도'를 가진 신은 자연의 신이 아니라, 인간에 의해 창조된 신, 즉 인위의 신이라 할 수 있다.

---

32 원정근, 『도가철학의 사유방식』, 법인문화사, 1997, pp.308~309.
33 유치환, 「나는 고독하지 않다?」, 『나는 고독하지 않다』, 앞의 책, p.271.

그들의 신이란 너무나도 험량하고 옹졸 인색하여 무량광대한 우주에 있어 창해일속(滄海一粟)만도 못한 작은 유성과 그 위에 서식하는 인간의 일에만 종내 간섭하고 마음 앓아 배거나지 못하는 그러한 존재이요, …… 저 광대무변한 대 우주를 거느리는 만유의 신은 아니던 것이다. 34

유치환이 생각하는 신은 존재를 무한한 질서와 조화 속에 있는 그대로 있게 하는 만유의 신이다. '너무나도 험량하고 옹졸 인색하여' 인간의 일에 종내 간섭하는, 하여 그 무엇을 벌하기 위해서나 어떠한 의도에서 천재지변을 일으키는 그러한 존재는 인간에 의한 '그들의 신'인 것이다.

고독한 집이여.

드높은 지붕 꼭대기 위에 십자가는 더욱 발돋음하고 하늘의 보좌(寶座)를 우러러 비원(悲願)하여 말지 않건만-

조석으로 울려나는 종루의 종은 깨어진 뚝배기소리를 부지런히 흩뿌리고-

그 안에 깃들어 엎드린 소리 마춰 아바지를 찬양하는 신도들인즉 치마며 고의로 꼬리 감춘 각종의 여우들!

까마득히 보좌에는 닿을 길 없는, 위선과 거짓으로, 말없으매 우거 떠받힌 고독한 집이여!

「教會堂」전문

---

34 위의 글, p.269.

영혼 불멸을 믿는 사람은 행복하다. 그러나 불행하게도 나는 영혼 불
멸을 믿지 못한다. 진실인즉, 인간은 영혼 불멸이 아니므로 사실을 부인
하지 못하는 내가 불행한 것이 아니라 그것을 착각하고 자위할 수 있는
사람이 행복한 것이다.[35]

이 시의 제목이기도 한 '교회당'은 위의 시에서 '고독한 집'으로 상정
되어 있다. 그 이유는 '교회당'이 진정한 신, 만유의 신이 존재하지 않
는 빈 공간이기 때문이다. 거룩함, 경건함을 고하는 '종루의 종'은 '깨
어진 뚝배기소리'를 '흩뿌리'고 신이 존재하지 않는 공간에서 신을 우
러르고 있는 '신도'는 '꼬리 감춘 각종의 여우들'이다. 화자가 여기에서
고발하고자 하는 것은 인간에 의해 '우겨 떠받힌' 신, 인위의 신이며
이를 떠받게 하는 위선과 거짓의 종교이며 이를 따르는 무리들이다.
인간은 허위의 신을 만들었고, 이 인위의 신은 신도들에게 영혼불멸
과 영생을 약속하며 '인간의 일에 종내 간섭'한다. 이러한 신의 존재는
인간이 '착각'에 의해 '자위'할 수 있는 조건을 마련해 주지만 이는 또
하나의 인간을 억압하는 인위적 제도로 자리하게 되며 자연성과는 멀
어지게 하는 기제로 작용하게 되는 것이다.

'영혼불멸', '영생'을 믿지 않는 유치환은 그의 시에서 죽음 또한 자
연에서 일어나는 '도'의 하나라는 인식을 드러낸다. 인간의 태생적 한
계는 죽음이다. 인간은 본질적으로 죽음에 이를 수밖에 없는 유한적
존재인 것이다. 유치환은 '죽음을 삶의 한 양식'(「단장 40」)으로 인식
한다. 이는 죽음이 삶과 단절된 것이 아니라 삶의 형식에 따라 죽음의

---

35 유치환, 「허무의 의지 앞에서」, 『청마시집』서문, 문성당, 1954.

가치도 결정된다는 연속선상의 의미를 지님과 동시에 다른 한편으로 '삶'은 '자연'이라는 확대된 형태의 의미로도 해석할 수 있다.

1959년 동아일보에 발표한 "인간에 있어서의 죽음이란 것도 現生과는 따로인 달리 있는 것이 아니라 실상은 總體者요 唯一者인 저 絶對意思의 그리매 속으로 인간의 목숨이 도로 덮여 묻혀지고 마는 것임에 틀림없을 것입니다."[36]라는 유치환의 글은 '삶'을 자연으로 해석할 수 있는 근거를 제공해주고 있다. '총체자요 유일자인 절대의사'는 '신'을 의미하는 것임에 틀림없다. 그런데 앞에서 살펴본 대로 유치환이 생각하는 신은 '교회당'에 있는 신이 아니라 만유의 신, 무위의 자연[37]인 것이다. 그러므로 '인간의 목숨'이 '절대의사의 그리매' 속으로 '도로 덮여 묻혀'진다는 것은 자연으로 다시 돌아간다는 의미에 다름 아니다.

　- 돌아가는 것이다.

　그 아득한 시원(始元)의 데로
　이제는 돌아가는 것이다.

　그날 뉘의 애틋한 찾음에
　어려운 걸음, 잠간 나드릿 길.

「四面佛」부분

---

36 유치환, 「神의 實在와 人間의 認識」, 『구름에 그린다』, p.217.
37 아나키즘 사상에서 자연은 인간이 추구하는 유일성, 화합성, 무위성, 자율성의 의미를 지니고 있다. (방영준, 앞의 책, p.30.)

위 시는 유치환이 바위 암석에 새겨진 불상이 풍화에 마모되어 형상을 분간할 수 없게 된 것에서 인간의 죽음을 끌어낸 시이다. '아득한 시원의 데'가 바로 돌아가야 할 곳이자 생명이 시작하는 시공이다. '시원'의 시간성에 비하면 삶은 '잠간 나드릿 길'이다. 또한 '저쪽과 이쪽' 사이엔 '소리도 닿지 않는 억겁리'의 거리가 존재하기에 이 '잠간'의 '나드릿 길'이 '어려운 걸음'이었던 것이다. 삶을 주체의 자리에, 죽음을 객체의 자리에 위치시켜 죽음을 타자화시키는 것이 일반적이라면 위 시에서는 죽음의 시공, 즉 '시원'이 주체의 자리에 위치하고 있다고 할 수 있다. 암석에 새겨진 불상이 풍화에 마모되는 데 걸리는 시간을 짧은 시간이라 할 수 없겠지만, 불상이 새겨지기 전 자연 그대로의 암석으로 존재한 시간은 헤아릴 수조차 없는 것이다. 또한 새겨진 불상의 모습이 마모된다는 것은 다시 자연의 암석으로 돌아간다는 의미이다. 이를 인간의 삶과 죽음에 대입시켜 본다면 죽음이 삶의 뒤편에 자리하는 타자성의 대상이 아니라 인간이 태어나기 이전의 본연의 자연으로 돌아간다는 의미를 지니고 있다는 것이다.

> 날짜와 시간을 밝힘조차 무용(無用)함이여
>
> 내 이 영겁의 문을 들어서자 무한한 온유와 정적으로 희부연 액체 같은 잠김 속에 숙연치 않을 수 없었으며 다시 그 문을 돌아 나서자 이내 무언일 수밖에 없음을 입었거니
>
> 영겁이란-
>
> 저 무궁한 궁륭의 시종 짙푸름도 아니었다 밤이며는 억조 성좌의 그 별과 별들이 이룩하는 심연과 침묵도 아니었다 또한 아예 추량(推量)조차 불허하는 죽음의 저편 저 미지의 나라도 아니었다

영겁이란-

진실로 수유에 철한 목숨이 눈물 나는 겸양과 긍정의 온유로서만 그
의 냉혹한 정체를 질곡할 수 있음의 현시를 여기에서 보았나니

······ 중략 ······

영겁이란 오직

아아 이 혈혈표한 목숨의 반증 없이는 있지 않는 허(虛)요 무(無)!

「잠자리 - 石窟庵에서」 부분

위의 인용시 또한 불상에서 인간의 삶과 죽음의 의미를 반추하는
형식을 갖추고 있다. 화자는 '석굴암'을 '날짜와 시간을 밝힘조차 무용'
한 영겁의 시공으로 인식하고 있다. 화자가 석굴암에서 체득한 '영겁'
이란 '무궁한 궁륭의 시종 짙푸름'도, '심연과 침묵'도, '추량조차 불허
하는 죽음의 저편 미지의 나라'도 아니었다. 오히려 유한한 '목숨', 잠
시의 말미와 같은 '목숨'의 '눈물 나는 겸양과 긍정의 온유'로서 영겁의
'냉혹한 정체'를 '질곡할 수 있음'을 체득한 것이다. 화자는 마지막 행
에서 이를 더 구체적으로 진술하고 있는데 '영겁'이란 '목숨' 내지는
'삶'과 유리된 '저편'의 시공이 아니라 '삶'의 '반증'이 있어야만 그 존재
를 획득할 수 있는 '허'이며 '무'인 것이다. '허요 무'인 '영겁'이란 죽음
의 시공, 다시 돌아가야 할 '시원'의 시공에 다름 아니다. 즉 죽음은 삶
의 연속선상에서 그 의미를 획득하게 된다는 것이다. 여기에서 '죽음
이 삶의 한 양식'이라는 유치환의 진술을 다시 기억할 필요가 있다.

　아무리 애석하고 분할지라도 아무래도 돌려야 할 自身의 목숨을 마치
'카이자'의 것은 '카이자'에게로 돌리듯이 본디 연유하여 온 바 허무의

문으로 아무런 앙탈도 我執도 깨끗이 버리고 虛心스리 예절을 갖추어
돌려보내 줄 수 있는 마음의 준비를 쌓는 데 있을 뿐인 것입니다.[38]

'목숨'을 다시 '돌려야 할' 곳은 '본디 연유하여 온' 곳인 '허무의 문'
이다. '허무의 문'은 바로 '목숨의 반증'으로 의미를 획득하게 되는 '영
겁'이다. 위 글에서 유치환은 '아무런 앙탈도 我執도 깨끗이 버리고 虛
心스리 예절을 갖추어 돌려보내 줄 수 있는 마음의 준비를 쌓는' 과정
이 바로 삶이라 말하고 있다. '허심스리' 갖추어야 할 '예절'이란 구체
적으로 「잠자리」에서 언술된 '목숨의 눈물 나는 겸양과 긍정의 온유'
이다. 즉 유한한 삶에 임하는 겸양된 자세와 삶에 대한 긍정이 '허무의
문'으로 들어가기 위한 준비가 되는 것이다. 그러므로 '죽음이 삶의 한
양식'이라는 의미는 이러한 삶의 형식이 죽음의 가치를 고양시킬 수
있다는 것이다. 이처럼 유치환에게 있어서 삶과 죽음은 서로 유리된
관계가 아니라 서로가 반증이 되고 의미가 되는 연속선상의 상호적
관계이다.

드디어 크낙한 공허이었음을 알리라
나의 삶은 한 떨기 이름없이 살고 죽는 들꽃
하그리 못내 감당하여 애닲던 생애도
정처 없이 지나간 일진(一陣)의 바람
수수(須臾)에 멎었다 사라진 한 점 구름의 자취임을 알리라
두 번 또 못 올 세상

---

38 유치환, 「神의 實在와 人間의 認識」, 앞의 글, p.216.

둘도 없는 나의 목숨의 종언의 밤은

일월이여 나의 주검가에 다시도 어지러이 뜨지를 말라

억조 성좌로 찬란히 구천(九天)을 장식한 밤은

그대로 나의 큰악한 분묘!

지성하고도 은밀한 풀벌레 울음이여 너는

나의 영원한 소망의 통곡이 될지니

드디어 드디어 공허이었음을 나는 알리라

「드디어 알리라」 전문

위 인용시는 무한[39]의 자연 앞에서 인간의 유한한 삶의 한계에 대한 자각과 그러한 삶에 대한 겸양의 태도와 긍정성을 현현하고 있다. 「드디어 알리라」에서 화자는 '크낙한 공허'에 직면[40]한다. 그와 동시에 자신의 삶을 '한 떨기 이름없이 살고 죽는 들꽃'에 비유하며 삶의 유한성을 자각한다. '공허'는 앞에서 살펴 본 '허', '무', '무한', '영겁'의

---

39 유치환 시의 '무한'의 의미에 관해서는 송기한이 그의 논문 「유치환 시에서의 무한 (infinity)의 의미 연구」에서 구체적으로 밝힌 바 있다. 송기한에 의하면 유치환 시의 출발은 절대 무한의 발견에서부터 시작된다. 무한이란 연속체이며 영원의 또 다른 이름이다. 인간이 무한 앞에 놓여질 때 유한에 대한 자의식이 싹트게 되는데 이러한 자의식이 유치환에게는 생명에의 열애였으며 애정에의 회구로 표출되었다. 또한 영원하지 못한 생명이 유치환에게는 절대 고독과 허무의 침잠이었고, 그것으로부터의 승화 내지 탈피가 유치환 시에서의 주제였다고 송기한은 파악하였다.
(송기한, 「유치환 시에서의 무한(infinity)의 의미 연구」, 『語文硏究』60호, 어문연구학회, 2009, p.280.

40 이와 같은 무가 나타남에 따라 유는 전체성에서 해명되어 한계를 가지게 된다. 즉 현존재는 유한이라는 사실을 자각하게 된다. 현존재가 불안하다고 하는 것은 현존재가 무에 직면하고 있는 것을 의미한다.(최민홍, 앞의 책, pp.166~170.) 유치환의 초기시에서는 무에 직면한 자아가 고독속에서 본래의 자아를 탐색하는 양상을 보였다면 위 시들에서는 이러한 유한한 삶에 대한 긍정의 태도를 보여주고 있다.

의미와 상통하는 의미이다. 그러므로 '크낙한 공허'란 무한한 대자연의 표상으로 볼 수 있으며 시적 자아는 이러한 대자연의 '무한성'앞에서 '드디어' 인간의 '유한성'을 깨닫게 되었다는 것이다. 하여 화자의 '못내 감당하여 애닯던 생애'는 '크낙한 공허'앞에서 '지나간 일진의 바람'이며 '수수에 멎었다 사라진 한 점 구름의 자취'에 지나지 않는다. 그러나 '두 번 또 못올 세상'이라는 화자의 유한한 삶에 대한 자각은 절망의 부정성으로 떨어지지 않는다. '나의분묘', '나의 통곡'과 같은 화자의 죽음과 관련된 시각적·청각적 이미지는 슬픔으로 이어지지 않고 자연과 동일화되는 양상을 보이고 있기 때문이다.

'나의 큰악한 분묘'는 '억조 성좌로 찬란히 구천을 장식한 밤'이라는 '찬란한' 시각적 이미지로, '나의 영원한 소망의 통곡'은 '지성하고도 은밀한 풀벌레 울음'이라는 은은한 청각적 이미지로 발현되고 있다. 이는 시적자아의 자연의 '무한'과 인간의 '유한'에 대한 자각은 무한한 대자연의 질서에 동화하는 방향으로 이어지고 있다는 의미이다. 즉 시적 자아는 무한한 우주 속에서 인간이 얼마나 작고 아쉬운 존재임을 깨닫게 되지만, 자아의 그러한 인식이 절망으로 이어지는 것이 아니라 "다시 그 무한이라는 절대의 힘 속에서만 존재론적 고독이나 불안을 초월할 수 있다"[41]는 깨달음에 이르고 있는 것이다.

---

41 송기한은 유치환이 무한에서의 자각에서 시작된 자신의 유한자 의식을 다시 그 무한으로 되돌아감으로써 이를 초월하고자 한 것으로 파악하였다. 주목되는 점은 유치환의 무한으로 되돌아가고자 하는 의지의 방향을 구체적으로 밝히고, 이것이 유치환 시의 '정(情)'·'비정(非情)'의 포즈와, 그리고 존재론적 자아의 의미에 대한 자각과 연결되고 있음을 밝혔다는 것이다. 송기한에 의하면 유치환이 무한으로 되돌아가고자 하는 의지는 크게 두 가지 방향에서 시도되었는데, 하나가 경계의 초월과 연속체의식에서라면 다른 하나는 유기적 전체로서의 자아의식이었다. 전자가 인간적 요소, 곧 유한적 요소를 무한적 요소로 기투하는 태도라면, 후자는 우주 속에서 합일된 자아의 발견 혹은 체험이었다. 이른바

하나 모래알에

삼천 세계가 잠기어 있고

반짝이는 한 성망(星芒)에

천년의 흥망이 감추였거늘

이 광대무변한 우주 가운데

오직 비길 수 없이 작은 나의 목숨이여

비길 데 없이 작은 목숨이기에

아아 표표(飄飄)한 이 즐거움이여

「목숨」전문

　위 작품에서도 무한한 대자연에 직면한 시적 자아의 유한한 삶에
대한 자각이 긍정과 겸양의 태도로 이어지는 양상을 보이고 있는데
삶에 대한 긍정을 더욱 구체적으로 현현하고 있다는 차이가 있다. '하
나 모래알'에 잠기어 있는 '삼천 세계'나 '천년의 흥망이 감추어져'있는
'한 성망'은 무위 · 무한의 자연을 함축적으로 보여준다. '하나 모래
알', '한 성망'이 '지금, 여기'에 존재한다는 것은 오랜 시간에 걸쳐 자
연의 질서와 조화 속에서 여러 변화를 거친 결과이다. 그러나 그것은
어떤 한 존재의 의지의 결과가 아니라 자연의 무위, 화합, 자율성에 근
거하여 다른 존재, 다른 세계와의 상호 관계 속에서 이루어진 것이라

　'정(情)'의 포즈를 '비정(非情)'의 포즈로 바꾸는 일이었고 분리되지 않는 복합체로서의
우주적인 자아를 발견하는 일이었다. (송기한, 앞의 글, 2009, pp. 281~282.)

는 의미이다. 이러한 '광대무변한 우주'에 비하면 '나의 목숨'은 '비길 수 없이 작은' 것에 불과하다. 무한의 자연에 대한 자각이 자아의 유한성에 대한 자각으로 이어지고 있는 것이다. 그러나 시적 자아에게 유한한 인간 '목숨'에 대한 깨달음이 허무나 절망, 슬픔의 정서를 불러일으키지 않는다. 오히려 '비길 데 없이 작은 목숨'이기에 '표표한 즐거움'을 느낀다.

인간 '목숨'의 유한성에 대한 긍정은 죽음에 대한 겸양과 경건의 태도와 긴밀하게 연결되며 나아가 인간의 유한성, 즉 '죽음'을 축복으로 인식하는 것에 이른다. 이러한 경향은 이후의 시 「나무」, 「석굴암대불」, 「거목에게」에서 더욱 구체적으로 드러나고 있다.

> 아아 알았노라
> 이렇게 밤이면은
> 언제나 마땅히 그 한자리에 서 있어야 할 그가
> 만상(萬象)이 죽은 듯 잠든 가운데 한숨 짓고 걸어 나옴은
> 허구한 세월 수없는 인간과 모든 목숨이 죽고 또 죽어가도
> 그만은 무모하게도 영원! 영원의 무(無)에 항거하여
> 자신의 생명도 완강히 영원을 염원한 끝에
> 드디어 그 부동한 자세를 끝내 지속하여 견딜 길 없어
> 이렇게 탄식하고 회한하고 걸어 나오는 것임을
>
> 죽음이야말로 영원의 무(無)의 옥좌로 오를 경건한 긍정이어늘
> 아아 하나 생명이란 가상(假像)으로!
>
> 「나무」 부분

무모한 나무여, 미련하고도 허망스런 나무여, 하늘끝 등성이 저 수만
의 어린 풀들의 그 가냘픈 팔아귀를 내저으며 애닯게도 탄식하며 환호
하며 꽃 피우고 씨 맺고 시들고 나고 시드는 그 목숨의 그지없는 애환의
반짝임을 아는가

아아 진실로 목숨의 생겨남과 한가지로 죽음도 또한 거룩한 은총이거
나 사백 년의 기나긴 각박한 세월을 완(頑)하게도 녹쓸고 굳은 몸둥아리
를 하고 하늘의 일각을 어두이 가리어 선 채 또 하나 마련된 목숨의 지
복(至福)을 놓친 아아 이 형벌의 나무여

「巨木에게」 부분

두 시에서 나무는 '천년 내기 느티'(「나무」), '사백 년' 된 거목(「巨木
에게」)으로 모두 '영원의 무에 항거'한 존재이다. 대자연의 영원성, 무
에 대한 겸양은 유한한 자아에 대한 긍정으로 연결된다. 그러므로 위
시에서 '영원의 무에 항거'하는 태도는 자아의 유한성을 거부하고 자
신의 생명에 대한 '영원을 완강히 염원'하는 것으로 드러나고 있다. 그
러나 이는 '무모'하고 '미련'한 행위이다. 그 결과가 '부동한 자세를 끝
내 지속하여 견딜 길 없어' '탄식하고 회한'하는 것으로, '각박한 세월'
을 '녹쓸고 굳은 몸둥아리'로 완고하게 지탱하는 것으로 나타나고 있
기 때문이다. 화자는 '죽음이야 말로 영원의 무의 옥좌로 오를 경건한
긍정'임을 직접적으로 고백하고 있다. '허구한 세월 수많은 인간과 모
든 목숨이 죽고 또 죽어가'는 것이 자연의 질서이며 이러한 '목숨의 그
지없는 애환'은 시에서 '반짝임'으로 발현되고 있다. 죽음이 고독, 절
망과 같은 어둠의 이미지가 아니라 '경건', '긍정', '은총', '반짝임'과

같은 밝음의 이미지로 현현되고 있다는 의미이다. '목숨의 생겨남'과 마찬가지로 '죽음'도 '거룩한 은총'이다. 종결 없는 '영원한 생명'은 오히려 형벌임을 위 시들에서 강하게 토로하고 있는 것이다.

여기에는 소리 없이 쪼구린 바위고 하늘대는 푸새고

모두가 낙엽처럼 쌓이는 퇴색한 시간 속에

절도(絶島)같이 외로이들 떠밀려 있음이 아니라

천년도 하루인 양 하루도 천년인 양

하나의 무종(無終)한 목숨의 흐름 속에 한 맥박으로 생명하여

그 어느 하나이고

자신만의 있기 위한 있음이 아니라

일체를 있게 하기 위한 그가 있음의 의식 없는 의식의

크낙한 지탱 속에 한결같이 숨쉬고 있음을 보나니

여기에 있어 생각은 이르르노니

이같이 무봉(無縫)한 있음이 있음에는

그 무량(無量)한 자락이 미쳐 있지 않고야 있을 수 없는

커다란 커다란 배려의 얼굴이어

…… 중략 ……

이렇게 표표한 티끌인 양 눈감은 채

더욱 무한한 시공 속에 자신과의 거리를 가름하여 느껴

제 계절을 알고 토양을 알고

비와 바람을 알고

나비와 미풍 있음을 알고
또한 그 위에 붉고 희고 노란!
제만이 눈부신 빛갈의 바탕을 제각기 가졌으니
마침내 초조할 따름 나의 사유가 따를 길 없는
다시 도리켜
이같이 적은, 바늘귀보다 티끌보다 가늘은 몸매로서
하루살이 씨앗에까지 미처 있음에는
아아 오직 놀랍고 두려움이여

「配慮에 對하여」부분

　무위의 자연이란 '필연적으로 그렇게 됨', '자체들의 절로 있음', '그
무엇에도 의존함 없이 저절로 그러함'을 의미함과 동시에 '마땅히 되
어야 할 바를 포함'하는 개념이다. 위 시에서는 무위의 자연이 존재하
는 방식을 구체적으로 보여주고 있다. 무위의 자연은 수동적인 '있음'
이 아니라 '됨'[42]의 존재방식에 가까운 것이지만 그렇다고 존재함에
어떠한 의도나 의지를 포회하고 있는 것은 아니다. '여기'는 하나의 미
물이라도 '낙엽처럼 쌓이는 퇴색한 시간 속에/ 절도같이 외로이들 떠
밀려 있'는 세계, 즉 수동적인 '있음'의 세계가 아니다. '하나의 무종한
목숨의 흐름 속에 한 맥박으로 생명하'는 '됨'의 세계이다.
　여기에서 '무종한 목숨'의 의미를 되짚어 볼 필요가 있다. 지금까지
그의 시에서 죽음을 오히려 '은총'으로, 영원한 생명을 '형벌'로 인식하

---

42 프리고진의 『있음에서 됨으로 From Being to Becoming』에서 '있음의 세계'는 기계론
　적이고 결정론적이며 뉴턴이 발전시킨 고전역학적인 세계관이고 '됨의 세계'는 진화론
　적, 유기체적, 비결정론적인 세계이다. (프리고진 일리야, 이철수 역, 『있음에서 됨으
　로』, 민음사, 1988, p.16.)

는 시적 자아의 유한한 생명에 대한 긍정과 겸양의 자세를 확인하였기 때문이다. '무종한 목숨'이란 이와는 상반되는 '영원한 생명'에 해당되는 개념이다. 그러나 이 '무종한 목숨'이 개체의 목숨일 경우 이러한 논리가 성립하게 되겠지만 여기에서 '무종한 목숨'은 개체의 생명이 아니라 개체들의 집합, 종의 생명을 의미하는 것이다. 나무 한그루는 그 생명의 시작과 끝이 있지만 '나무'라는 종에 있어서는 개체 하나하나의 생겨남과 사라짐이 모여 '무종한 목숨'으로 존재하는 것이다. 이러한 의미를 더 확장할 경우 결국 대자연의 '무종함', 즉 '무한의 자연'에 이르게 된다.

'무종한' 자연의 흐름, 질서 속에 존재한다는 것은 '자신만의 있기 위한 있음'이 아니다. '일체를 있게 하기 위한 있음'이다. 이는 모든 존재는 대상과의 상호관계, 상호작용 속에서 존재의 의미를 획득하게 되며 이러한 관계가 바로 자연의 조화를 이룬다는 의미이다. 그러나 전언한 바와 같이 이러한 '있음'에 어떠한 의도나 의지가 개입되는 것은 아니다. '있음의 의식 없는 의식'이 그것이다. 어떠한 '의식'이 개입된다는 것은 이미 '저절로 그러함'의 범주를 벗어나 굴절되고 왜곡되기 마련이다. '무봉한 있음'이란 이러한 '의식'에 의한 단절없이 본연의 존재 그 자체로 '있음'을 의미하는 것이다. '하루살이 꽃씨'가 존재한다는 것, 이 '티끌'보다 작은 존재가 개화하여 '제만의 눈부신 빛갈'을 발할 수 있는 것은 '계절', '토양', '비', '바람', '나비', '미풍' 등이 제 본연의 모습으로 '있음'에 힘입은 것이다. 이 '하루살이 꽃씨'와 다른 자연의 대상들과의 관계가 상호 '일체를 있게 하기 위한 그만의 있음'이되 이에 대한 '의식'이 없는 관계이다.

유치환의 시에서 자연은 원시의 원형으로, 그리고 무위·무한의 자

연으로 구현되고 있음을 확인하였다. 그의 시에서는 무한의 자연 앞
에 인간의 유한한 삶이 대비되어 나타나고 있는데 그 한계에 대한 시
적 자아의 자각과 그러한 삶에 대한 겸양의 태도가 드러나고 있다. 삶
의 유한성에 대한 긍정은 죽음을 대하는 태도와도 긴밀하게 연결되는
데 그의 시에서 죽음은 고독, 절망과 같은 어두움의 이미지가 아니라
'경건', '긍정', '은총', '반짝임'과 같은 밝음의 이미지로 현현되고 있으
며 나아가 축복으로까지 인식되기에 이른다. 또한 무위의 자연은 도
가의 사상과 연결된, '무엇에도 의존함 없이 저절로 그러함'을 의미하
지만 이는 자신만의 있기 위함이 아닌 일체를 있게 하기 위한 능동적
인 있음, 됨을 의미하는 것이다. 자연의 조화란 바로 이러한 대상과의
상호관계, 상호작용 속에서 존재의 의미를 획득해 가는 과정임을 드
러내 보여주고 있다.

3) 절대고독 속에서의 본연적 자아 탐색

고드윈은 어느 사회이건 인간의 행복과 양립할 수 있는 사회는 생
동하는 자연적 성장체이어야 한다고 주장한다. 이에 대립하는 사회가
이른바 합리적인 개념화에 의해 시도된 국가라는 것이고, 이러한 국
가를 형성한 합리적인 논리가 자연법과 그 한계를 인지하지 못하고
적용되는 경우 오직 인간의 정신이나 마음을 노예화하고 말 것이라는
점을 강조하고 있다[43] 이렇게 자연의 본연 그대로의 조화와 질서의

---

43 방영준, 「아나키즘의 정의론에 관한 연구」, 서울대 대학원 박사학위 논문, 1990, p.51.

세계가 아닌, 강제와 인위의 세계, 지배가 팽배하는 '세계에 기투된 자아'[44]는 강한 저항의 의지를 표출하거나 이를 내면화하여 고독 속에 침잠하게 된다. 저항이나 고독이라는, 자아가 세계에 대응하는 자세에는 차이가 있지만 인위와 제도에 오염되지 않은 순수한 인간 본연의 자태를 지향한다는 최종 목적은 동일한 것이다. 유치환의 경우는 후자, 즉 절대 고독 속에서 끊임없이 본연의 자아를 탐색하고 희구하는 양상을 보인다.

> 마당까에 굴러 있는 한 적다란 존재
> 내려 쪼이는 단양 아래 점점히 쪼꾸린 적은 돌맹이여
> 끝내 말없는 내 넋의 말과 또 그의 하이함을
> 나는 너게서 보노니
> 해가 서쪽으로 기우러짐에 따러
> 그림자 알푸시 자라나서
> 아아 드디어 왼 누리를 둘러싸고
> 내 넋의 그림자만의 밤이 되리라
>
> 그러나 지금은 한낮, 그림자도 없이 불타는 단양 아래 쪼꾸려
> 하이한 하이한 꿈에 싸였나니
> 적은 돌맹이여, 오오 나의 넋이여

「靜寂」 부분

---

44 니체는 '현존재의 자유'를 현존재가 그 본래의 면목을 향하여 자기 스스로 자기 본성에 돌아가려고 하는 것이라 규정하고 있다. 현존재가 거기에 단순히 던져져 있는 것이 아니라 스스로 본연의 자기로 돌아가려고 한다는 것이다. 현존재가 던져진 것은 사실성, 이렇게 던져진 것을 다시 자기 본래의 쪽을 향하여 던지려고 하는 것을 실존성이라고 한다. (최민홍, 『실존철학연구』, 성문사, 1986, pp.166~178.)

위에서 인용한 시는 1931년 12월 『문예월간』에 발표된 유치환의 등
단작 「정적」[45]이다. 위 시에서 시적 자아의 넋은 '적은 돌맹이'로 표상
되고 있다. 이 '적은 돌맹이'는 마당가에 아무렇게나 굴러 있는 '적다란
존재'이며 '불타는 단양 아래 쪼꾸'린 존재이다. 해가 지면서 서서히 몰
려오는 어둠을 화자는 '내 넋의 그림자'로 인식하고 있다. 이는 화자가
어둠을 자신의 일부로 느끼고 있다는 의미이며 '드디어'라는 어휘는 이
어둠에 대한 화자의 기다림을 드러내 보여준다. 다시 말해 모든 것이
드러나는 '한낮'이라는 시간은 화자에게 견뎌야 하는 '정적'의 시간이자
화자를 '쪼꾸'리게 만드는 시간이다. '불타는 단양 아래 쪼꾸려/ 하이한
하이한 꿈에 싸여' 있다는 것은 세계에 던져진 자아가 고독 속에서 원시
의 본연한 자태를 그리고 있다는 의미에 다름 아니다.

유치환의 시에는 고독의 의미를 창출하는 몇 가지 이미지군이 있
다. 위 시에서 등장한 '쪼꾸린' 형상도 그 하나이다. 『생리』소재의 시
「까치」[46]에 등장하는 '새'도 「정적」의 '돌맹이'와 동일한 이미지를 표

---

45 이미 언급한대로 「정적」은 유치환의 첫 동인 회람지 『소제부』소재 26편중 하나로,
이후 그의 첫 시집인 『청마시초』에 대부분의 『소제부』소재의 시들이 누락되었음에도
「소리개」라는 시와 함께 실려 있다는 점과 유치환의 등단작으로 선택되었다는 점 등으
로 미루어, 유치환에게는 「정적」이 매우 애착 가는 작품이었음이 분명하다. (이미경,
앞의 논문, p.168.) 이 시에서 드러나는 주조적 정서인 고독은 이후의 유치환의 시세계
에서도 지속적으로 이어지고 있다.

46 「까치」는 유치환이 주관한 동인지 『생리』에 실린 시이다. 유치환이 주관한 두 동인지
『소제부』와 『생리』는 박철석에 의해 발굴 소개되었으며 두 시집의 내용은 『새발굴 청
마 유치환의 시와 산문』(박철석 편저, 열음사, 1997.)과 『지역무학연구』2호(경남지역
문학회, 1998.3.)에 수록되어 있다.
"落落한 외나무 가지에 깃을 짓고/ 호올로 높히 사는 새 잇나니/ 열열한 치위/ 내 물은
얼고 동무새는 다 가고/ 오오 적은 새의 애상은 푸르러 玉갓건만/ 스스로 외로움에 한
슬흔 習慣잇서/ 주우리면 아침 서리 짓흔 땅에/ 계절밧의 아쉬운 미끼를 줍고/ 저 요원
한 요원한 滿目의 적료에/ 초라히 쪼구리고 사는 새여"(「까치」전문)

출한다. '내물은 얼고 동무새는 다가'버린 배경, '외나무 가지에 깃을 짓고 호올로 높히 사는 새', '적은 새', '요원한 滿目의 적료에 초라히 쪼구리고 사는 새' 등이 이를 확인해 준다. 특히 '적은 새', '초라히 쪼구리고 사는 새'는 「정적」에서 시적 자아의 표상인 '돌맹이'와 일치하는 부분이다.

그런데 유치환의 시세계에서 '새'는 자유로움과 비상의 이미지를 실현[47]하는 것이 아니라 '주우림'에 땅에 떨어진 미끼를 줍는 '초라한' 새, '쪼구리고 사는 새'(「까치」), '오직 한마리 땅에 내린 새'(「새」) 등으로 형상화 되는 특징을 보인다. 또한 '푸른 하늘 끝없이 쨍이도 하나'(「재」), '적은 멧새 하나 찾아와 무심히 놀다 가다니'(「春信」) 등과 같이 날아다니는 새나 곤충들은 짝을 짓거나 떼를 이루지 않고 '하나', '한마리'[48]이다. 이는 모두 시적 자아의 고독을 드러내는 장치들인 것이다.

쨍이 한 마리 바람에 흘러 흘러 지붕 넘으로 가고

땅에 그림자 모두 다소곤히 근심에 어리이다

---

47 Gaston Bachelard, 정영란 역, 『공기와 꿈』, 이학사, 2000, p.137.

48 해방 후에 발간된 시집 『蜻蛉日記』에 수록된 시 「天啓」에서 '제비떼 쌍쌍이 올라 떴'다는 표현과는 대조적이다. 「天啓」가 '뜻하지 않은 복된 소식'을 접하는 순간의 환희를 노래하고 있음을 상기할 때 유치환의 시에서 '한 마리'로 등장하는 날짐승들은 시적 자아의 절대고독을 드러내는 시적 장치로 작용하고 있음을 알 수 있다.
"즐거운 아이들의 외치는 소리에/ 아기 안고 사립을 나가 보니/ 행길에는 이웃들/ 언제 다 나와 하늘 우러러 선 가운데/ 이 무슨 뜻하지 않은 복된 소식이리오/ 빗줄기 어느새 씻은 듯 개어/ 화안한 석양빛에 옆엣산들/ 아낙네처럼 머리 곱게 감아 빗고 둘러앉고/ 반공중엔 제비떼 쌍쌍이 올라 떴는데/ 아아 거룩할세라 오색도 영롱히/ 때 아니 열린 하늘 문(門) 한 채"(「天啓」 전문)

밤이면 슬기론 제비의 하마 치울 꿈자리 내 맘에 스미고

내 마음 이미 모든 것을 잃을 예비 되었노니

「立秋」 부분

내 한가로운 대로

산비탈에 앉어 호을로 낙시를 느리니

조고마한 은빛 고기 있어

물 우에 올러와 내 손바닥에

이 외롭고도 고요한

가을의 마음을 살째기 지꺼리더라

「秋海」 부분

도회에 내린 가을이

소스라 선 고층 모슬이에 고은 파문을 기치고

소리 없이 지는 가로수 잎새에도 진실이 기뜨려

천지의 적력(寂歷)함이

포도(鋪道) 우에 오가는 발자죽마다 어리었나니

붉은 석양이 비낀 하얀 돌 벽에 기대여서면

아득한 산맥이 눈섭 끝에 다다러

나는 마지못할 한 마리 소어(小魚)러라

「秋寥」 전문

유치환 시에서 고독의 정서는 가을의 이미지에서도 간취되는 바이다. 가을은 일반적으로 수확의 계절이며 결실과 풍요를 상징한다. 그

러나 위 인용시들에서 가을은 이와는 상반된 이미지를 드러내고 있다. 「立秋」에서 '쨍이'는 어김없이 '한마리'이며 그나마 '지붕 넘으로' 사라지고 만다. '땅의 그림자'는 '근심'에 어려있고 '내 맘'에 스미는 '꿈자리' 또한 어둡고 냉(冷)한 분위기에 자리하고 있다. 그리고 무엇보다도 '이미 모든 것을 잃을 예비'가 되어 있는 시적 자아의 마음에서 고독과 상실의 이미지는 극명하게 표출되고 있다.

가을 바다의 낚시 또한 고독을 상징하는 행위에 다름 아니다. '조고마한 은빛 고기'는 '외롭고도 고요한 가을의 마음'을 건드리는 상관물이 되고 있기 때문이다. 도시의 가을 또한 이와 다르지 않으며 '소스라선 고층 모슬이', '포도(鋪道)', '하얀 돌벽' 등은 가을의 분위기를 더욱 삭막하게 만드는 장치로 작용한다. '천지의 적력함'은 길 위를 오가는 모든 사람들에게 어리고 있으며 시적 자아는 '마지못할 한 마리 소어', 즉 '적은' 물고기로 표상되고 있다. 이처럼 유치환 시에서 고독의 정서는 외로움, 상실, 차가움의 이미지로 형상화되고 있으며 이때 시적 자아는 '적은', '초라한'이라는 시어로 수식되는 위축되고 소외된 자아상으로 현현되고 있다.

> 바다 소리가 시가에 들리고
> 산허리 측후소에 하얀 기폭이 나부긴다
> 비인 개[浦]는 멀리 치웁게 반짝이고
> 이 몇날을 돌아오는 배가 없다
>
> 「港口의 가을」 전문

바다 같은 쪽빛 깃발을 단 배는

저 멀리 바다 넘으로 가버린지 오래이고

포구에는 갈매기 오늘은 그림도 그리지 않고

멀건히 푸른 하늘엔 고동도 울리지 않고

선부(船夫)들은 이렇게 배들을 방축에 매어 둔 채로

어디로 다들 피하였는가

그늘진 창고 뒤 낮잠 자는 젊은 거지 옆에

나는 뉘도 기다리지 않고 앉았었노라

「港口에 와서」전문

　고독의 정서를 창출하는 또 다른 일군의 이미지로 '항구'를 들 수 있다. 항구는 떠남이 있는가 하면 돌아옴이 있고, 이별의 슬픔이 있는가 하면 재회의 기쁨이 있으며 기다림과 짙은 그리움이 있는 공간이라 할 수 있다. 그러나 유치환의 시에서 항구는 떠남은 있으나 돌아옴이 없고 번잡함과 활기 대신 '텅빔'과 정체의 공간으로 상정되어 있다. 「港口의 가을」의 항구는 '멀리' 빈 '개[浦]'가 '차웁게' 반짝이고 '몇 날을 돌아오는 배'가 없는 텅빈 공간이다. 이러한 분위기는 또 다른 항구에 관한 시 「港口에 와서」에도 그대로 이어진다. '쪽빛 깃발을 단 배'는 '멀리 바다 넘으로 가버린지 오래'이고 포구엔 그 흔한 갈매기도, 고동소리도, 심지어 선부들조차도 없다. '낮잠 자는 젊은 거지'와 '뉘도 기다리지 않고' 그 옆에 앉아있는 화자는 항구의 고독과 무기력함을 극명하게 드러내는 역할을 하고 있다.

　이처럼 유치환은 그의 시에서 '돌멩이, 새, 가을, 항구' 등의 이미지를 통해 절대 고독 속에 던져진 자아를 현현해 내고 있다. 그렇다면 이러한 고독은 어디에서 연원하는 것일까? 그것은 원시의 본연으로부터 벗어난 세계에 던져진 자아라는 인식에서 연유하는 것이다. 다음 시들에서 고독의 연원이 보다 구체적으로 드러나고 있다.

나는 고양이를 미워한다
그의 아첨한 목소리를
그 너무나 민첩한 적은 동작을
그 너무나 산맥(山脈)의 냄새를 잊었음을
그리고 그의 사람을 분노ㅎ지 않음을
범에 닮었어도 범 아님을

「고양이」 전문

너는 본래 기는 즘생
무엇이 싫어서
땅과 낮을 피하야
음습한 폐가(廢家)의 지붕 밑에 숨어
파리한 환상과 괴몽(怪夢)에
몸을 야위고
날개를 길러
저 달빛 푸른 밤 몰래 나와서
호을로 서러운 춤을 추려느뇨

「박쥐」 전문

인용시 「고양이」에서 화자는 '나는 고양이를 미워한다'라고 '고양이'에 대한 적의를 분명하게 표명한다. 이 적의의 궁극적인 원인은 고양이의 '산맥의 냄새를 잊었음'에 있다. 즉 화자의 고양이에 대한 적의가 원시의 본연적 자태에서 벗어나 있음에서 연유한다는 의미이다. 야성의 자기 정체성을 상실한 채 인간에 '분노치 않'고, 아첨하는 고양이에 대한 적의인 것이다.

작품 「박쥐」는 '새도 아니고 날개를 지녔다는 점에서 포유류와도 구별'49되는 '박쥐'에 시적 자아의 관념을 투사시킨 작품이다. 화자에 의하면 박쥐는 '본래 기는 즘생'이다. 그러나 현실의 박쥐는 그 본연의 자태를 벗어나 '땅과 낮'을 피하여 '음습한 폐가의 지붕 밑에 숨어'있는 존재이다. 본연적 자아의 정체성을 상실했다는 측면에서 '고양이'와 '박쥐'는 동일한 층위의 존재이자 본연적 자아를 억압하는 당대 현실에서의 인간을 표상하는 존재라 할 수 있다. '파리한 환상과 괴몽'은 본연적 자아를 박탈당한 현실, 병적인 세계이다. '박쥐'는 이러한 현실에서 '몸을 야위고 날개를 기'른다. 일반적인 표현은 '몸이 야위고 날개가 자란다'는 수동태일 것이나 화자는 '몸을 야위고 날개를 기른다'는 박쥐의 능동적 행위로 표현하고 있다. 이 '몸을 야위고 날개를 기르'는 행위는 비상에 대한 의지와 관련된다. '달빛 푸른 밤 몰래 나와서/ 호을로' 추는 '서러운' 춤은 시적 자아의 불안을 표상한다. 니체에 의하면 현존재가 '본래의 자기'로 돌아가려고 하는 의지는 현존재의 '불안'에서 기인하는 것이다. 불안을 느끼게 되면 현존재는 세상 안에

---

49 유치환은 인간을 "신과 만물과의 중간에 위치하고 있는" 중간자적 존재로 인식하고 있음을 표명한바 있다. 「박쥐」는 이러한 인간의 속성을 잘 보여주는 작품이라 할 수 있다. (유치환, 「인간의 우울과 희망」, 『구름에 그린다』, pp. 209~210.

던져져있는 상태에서 자기 본래의 실존을 향하여 초월하려고 한다.[50] 그러므로 '달빛 푸른 밤 몰래 나와서/ 호올로' 추는 '서러운' 춤은 시적 자아의 고독의 자태이자, 고독한 자아에 대한 인식, 이에 대한 불안의 표상이며, 이 고독과 불안은 본래적 실존을 향한 초월, 즉 비상을 향한 구동이 되고 있다.

작품 「박쥐」는 본연적 자태를 잃은 시적 자아가 고독에 침잠해 있는 것에서 머물지 않고 본래의 자기에 대한 자각과 의지를 드러내고 있다는 점에서 의미가 있다. 자아의 고독과 그에 대한 자각이 없으면 본연적 자아에 대한 의지 또한 있을 수 없다. 이러한 맥락에서 「박쥐」는 작품 「飛燕의 抒情」과 연결된다.

집도 거리도 안개 속에 묻히어

잔뜩 우의(雨意) 짙은 이른 아침

비연(飛燕) 두엇

망막을 베듯 날쌔게 날고 있나니

너는 오늘도 시간에 일어

창문을 자치고 생활을 개점하여 앉건만

이날 하로의 기대나 근심을

너는 얼마큼 정확히 계산할 수 있느뇨

이는 정하게 길든 일상의 습성!

---

50 불안은 현존재의 현구조 전체를 통일적으로 규정한다. 따라서 현존재를 가장 참되게 나타내는 근본적 요소가 된다. 여기서 불안은 공포와는 다르다. 공포는 뚜렷한 대상이 있지만 불안은 대상이 없다. 불안은 현존재의 밑바닥이 무라고 하는 데 그 원인이 있다. 무에 직면하는 데서 현존재는 그 본래의 자기를 자각하게 된다. 즉 현존재가 본래적 상태로 돌아갈 수 있는 가능성이 생긴다. (최민홍, 앞의 책, pp.168~178.)

　　오히려 박쥐보다 못한 존재임을 알라

　　보라 임우기의 이른 아침

　　비연의 긋는 날칸 인식의 탄도(彈道)를

　　차거운 의욕의 꽃팔매를

「飛燕의 抒情」전문

　위 시의 시간적 배경은 '이른 아침'이지만, '안개 속에 묻히어' 있는 '집'과 '거리'로 인해 명쾌함보다는 무겁고 희미한 분위기를 연출하고 있다. 시에서 '너'는 '오늘도' 어김없이 '이른 아침'에 '생활을 개점'하였지만 이는 의식과 자각이 없는 '일상의 습성'에 의한 행위임을 화자는 꼬집고 있다. 화자는 '정하게 길든 일상의 습성'에 젖어 있는 '너'를 '박쥐보다 못한 존재'로 규정한다. 여기에서 '박쥐'는 '일상에 젖어있는' 자아와 상반되는, 깨어있는 의식으로 고독과 마주하고 있는 자아를 자각하는 존재이다. 즉 작품「박쥐」에서 시적 자아를 표상하는 '박쥐'인 것이다. 화자는 부연 안개 속을 비상하는 '비연 두엇'의 동선을 '날칸 인식의 탄도', '차거운 의욕의 꽃팔매'로 인식한다. '비연'의 비상이 '날칸 인식'과 '차거운 의욕'에서 추동되고 있음을 의미하는 것이다.

　　달아 나오듯 하여

　　모처럼 타보는 기차

　　아무도 아는 이 없는 새에 자리 잡고 앉으면

　　이게 마음 편안함이여

　　의리니 애정이니

　　그 습(濕)하고 거미줄 같은 속에 묻히어

나는 어떻게 살아 나왔던가

기름때 저린 '유 치환'이

이름마저 헌 벙거지처럼 벗어 패가치고

나는 어느 항구의 뒷골목으로 가서

고향도 없는 한 인족(人足)이 되자

하여 명절날이나 되거든

인조 조끼나 하나 사 입고

제법 먼 고향을 생각하자

…… 중략……

내만의 생각의 즐거운 외로움에

이 길이 마지막 시베리아(西佰利亞)로 가는 길이라도

나는 하나도 슬퍼하지 않으리

「車窓에서」부분

위 시는 '유치환'이라는 이름을 거명하여 시의 화자가 시인 자신임을 밝히고 있어 주목된다. 먼저 '모처럼 타보는 기차'라는 표현에서 기차를 탄 행위가 '일상에서의 탈피'[51]의 의미를 지니고 있음을 엿볼 수 있다. 또한 첫 행의 '달아 나오듯' 하였다는 화자의 행위는 이 일상에서의 탈피가 시적 자아의 의지에서 비롯되었음을 드러낸다.

인간은 모두 그 자신의 일상 속에서 자신의 경험이나 가능성, 활동들을 기반으로 관계들을 발전시켜 나가며, 이러한 일상적 현실을 그 자신의 세계로 간주한다. 그런데 이 일상적 세계는 개인에게 너무도 친숙하고 낯익은 세계이므로 현실이나 자아의 진정한 모습, 본연적 자태가 이 일상의 세계를 통해 드러나기란 어려운 일이다. 일상성이

강화되면 강화될수록 일상을 통해 확보된 세계인식은 단편성과 즉자
성에 매몰될 수 있다는 의미이다. 그러므로 개인은 자아를 둘러싼 익
숙한 세계로서의 일상성 안에서 자아 혹은 대상에 대한 '인식의 자기
동일성'을 깨뜨림으로써 자아와 대상의 본질에 다가갈 수 있는 것이
다. 고독 또한 일상성 안에 머물게 되면 의미가 없게 된다. 하여 고독
에 대한, 혹은 고독한 자아에 대한 날카로운 인식이 중요한 것이다.
전언한 바와 같이 고독한 자아에 대한 자각이 전제될 때에야 비로소
본연적 자아로 돌아가려는 의지 또한 기대할 수 있기 때문이다.

시인 자신이 시의 화자로 등장하는 위 인용시에서는 기차를 타는
행위에서 일상에서의 탈피를 모색하고 있다. 화자는 화자 주변의 모
든 일상과의 단절, '아무도 아는 이 없는 새'에서 편안함을 느낀다. 화
자의 탈피 하고자 했던 일상은 '습(濕)하고 거미줄 같은 속'이며 이는
문명의 발달과 산업화로 인한 본연적 자아의 상실[52]과 관계된 것이
다. 화자는 '의리니 애정이니' 하는 인간사에 둘러싸인 일상에서 벗어

---

51 여행은 일상에서의 탈피를 위한 일반화된 방법이자 적극적 의지이다. 유치환은 일상
에서의 탈피를 산책과 여행(여기에서 여행은 가벼운 여행을 비롯하여 이주, 방랑 등
을 포함한 '떠남'이라는 확장된 의미의 여행이다.),이 과정에서의 사색을 통해 실현하
였으며, 이러한 여행을 문학의 주요 모티프로 삼은 시인이기도 하다. '여행'모티프
는 인용시 「車窓에서」(1947)를 비롯하여 「離別」(1935), 「義州ㅅ길」(1939), 「동일」
(1947),「逃走에의 길」(1949) 외 다수의 시편들과 『뜨거운 노래는 땅에 묻는다』
(1959)에 수록된 단장들, 60년대의 산문 「방학이 되면」, 「산중일기」등에서 지속적으
로 확인된다. "청마의 방랑벽은 북만주에 가서도 멈출 줄을 몰랐다. …… 청마의 북만
주 방랑의 발길도 하얼빈을 중심으로 동서남북 수백 리까지 …… 돌아다녔던 것으로
생각된다."는 문덕수의 언급은 유치환의 '여행'에 대한 의지를 확인해 준다. (문덕수,
『청마 유치환 평전』, p.117.)

52 "문명이 발달하고 분업화가 진행되는 오늘날의 산업과정과 사회기구가 필연적으로 인
간 각 개인을 마치 그물의 코처럼 무수한 他와의 연결 위에 비로소 있게 하는 것이므로
그 속에서 마침내 각 개인은 본연한 자아는 잃고 마는 결과를 가져온다." (유치환, 「산
중일기」, 『구름에 그린다』, p.429.)

나기를 염원하며, 이를 '유치환'이라는 이름마저도 벗어버리고자 하는
극한에까지 몰고 간다. 하여 드디어는 '어느 항구의 뒷골목으로 가서/
고향도 없는 한 인족(人足)이 되'고자 한다. '고향도 없는 한 인족'이라
함은 자아를 규정하는 어떠한 인위적 틀이나 관계, 이목 등에서 벗어
난 본질적 자아, 본연적 자아의 표상이라 할 수 있다. 이러한 맥락에
서 '시베리아'라는 공간은 드러난 의미 그대로 유배지, 혹은 죽음의 공
간으로 해석할 수도 있겠지만 「生命의 書(1章)」의 '아라비아'와 같은,
자아가 '본연한 자태'로 존재할 수 있는 원시의 공간으로 해석할 수도
있겠다.

　「生命의 書(1章)」은 이러한 본연적 자아에 대한 염원과 의지를 극
명하게 드러내고 있는 작품이다.

　　　나의 지식이 독한 회의를 구하지 못하고
　　　내 또한 삶의 애증(愛憎)을 다 짐지지 못하여
　　　병든 나무처럼 생명이 부대낄 때
　　　저 머나먼 아라비아(亞喇比亞)의 사막으로 나는 가자.

　　　거기는 한 번 뜬 백일이 불사신같이 작열하고
　　　일체가 모래 속에 사멸한 영겁의 허적(虛寂)에
　　　오직 아라 -의 신만이
　　　밤마다 고민하고 방황하는 열사(熱沙)의 끝.
　　　그 열렬한 고독 가운데
　　　옷자락을 나부끼고 호을로 서면
　　　운명처럼 반드시 '나'와 대면케 될지니.

하여 '나'란 나의 생명이란

그 원시의 본연한 자태를 다시 배우지 못하거든

차라리 나는 어느 사구(沙丘)에 회한 없는 백골을 쪼이리라.

「生命의 書(1章)」 전문

　일상에서 자아의 본연한 자태를 잊거나 상실하게 되었을 때 화자는 '병든 나무'처럼 앓게 된다. 화자가 '병든 나무'처럼 '생명이 부대끼'는 이유는 '삶의 애증을 다 짐지지 못'함에 있다. 이러한 구도는 위에서 살펴본 작품 「車窓에서」와 흡사하다. '의리니 애정이니 그 습(濕)하고 거미줄 같은 속'이 바로 '삶의 애증을 다 짐지지 못'하는 현실과 동궤에 있는 것이다. 이러한 일상에서 벗어나고자 하는 의지는 '떠남'으로 발현된다. 일상에서의 탈피로서의 떠남은 작품 「車窓에서」에서는 '달아나오듯' 하여 기차를 타고 떠나는 행위로, 「生命의 書(1章)」에서는 '머나먼 아라비아 사막'으로 가자는 결의로 나타나고 있다. 그런데 「生命의 書(1章)」에서 고독의 의미는 좀 더 분명하게 드러나고 있다. 3연을 보면 '열렬한 고독'은 시적 자아를 '운명처럼 반드시' 자신과 대면케 하는 기제로 작용함을 확인할 수 있다. 즉 고독과 마주하는 가운데 본질적 자아에 대한 자각이 일어나고 돌아가고자 하는 의지를 기대할 수 있게 된다는 것이다. 위 시에서 본연적 자아에 대한 의지는 매우 강하게 표출되고 있다. '원시의 본연한 자태를 배우지 못하거든/ 차라리 나는 어느 사구(砂丘)에 회한 없는 백골을 쪼이'겠다는 부분[53]이 그러한데 이는 '원시의 본연'에 대한 시적 자아의 의지가 죽음을 각오할 만큼, 다시 말해 생을 걸 만큼 강함을 의미하는 것이다.

　'아라비아 사막'은 바로 원시의 공간이다. 이 원시의 시공간을 표징

하는 '아라비아 사막'은 '한 번 뜬 백일이 불사신처럼 작열하고/ 일체가
모래 속에 사멸한 영겁의 허적'이 자리하는 곳이다. '한 번 뜬 백일이
불사신처럼 작열'한다는 것은 일상과 비일상이 구별되지 않는 시공간
이라는 의미, 일상과 비일상의 구분이 더 이상 의미를 갖지 못하는 상
태라는 뜻이다. '일체가 모래 속에 사멸한 영겁의 허적'에서는 삶과 죽
음, 죽음과 재생의 구분이 모호하다. 이렇게 볼 때 '아라비아 사막'으
로 대변되는 원시는 다소 신화적이고 신비롭게 다가오지만 유치환은
자신이 생각하는 원시에 대해 구체적으로 밝힌 바 있다. 유치환이 생
각하는 원시, 미개의 상태란 "자기의 주인은 오직 자기일 수"[54] 있는
시공간이다. 자아가 자신의 주인이 될 수 있을 때 일상과 비일상의 구

---

53 김광엽은 이를 근거로 유치환의 「生命의 書」가 오히려 反生命으로 나아가고 있다고
분석하였다. 즉 죽음을 결단할 만큼의 강한 의지로 해석하지 않고, 이 시의 화자가 '아
라비아 사막'으로의 도피를 결행하고 이 허구의 공간에서 자살 의도를 실현시키려 하
는 것으로 해석한 것이다. (김광엽, 앞의 논문, p.51.) 임수만 또한 이 시에서 "생명에
부대끼는 시적 자아가 오히려 비생명의 극단으로 가고자 하는 자학적 구도를 발견"한
다. 그러나 이는 "생명이 사멸해 가는 상황에 처한 시적 자아가 모든 존재를 부정하는
죽음과 같은 공간과 대결하여 새로운 생명에의 긍정으로 전환하고자 하는, 부정과 부
정의 대결을 통하여 새로운 긍정으로 나가고자 하는 시도"로 분석하고 있다. (임수만,
앞의 논문, pp.85~86.) 결론적으로 이 시는 시적 자아가 '아라비아 사막'으로 '도피'하
여 '자학'하고자 하는 것, 특히 자살의 의도를 드러내는 것은 더더욱 아니며, 이와 대결
하여 새로운 생명의 긍정을 성취코자 하는 강한 의지를 보여주는 작품이라 할 수 있다.
54 "인간의 미개상태란 무진한 불편 속에 그날 그날을 의식만에도 말할 수 없는 위협과 신
고를 무릅써야 겨우 얻을 수 있다할지라도 거기서는 언제고 자기에게 대한 권리자는
자기이요, 자기의 주인은 오직 자기일 수 있으므로 저 문명의 사회에서는 한 시도 소홀
히 할 수 없는 他와의 커다란 책임 밑에 노예처럼 밤낮으로 쫓겨야만 하는 시간에도 여
기서는 차라리 침식을 놓고 늘어지게 나태할 수 있는 덕을 누릴 수도 있는 것이다." (유
치환, 앞의 글, p.429.) 유치환이 직시하고 있는 현실은 '문명의 사회'이며 '한 시도 소
홀히 할 수 없는 타와의 커다란 책임 밑에 노예처럼 밤낮으로 쫓겨야만 하는' 시공간이
다. 이러한 현실에서 시적 자아는 '삶의 애증을 다 짐지지' 못하는 존재로, '의리니 애정
이니 그 습(濕)하고 거미줄 같은 속에 묻히어' 살아온 자신에 대해 회의하는 존재로 자
리하게 되는 것이다.

분은 더 이상 의미가 없게 되는 것이다. 우리는 여기에서 유치환이 생각하는 본질적 자아, 본연적 자태에 대해서도 유추해 볼 수 있다. '자기에 대해 권리할 수 있는 자는 오직 자신'임을 믿고 '오직 자기만이 자신의 주인이 될 수 있다'는 태도가 바로 그것일 것이다. 이는 "나는 내 자아의 주인이 될 때 비로소 나 자신이 된다."[55]는 슈티르너의 언표와 일치한다.

> 나는 나의 힘의 소유자이다. 그리고 나 스스로 유일한 존재임을 자각할 때 비로소 소유자가 될 수 있다. 유일한 존재로서 소유자 자신은 그가 태어난 창조적 무로 복귀한다. 그것이 신이든 인간이든 간에 나의 위에 군림하는 지고의 모든 본질은 나의 유일성의 감정을 약화시키고 오직 이러한 의식의 태양 앞에서 퇴색하게 만든다.[56]

슈티르너에 의하면 '신이든 인간이든 나의 위에 군림하는 지고의 모든 본질'은 '나'를 '유일한' 자신의 주인이 되는 것을 가로막는다. '의리니 애정'이라는 것과 '삶의 애증'이란 바로 화자 위에 '군림하는 지고의 모든 본질' 중 하나인 것이다. 슈티르너가 언급한 '창조적 무'로의 복귀는 '내가 내 자아의 주인이 되'는 본연적 자아로의 복귀에 다름 아니다. 슈티르너의 에고이즘은 심리적 에고이즘에 기반을 두는 것으로 평가할 수 있다. 그가 볼 때 인간은 언제나 이기심에 의해 오직 판단하고 행동하는 자기중심적 존재이다. 그러므로 누구든지 순수하게 애타적으로

---

55 김은석, 앞의 책, p.132.
56 Max stirner, *Der Einzige und sein Eigentum*, 김은석, 위의 책, 2004, pp.118~119에서 재인용.

행동하는 것은 위선인 것이다. 타인의 이익을 위하는 행위라 할지라도 그것은 항상 자기의 이익을 추구하고자 하는 동기에서 비롯된다. 따라서 행위의 동기를 이기적인 것과 애타적인 것으로 구분하는 것은 옳지 않다. 애타심은 이기심의 또 다른 표현에 불과하다.[57]

'의리'나 '애정'이라는 개념 또한 사회에서 그 의미를 높게 평가하는 가치들 중 하나이며, 굳이 이기와 애타에서 양자택일을 하자면 애타심에서 발로한 가치라 할 수 있겠다. 그러나 이 개념들은 본연적 자아의 경우엔 고가치의 의미로 존재할 수 있겠으나, 인간과의 관계에 기반하고 있는 사회의 특성상 이미 틀지어진 선, 의, 정의라는 고정관념과 이에 따른 타자의 시선에 매일 경우 자아 위에 군림하는 억압의 형태로 존재하게 된다. 그러므로 인간 사회에 존재하는 '지고의 모든 본질'들은 그 자체로 고정된 가치와 의미를 지니는 것이 아니라 자아의 자태에 따라 규정지어지는 것이라 할 수 있다. 작품 「車窓에서」와 「生命의 書(1章)」에서는 본연적 자태를 잃은 시적자아에게 '의리'나 '애정', '삶의 애증' 등이 '습하고 거미줄 같은' 구속으로 작용하고 있음을 보여주고 있다.

전언한 바대로 아나키즘의 뿌리는 자연으로, 아나키즘이 생각하는 자연은 균형과 조화의 원리이며 이는 자연 안에 본래부터 갖추어져 있는 평등과 공명의 원리, 본연적 질서가 실재한다는 믿음에 근거한 것이다. 그런데 합리적인 개념화, 합리적인 논리의 탈을 쓴 온갖 문명의 횡포 아래에서 인간은 본연적 자태를 잃고 인간의 정신과 마음은 노예화 되어 스스로를 탐욕과 억압의 사슬에 구속하게 된다. 일제의

---

57 위의 책, pp.124 - 125.

식민지 정책은 이러한 탈선의 문명의 극단적 예이며 이러한 강제와
인위적 질서 속에서 본연적 자아를 상실한 시적 자아는 절대 고독속
에서 본연적 자아를 탐색하는 양상을 보인다. 그렇다고 유치환의 시
세계에서 시적 자아가 은둔이나 침잠의 태도를 보이는 것은 아니다.
그의 시에서 고독은 오히려 본연적 자아로 회귀하기 위한 '통과제
의'[58]적 가치를 내재하고 있다고 할 수 있다. 즉 유치환은 다수의 자연
물과 자연적 배경들을 고독한 시적 자아를 상징하는 상관물로 등장시
키고 있는데 그의 시에서 고독은 자아를 매몰시키는 역할을 하는 것
이 아니라 본연적 자아를 탐색하고 나아가 본연적 자아로 회귀하고자
하는 의지를 갖게 하는 기제로 작용하고 있는 것이다.

---

58 "온갖 생물을 시들리고, 움츠려뜨리기 마련인 것으로만 우리가 알고 있는, 그 서글프고
가혹한 추동(秋冬)이라는 계절이 실상은 온갖 생물의 생명들이 다시 움트고 소생함에
는 없지 못할, 반드시 치러야만 되는 과정이 아닌가 하는 것이다. …… 온 생물에게 하
나도 달갑지도 고맙지도 않은 조락(凋落)과 위축(萎縮)과 사멸(死滅)만을 가져다주는
추동이라는 그 서글프고 가혹한 계절이, 생물의 생존에 이같이 없지 못할 반드시 있어
야만 되는 것이 듯이, 인간에 있어서도 고독이라든지 비애라든지 빈한 같은 것도, 인간
이 생명하고 생존함에는 반드시 치러야 되는 것이며, 이러한 견디기 힘드는 고비를 치
르므로써 생존과 생명은 더욱 곱게 개화하게 되는 것인지도 모를 일이다." (유치환, 「
생명의 必須」, 『나는 고독하지 않다』, 정음사, 1985, pp.137~139.) 물론 유치환의 이
러한 진술을 삶의 다난한 애환을 극복할 때라야 진정한 '생존과 생명'을 영위할 수 있다
는 일반적인 의미로 받아들일 수도 있다. 그러나 그의 시세계에서 고독이 '나'를 대면하
기 위한 전제가 되고 있으며, 이를 통한 본연적 자아에 접근하는 패턴을 보이고 있는
점을 상기하면 고독은 단순히 삶의 애환중의 하나가 아니라 본연적 자아로의 회귀를
위한 '통과제의'적 구조의 일면으로 분석할 수 있는 것이다.

2. 생명에의 열애와 인간에 대한 사랑

1) 생명의지와 자기반역의 변증적 관계

개인주의적[59] 아나키스트인 막스 슈티르너에 의하면 유일자[60]는 자신 이외의 모든 것을 부정한다. "나에게 있어서 모든 것은 무이다" 라는 표현에서 알 수 있듯이 유일자는 일체의 신, 인간성, 진리, 국가, 법, 공동선과 같은 보편적이고 추상적인 개념과 가치를 부정한다.[61] 그러나 이 같은 부정은 단지 파괴 그 자체에 그치는 것이 아니라 현실을 극복하는 창조의 출발점으로 의미를 갖는다.[62] 이런 의미에서 유일자의 출발은 변증법적이라 할 수 있다. 다시 말해서 유일자는 결코

---

59 '개인주의'는 아나키즘을 비판하는 속성 중의 하나이다. 그러나 아나키즘이 생각하고 있는 개인주의는 실제로는 19세기의 전반적 운동, 즉 사회결정론의 우상화와 추상적 관념론 등에 대항하여 인간에게 스스로의 근본적인 특성을 일깨워주고, 근대문명의 가장 극명한 결과로 나타나면서 진행된 비인간화를 저지하려고 촉구한 것이었다. (김성주·이규석, 「아나키즘과 인간의 자유 - 절대자유의 사상에 관한 일고찰」, 『사회과학』 제42권(통권 제55호), 2009, p.28.)

60 슈티르너에 의하면 '유일자'란 모든 외적인 사물이나 관념에 제약을 받지 않고, 그것을 받아들여 소비하는 소유인(所有人), 자유인(自由人)을 의미한다.

초월적인 것이 아니라 부정의 부정을 통해서 자신의 세계를 창조해간다. 슈티르너는 "나는 공이라는 의미에서 무가 아니다. 나는 창조적무, 즉 창조자로서의 나 자신이 모든 것을 창조하는 무"라고 강조하는것도 이 때문이다.[63]

유치환 시의 경우 극단적인 개인주의적 아나키즘의 면모를 보이는것은 아니다. 그러나 그의 시의식은 '보편적이고 추상적인 개념과 가치를 부정'한다는 아나키즘의 특성에 연결되어 있다. 이러한 맥락에서그의 시의 한 특징적 면모라 할 수 있는 '자학'적 양상은 부정의 부정을 통해 자신의 세계를 창조해 나가는 슈티르너의 사유와 연결된 것으로 볼 여지가 있다.

> 詩人이 되기 전에 한 사람이 되리라는 이 쉬웁고 얼마 안된 말이 내게
> 는 갈수록 감당하기 어려움을 깊이 깊이 뉘우쳐 깨다르옵니다. …… 오
> 늘 불상한 生涯에 있는 오직 하나의 가까운 血肉을 위하여서만으로도

61 이러한 면에서 아나키즘은 니체의 사상과 상통하는 면이 있다. 니체와 아나키즘은 근대 민주주의의 틀인 대의 민주주의와 국가를 강력하게 비판했다는 점에서, 개인의 차이와 독특함을 추상적이고 보편적인 평등으로 대체한 것을 비판했다는 점에서, 그리고 개인의 활력을 회복하고 기를 수 있는 사회를 추구했다는 점에서 공통점을 갖는다. 그러나 아나키즘이, 사회적인 구속이 없어지면 사람들이 자율적으로 자신들의 사회원리를 구성할 것이라고 믿었던 반면 니체는 대중을 믿지 않았다는 차이가 있다. (하승우, 「직접행동의 정치사상적 해석 - 아나키즘과 니체를 중심으로」, 시민사회와 NGO, 한양대학교 제3섹터 연구소, 2004, p.145, p.170.)

62 아나키즘은 부정적인 철학, 단순히 파괴의 철학으로 간주되곤 했던 것이 사실이다. 그러나 아나키스트들이 파괴를 인정하고 있다고 한다면 그것은 자연의 세계에서 죽음과 새롭게 탄생하는 생명을 가져오는 영원한 과정의 일부로서만 그랬던 것이고 또 자유의 인간은 파괴된 과거의 폐허 속에서 재건할 수 있고 보다 나은 상태로 재건할 수 있는 힘을 가지고 있다고 믿었기 때문이다. (김성주·이규석, 앞의 글, pp.27~28.)

63 김은석, 앞의 책, pp.114 - 117.

길ㅅ가의 한 신기리가 되려는 그러한 굳고 깨끗한 마음성을 가지기를 나는 소망하오니 어느 때 어느 자리에다 제 몸을 두어도 오직 그의 가질 바 몸짓과 마음의 푸른 하늘만은 아끼고 잊지 않는다면 우리는 어찌 人類에 絶望하오리까64

유치환이 만주로 이주한 때는 1940년이다. 위 인용글은 1939년 발간된 『靑馬詩抄』의 서문으로 유치환이 만주로 이주하기 직전에 쓴 글이라 할 수 있다. 유치환의 '만주행'에 대해선, 국민징용령(1939), 창씨개명(1940) 등 암울한 국내상황과 유치환 주변의 아나키스트들로 인한 일제의 감시와 탄압을 거론하는 글65도 있고, 농장 관리일을 맡아 새로운 삶을 도모하여 이주하였다는 개인적 사정을 드는 글66도 있어 그 정황을 정확하게 파악하기는 어렵다. 뿐만 아니라 어느 한 사건에 한 가지 동기만이 작용하였다고 보는 것이 오히려 무리가 있는 관점이며 여러 동기가 복합적으로 작용하였다고 보는 것이 마땅할 것이다. 다만 유치환이 만주행을 결행하기 전에 쓰인 위의 글에서 그 동기의 일면으로 '추상적이고 보편적인 개념과 가치'를 부정하는 아나키즘적 면모의 단초를 발견할 수 있다는 것이 본고의 판단이다.

"나의 가까운 血肉을 위하여서만으로도 길ㅅ가의 한 신기리가 되려는 그러한 굳고 깨끗한 마음성"을 가지기를 소망한다는 것은 당대 현실의 관점에서 보면 역사의식 혹은 애국심에서 빗겨난 편협하고 이기

---

64 유치환, 「序」, 『靑馬詩抄』, 청색지사, 1939, pp.5~6.
65 박철석, 「청마 유치환의 삶과 문학」, 『한국현대시인 연구-18 (유치환)』, 문학세계사, 1999, p.190.
66 문덕수, 『청마유치환평전』, 시문학사, 2004, pp.107~109.

적인 태도에 해당되는 것이다. 충군애국의식이 강조되는 사회를 유지해왔던 우리 민족에 있어서는 오히려 자신과 혈육을 나라를 위해 희생할 줄 아는 것이 진정한 애국심이며, 일제 강점이라는 현실에서는 이러한 애국행위가 그 어느 때보다 절실하게 요구되었기 때문이다. 이러한 시대적 상황에서 유치환의, 혈육을 위하는 마음성의 강조와 이에 대한 실천적 행위로 보이는 만주 이주의 결행은 반애국적 행동으로 비칠 수 있는 것이다.

　슈티르너는 이러한 도덕, 윤리, 애국 등과 같은 보편적이고 추상적인 개념을 '고정관념'으로 규정한다.[67] 온갖 고정관념으로 왜곡된 현실에서 개인의 행위와 사회적 권위의 대립은 불가피하며, 이때 개인은 반사회적인 인물로 매도당할 수밖에 없다 그러나 슈티르너는 이러한 에고이스트의 행위가 비난받아야 할 죄인으로서의 삶이 아니라 오히려 진정한 의미의 나의 삶을 살아가는 결연한 의지의 표현이라고 강조한다. 그에게 에고이즘은 도덕적 범주의 문제가 아니라 단지 인간행위에 관한 실재하는 사실의 문제일 뿐이다. 슈티르너는 사회적 당위와 윤리적 규범을 거부하고 오직 개인의 이해에 의해서만 행동할 것을 선언하였다. 그에게는 개인에게 부과되는 어떠한 선이나 도덕도

---

67 일본뿐만 아니라 중국, 한국 등 동아시아 아나키즘에 많은 영향을 끼친 일본의 대표적 아나키스트 고토쿠 슈스이는 애국심이란 "국민의 허구와 미신의 결과"이며, 애국주의란 "야수의 천성이자 미신이요, 광란이자 허구이며, 호전적인 마음"이라고 주장하였다. (조세현, 『동아시아 아나키즘, 그 반역의 역사』, 책세상, 2008, p.28.) 한편 베르그송은 보편적인 선의 구현이 아닌, 한 사회의 보존과 이익을 위한 도덕을 '닫힌 도덕'이라 명하였다. 일정한 집단의 이기주의를 내포하고 있는 이 '닫힌 도덕'은 이방인에 대한 배타성과 공격성을 내재하고 있다. 이러한 맥락에서 그는 애국심의 본질을 다른 국가나 인민보다도 자기 조국과 동족을 우위에 놓는 집단의식으로, '닫힌 도덕'의 일면으로 보았다. (김진성, 『베르그송 研究』, 문학과 지성사, 1990, pp.21~25.)

없고 사회를 위해 헌신해야 할 어떠한 당위도 없으며 이는 개인에 대한 압력체계일 뿐이다.[68]

아나키즘의 윤리와 도덕에 대한 비판과 부정은 도가사상에서도 확인되는 바이다. 도가적 기준에서 볼 때 도덕이나 부도덕, 불법이나 합법이 결국 등가[69]이며, 중요한 것은 개인에게 있는 소중한 생명성과 자연적 본성을 잃어버려서는 안된다는 것이다. 이는 도가에서 슈티르너의 에고이스트적 개인을 인정하는 것은 아니지만, 윤리나 도덕이 개인의 정신적 자유를 구속한다는 것, 그리고 그것이 지배자 혹은 권력자에 의해 인간을 위한 필연적이고 불변의 절대진리인 것처럼 '교육'된다는 것을 간파한 결과이다. 유치환의 사유에서도 이러한 사상과 유사한 점을 발견할 수 있다.

기독교에 있어서는 처음부터 인간을 죄인으로 규정하고 출발한다. 이 단정이 어쩌면 마땅한 것인지도 모른다. 왜냐 하면 인간의 뻗어나려는 생명의 본연한 욕구를 어떠한 필요에서건 절제함이 없이 적나라하게 충족하려 하며는 인간 사회에서 어떠한 이유에서건 그것을 제약하고 방해하려 드는 그 온갖 제약과 방해를 과감히 배제 돌진하여야 하며, 그 배제

68 김은석, 앞의 책, pp.123~128.
69 "천하 사람들은 모두 무언가를 위해 희생한다. 인의를 위해 희생하는 사람들을 세속에서는 군자라 하고, 재물을 위해 희생하는 사람들을 세속에서는 소인이라고 한다. 제 몸을 희생한다는 점에서는 매한가지지만 군자가 있고 소인이 있다는 것이다. 목숨을 해치고 본성을 손상시킴에 있어서는 도척 역시 백이와 마찬가지인데 그 두 종류 사이에서 어떻게 군자와 소인을 구별하겠는가?" (『莊子』, 「騈拇」: 김갑수, 「도가 사상과 아나키즘」, 『시대와 철학』제19권 3호, 2008, pp.346~347에서 인용.) 이는 도가적 기준 즉 개인의 생명과 자연성의 보존이라는 점에서 보면 둘 다 옳지 않다는 점에서 등가라는 의미이다.

행위가 자신의 생명엔 선이로되 타에게는 악이 되는 마치 원죄를 범하는 그 위치에 생명의 본연은 있기 마련인 때문이다. 그러므로 인간이 아무리 이상적인 사회를 구성한다 하더라도 필경은 그것은 각개의 생명의 본연에서 친다면 한갓 선의 포기와 억제로써 얻어지는 윤리라는 순치(馴致)된 가면의 소득이 아닐 수 없는 것이며, 또한 이 순치된 가면은 어느때고 인간 자신의 손으로서 다시 박탈됨을 피할 수 없는 것이다.[70]

위 글에서 인간의 이른바 '이상적인 사회'라는 것이 '각개의 생명의 본연'이라는 측면에서 본다면 '선의 포기와 억제로써 얻어지는 윤리'에 의해 존립하는 것이라는 유치환의 인식이 드러나고 있다. 또한 그의 사유는 '이 순치된 가면은 어느때고 인간 자신의 손으로서 다시 박탈됨을 피할 수 없다'는 데에까지 이르고 있다. 이는 '억제로써 얻어지는 윤리'에 의해 지탱되는 사회의 구조에서는 지배층의 구성원만 달라질 뿐 '생명의 본연'이 '제약'되고 '방해'받는다는 점에서는 달라질 것이 없다는 의미이다.

이러한 사상이 유치환의 만주행의 전적인 동기라 할 수는 없을 것이다. 또한 유치환이 적극적으로 이러한 사상을 수용하여 이에 대한 실천적 삶을 살았다는 정황을 포착할 수도 없다. 그러나 그의 사유가 폭넓게 아나키즘의 사상에 닿아있음을 확인하게 됨에 따라 이러한 사상이 그의 삶에 어느 정도 영향을 미쳤음은 미루어 짐작할 수 있는 것이다. 실제로 보편적·추상적 개념에 대한 거부, 그로부터의 거리를 상정하는 태도는 위 글에서뿐만 아니라 그의 작품의 초기시에서 후기

---

70 유치환, 「회오의 신」, 『나는 고독하지 않다』(청마유치환 전집 3권), 정음사, 1985, p. 256.

시에 이르기까지 지속적으로 확인되고 있어 이러한 사상이 그의 시의
식에 깊이 배태되어 있음을 알 수 있다.

> 나는 저 무릇 문명과는 등진 허막(虛漠)한 북만(北滿)의 자연과 거기
> 에서 이루어지는 인간 생활들에 대하여 날이 갈수록 향수 같은 것을 느
> 끼게 되는 것이다. 곰곰히 그 이유를 생각해 보면 거기에선 인간의 생활
> 들이 선이고 악이고간에 생명의 혼신껏 용출(湧出)이 필요되고 또한 그
> 것 없이는 생존할 수 없음에 비하여 오늘 여기 문명한 민주와 자유가 창
> 궐 구가(猖獗 謳歌)하는 지역에서는 애당초 혼신껏이라는 것이 통용되
> 지 않을 뿐 아니라 오히려 그 따위로서는 하잘것없는 우물(愚物)로서 으
> 레 발등이나 뒷덜미를 치어 존립할 수 없기가 마련인 것 같다.71

위 글은 만주생활에 대한 향수를 통해 '본연의 생명성'과 문명사회
와의 대립을 구체적으로 보여주고 있다. 청마는 '북만'에 대한 향수가
'거기에선 인간의 생활들이 선이고 악이고간에 생명의 혼신껏 용출'에
의해서만이 생존이 가능하였기 때문이라 고백하고 있다. 선/악이라는
보편적 개념의 범주에서 벗어나 '소중한 생명성과 자연적 본성'에 의
해 생존함이 가능했던 공간에 대한 향수인 것이다. 그에 반해 '오늘 여
기'는 '애당초 혼신껏이라는 것이 통용되지 않'는 곳이며 생명의지라는
'자연적 본성'은 '하잘것없는 우물'로 취급되어 '존립'할 수 없는 시공이
다. 그러므로 '북만에 대한 향수'라는 것은 유치환의 생명의지에 대한
지향을 보여주는 상관물인 것이다.

---

71 유치환, 「再版序」(『生命의 書』, 행문사, 1955.), 위의 책 pp.322~323에서 인용.

사나운 정염(情炎)의 불을 품은

강철의 기관차 앞에

차거이 빛나는 두 줄의 철로는

이미 숙인(宿因) 받은 운명의 궤도가 아니라

이 거혼(巨魂)의

-스스로 취하는 길

-취하지 아니ㅎ지 못하는 길

의지를 의지하는 심각한 고행의 길이로다

비끼면 나락(奈落)!

또한 빠르지 않으면 안 되나니

오오 한가닥 자학에도 가까운 의욕과 열의의 길이로다

보라

처참한 폭풍우의 암야(暗夜)에 묻히어

말없이 가리치는 두 줄의 철로를

그리고 한결같이 굴러가는

신념의 피의 불꽃의 화차(火車)를

「鐵路」전문

　철로가 시적 자아의 인생행로를 표상한다면 '강철의 기관차'는 바로
시적 자아이다. 그러나 제목에서 드러나듯이 시는 '기관차'가 아니라
'철로'를 중심으로 진행된다. 보편적 '철로'는 이미 정해진 길이지만 화
자가 인식하는 '철로'는 '숙인 받은 운명의 궤도'가 아니라 '스스로 취
하는' 능동적 선택의 길이다. 따라서 이어지는 '취하지 아니ㅎ지 못하

는 길'이란 '운명'이라는 의미라기보다 자연적 본성에 의한 의지라는 의미로 받아들여야 할 것이다. '처참한 폭풍우의 암야'란 암울한 식민지의 현실을 표상하는 것이기도 하지만 잠재적으로 인간을 억압하는 보편적, 추상적 개념을 의미하는 것이기도 하다. '신념의 피'란 청마의 만주행과 관련하여 볼 때 후자에 가까운 측면에서 해석 될 수 있기 때문이다. 그런데 위 시에서 '정염', '피', '불'과 같이 강한 이미지로 발현되는 '의욕'과 '열의'가 '자학'에 연관되어 의미지어지고 있다는 점이 주목된다. 자학이 절망이나 부정의 층위에서가 아니라 강한 의지의 층위에서 의미를 획득하고 있기 때문이다.

기왕의 연구에서 유치환 시의 자학적 양상은 이미 비판적인 관점에서 주목을 받은 바 있는데, 김윤식의 「허무의 의지와 수사학」이 대표적이라 할 수 있겠다. 김윤식은 이 글에서 유치환의 '자학'을 "신명을 던지지 못한 자기변명", "신명을 던지지 못한 것에 대한 complex의 해소 방법", "생명의지를 빙자한 자기 학대의 채찍질"로 규정하고 있으며 유치환의 '생명의식' 또한 '자기합리화'로서 "철저히 회한 없도록 자신을 학대하는 방향을 모색하게 되었"다고 설명하고 있다.[72]

물론 유치환의 만주체험 전후의 시에서 '자학'적 구도가 부각되고 있는 것이 사실이지만 그의 시에서 '자학'의 양상은 만주이주와 관련되지 않은 시기에서도 발견된다. 이는 유치환 시의 '자학'적 구도가 역사 complex만으로 해석될 수 없음을 의미하는 것이며 이러한 해석과 평가는 매우 제한적인 의미를 갖게 될 수밖에 없는 것이다.[73] 그러므로 유치환 시의 '자학'의 양상은 그의 총체적인 문학적 궤적과의 관련

---

72 김윤식, 앞의 글, pp. 181~182.

하에서 새롭게 해석될 필요[74]가 있다. 유치환의 만주행이 생명의 본연성, 자연적 본성에 대한 지향과 관련성이 있음을 앞에서 살펴보았다. 유치환 시에 드러나는 '자학'의 면모 또한 그의 만주이주 결행에 대한 자기합리화, 자기변명의 차원에서가 아니라 생명의지로 승화되고 있음에 주목하여 조명해 볼 수 있을 것이다. 이러한 맥락에서 유치환 시에 드러난 '자학'의 면모는 슈티르너의 '자기반역'[75]의 개념과 관련지어 해석해 볼 수 있다.

자기반역이란 개인의 의식차원에서의 내적 변화에 대한 호소라 하겠다. 외부조건이 아니라 개인의 의식의 변화를 통한 기존체제의 전복이다. 자기반역은 고정관념으로 인해 소외된 현실에서 유한하고 개별적인 개인이 현실 속에서 스스로 철저히 이기적으로 인식하는 자기확인인 것이다. 슈티르너에게 있어서 이것이야말로 모든 추상과 보편성에 대립시키는 자아긍정의 실천수단이다.[76] 유치환의 작품에

---

73 임수만 또한 "청마의 문학이 역사 complex로 해소될 수 없는 부분을 갖고 있다면 이러한 해석과 평가는 제한적인 의미를 갖게 될 수밖에 없다"는 점과, "이러한 콤플렉스의 긴장이 제거된 해방 후의 시에 대해서는 별다른 성과를 평가하기 어려울 것 같다"는 김윤식의 결론 또한 수용하기 어려운 부분이라고 지적하고 있다. (임수만, 앞의 논문, pp.83~84.)

74 임수만은 유치환 시의 '자학'적 면모를 낭만주의적 아이러니의 관점에서 '자기부정'의 측면으로 해석하고 있다. "아이러니적 대상 즉 아이러니스트가 공격하거나 겨냥하고 있는 대상이 자기 자신이라면 상황은 더욱 아이러니적일 것"인데 청마에게 있어서 이러한 양상이 '자학'으로 나타난 것이라 판단하고 있는 것이다. (위의 논문, pp.83~94.)

75 슈티르너는 혁명과 반역을 구분하고 있다. 혁명은 상황의 전복, 국가와 사회의 기존 조건 안에서 혹은 단순한 위치의 전복이며 따라서 정치적 또는 사회적 행위이다. 반역은 불가피한 결과로서 실질적인 환경의 변화를 가져오기는 하지만 환경의 변화에서 시작되는 것이 아니라 사람들의 불만에서 시작하는 것이다. 반역은 무장봉기가 아니라 반역으로부터 야기되는 여러 가지 사항을 고려하지 않고 일어나는 개인의 봉기이다. (Max stirner, *Der Einzige und sein Eigentum*, 김은석, 앞의 책, p.151에서 재인용.)

76 김은석, 위의 책, p.151.

서 이러한 '자기반역'은 '자학'의 양상으로 드러나고 있다는 판단이다. '자기반역' 내지 '자학'이 '자기확인'이나 '자기 긍정의 실천수단'이 된 다는 것은 '자학'이 변증법적 구도에 자리하고 있다는 의미이다. 이는 "이제 나의 목표는 기존질서의 전복이 아니라 그것을 뛰어넘은 나의 고양이며 나의 목표와 행위인 것이다. 혁명은 인간에게 정돈하도록 명령하는 데 반해 반역은 인간에게 반역을 위한 자기고양을 요구한 다"[77]는 슈티르너의 진술에서도 확인되는 바이다. 현실에 고착된 자 아를 반역하기 위해서는 자기고양이 요구되고 자기반역을 통해 형성 된 자아는 더욱 고양된 자아, 진보된 자아의 층위에 위치하게 되는 것 이다. '자기고양'에 의한 '반역', '자기반역'을 통한 '고양'은 바로 변증 법적 구도에 다름 아니며, 이러한 구도에서 유치환 시의 '자학'은 '자 기고양'을 위한 매개로 작용하고 있음을 유추해 낼 수 있다. 이러할 때 비로소 '자학'이 '의욕과 열의'에 연결되어 의미 지어지는 것이 가 능해 지는 것이다.

> 내 애련에 피로운 날
> 차라리 원수를 생각노라
> 어디메 나의 원수여 있느뇨
> 내 오늘 그를 만나 입마추려 하노니
> 오직 그의 비수를 품은 악의 앞에서만
> 나는 항상 옳고 강하였거늘

「怨讐」 전문

---

77 위의 책, p.152.

위 시에서도 동일한 구조를 확인할 수 있다. '애련에 피로운 날'이란 시적 자아의 내면에서 애련이 승하고 의지가 약해진 때를 의미한다. 이러한 때 화자는 '원수'를 생각한다. '원수'는 화자의 의지를 환기하게 하는 매개이다. 그런데 화자가 '원수'를 만나 '입마추려' 한다는 데서 의미전달이 쉽게 이루어지지 않는다. '원수'와 '입맞춤'을 연결하는 맥락을 찾기가 쉽지 않기 때문이다. 먼저 '원수'의 의미부터 살펴 볼 필요가 있다. 유치환의 작품에서 '원수'는 단순히 '적대자', 대상 그 자체만을 의미하는 것이 아니다. 자아에게 '완강히 보내려는 죽음', 존재에 속한 모든 것을 '말살'시키려는 의도 내지는 그 요소들을 일컫는 것이다. 유치환은 이러한 요소들이 자신에게 "마땅히 있어 옳을 것들"[78]이라 하였다. 그 이유는 위 인용시에서 드러나고 있다. 자신을 말살 시키려는 '비수를 품은 악의'앞에서만 화자는 '항상 옳고 강하엿'기 때문이다. 즉 '원수의 비수를 품은 악의'는 화자를 '옳고 강하'게 만드는 기제로 작용하는 것이다. 바꾸어 말하면 화자는 이 '비수를 품은 악의'를 자신을 '고양'시킬 매개로 삼고 있는 것이다.

유치환 시에서 '자학'은 '비수를 품은 악의'류와 동일한 층위에서 '자기고양'의 매개로 의미를 부여할 수 있다.

---

78 "나의 작품에 있어서 일컫는 원수나 敵은 나의 적대자 자체를 말함이 아니요 그들이 내게로 완강히 보내려는 죽음과 내게 속한 모든 것의 말살 그것을 가리키는 것이며 나아가서는 나의 전 존재에 대한 汎敵對者의 總稱으로 쓰인 것입니다. 그러므로 그들 원수나 敵은 필경 내게 마땅히 있어서 옳을 것 들이요 또한 내 자신처럼 그지없이 덧없는 존재로서의 그들이기도 했던 것입니다."(유치환,「背水의 時間에서」,『구름에 그린다』, p.78.)

내 너를 내세우노니

끝없는 박해와 음모에 쫓기어

천체인 양 만년을 녹쓸은

곤륜(崑崙)산맥의 한 골짜구니에까지 탈주(脫走)하여 와서

드디어 영악(獰惡)한 달단(韃靼)의 대상(隊商)마저 여기서 버리고

호을로 인류를 떠나 짐승같이 방황ㅎ다가

마지막 어느 빙하의 하상(河床) 밑에 이르러

주림과 한기(寒氣)에 제 분뇨(糞尿)를 먹고서라도

너 오히려 그 모진 생명욕을 버리지 안겠느뇨

내 또한 너를 여기에 내세우노니

-아바지여 만일 즐기시거든

내게서 이 잔을 떠나게 하소서!-

이미 정해진 운명 앞에 파렴치하여서는 안 되노라

물굽이에 지푸라기로

운명에 휩쓸려 꺼져서는 안 되노라

끝까지 너가 운명만 하고

운명이 너만한 그 위에 당당히 디디고 서서

너 종용(從容)히 들어 그 부당한 잔을 마시겠느뇨

「내 너를 세우노니」 부분

이 시에서 '내'나 '너'는 모두 시적 자아이다. '내'는 현상적으로 존재하는 자아이자 결의를 묻는 자아이고 '너'는 '여기'라는 당위의 삶 앞에 '내세워져' 그 결의를 물음 받는 자아이다. 화자가 인식하는 당위의 삶이란 '모진 생명욕'을 버리지 않는 것이고, '운명에 휩쓸리지 않고' '당당히 디디고 서'는 것이다. '이미 정해진 운명'이란 화자에게 있어서 피할 수 없는, 굴복하든, 당당히 맞서든 반드시 치러야 할 무엇이다. 화자는 이 '운명앞에 파렴치'하지 않고 '운명에 휩쓸려 꺼'지지 않기 위하여 시련의 길을 가정하여 결의를 다짐하는 것이다. '호을로 인류를 떠나 짐승같이 방황'하는 것, '어느 빙하의 하상(河床) 밑에 이르러/ 주림과 한기(寒氣)에 제 분뇨(糞尿)를 먹'는 극한 상황은 화자가 '너'에게 제시한, 혹은 스스로 선택한 자학의 길이자 설정이다. 그러나 유치환의 시에서 '끝없는 박해와 음모', '자학'과 같은 시련의 형태는 생명의 지를 고양시키는 매개로 작용하고 있음을 그의 시의 변증법적 구도를 통해 이미 살펴보았다. '오히려 그 모진 생명욕을 버리지 않겠느뇨'라는 의문형의 종결어는 생명욕을 버리지 않아야 한다는 당위, 생명욕을 버리지 않겠다는 결의의 강조이다. 그 길이 험하면 험할수록 그것은 오히려 '생명욕'을 추동하는 힘이 되고 있다는 의미인 것이다.

> 진실로 어느 무렵
>
> 난데없는 탄환에 쓰러질지 모르는 마당에서
>
> 오히려 죽고 삶을
>
> 닿았다 사라지는 바람보다 개의찮는
>
> 이 모습들을 보라

······ 중략 ······

그러나 보라

오히려 이 나의 있고 없음을

바람보다 개의찮는

이 표표한 모습들을

이 길을 모르고야

이 길을 모르는 너만의 아까운 목숨이고야

설령 천 권의 책을 써 낸다기로

그것은 개발의 티눈

나는 너를 경멸할 수밖에

「卑怯」부분

지새는 달빛 아래 소리 높이 노래하며

츄럭을 내몰아 전우는 가노니

일찍이 나를 업신녀긴 원수

그 원수의 뒤를 쫓아

힘과 힘

목숨과 목숨을 대결하기 위하여

차라리 노래하며 즐거이 가노니

인제는 나를 죽음으로 몰아 세운

그에게의 분노가 아니라

조국도 공명(功名)도 아니라

오직 하나밖에 아닌 이내 목숨을

웃으며 버릴 수 있는 이 벅찬 순정이여

노래하라 전우여 젊은 목숨이여

구복(口腹)이 찢어지게 노래하며 가라

「노래 - 通川에서」전문

유치환의 시에서 '생명의지'는 단순히 목숨을 영위하는 것을 의미하는 것은 아니다. 전쟁의 현장을 노래한 위 두 인용시들에서 '생명의지'의 진의를 파악할 수 있다. 「卑怯」에서는 언제 죽을지 모르는 전장에서 '죽고 삶을/ 닿았다 사라지는 바람보다 개의찮는' 병사들이 등장한다. 그것은 이들의 목숨이 흔해서가 아니다. 이들의 목숨 또한 '어느 세상과도 바꿀 수 없는 것'이며 '하늘 같은 애정에 저마다 받들린 것'임에 틀림없다. 그러나 이들은 '나의 있고 없음'에 개의찮는다. '이 길'을 모르는 '너만의 아까운 목숨'은 오히려 '개발의 티눈'만큼의 가치에 지나지 않다. 그러한 '너'를 '나'는 경멸할 수밖에 없다. 여기에서 '너'는 작품 「내 너를 세우노니」에서와 같은 구도로, 현상적으로 존재하는 자아인 '나'가 관찰자의 입장에서설정한 상황에 내세운 또 다른 자아이다. '이 길'은 이어지는 인용시 「노래」에서 보다 구체적으로 드러나고 있다.

작품 「노래」는 군가를 부르며 전진하는 병사들을 보고 그 찰나적 이미지에 시인의 이상(理想)의 인생행로를 이입하여 현현한 것이다. 그러므로 시의 진의는 표면적 진술 그대로가 아니라 배태되어 있는 상징적 의미들에 기대어 파악될 때 제대로 드러날 수 있을 것이다. 이 시에서도 '하나밖에 아닌 목숨'을 '웃으며 버릴 수 있는' '젊음 목숨'이 등장한다. 이 '젊은 목숨'은 '일찍이 나를 업신녀긴 원수/ 그 원수의 뒤를 쫓아' 목숨을 대결하러 가는 길이다. 여기에서 '원수'가 의미하는 바를 다시 상기할 필요가 있다.

이 시에서 '원수'는 전쟁의 구도라는 의미망에서 볼 때 북한군임에 틀림이 없지만 그 보다는 작품 「怨讐」에서 고찰한 의미인, 자아에게 대립되는 모든 '악의', '범적대적' 대상으로서의 '원수'의 의미로 보는 것이 타당해 보인다. '조국'도 '공명'도 이들의 목숨과는 관계되지 않기 때문이다. '원수'가 '자기고양'을 위한 매개임을 상기할 때, '원수'와의 대결을 위해 가는 길에 노래를 부른다는 의미는 '원수'를 찾아 입맞추겠다(「怨讐」)는 의미와 동궤에 놓이는 것이다.

'나를 죽음으로 몰아 세운' 상황은 변증법적 구도에서 볼 때 자아의 '생명의지'를 고양시키는 역할을 한다. 그러나 이시에서는 이러한 구도가 성립되지 않는다. 오히려 목숨을 '웃으며 버릴 수 있음'을 찬양하고 있다. 화자는 '하나밖에 없는 목숨을 웃으며 버릴 수 있'는 이유가 원수에 대한 '분노'나 '조국', '공명' 때문이 아니라고 밝히고 있다. 상징적 의미를 유추하지 않는다면 참전한 군인이 목숨을 바치는 이유가 애국심, 공명, 적에 대한 분노 등에 있지 않다는 것은 타당성이 없어 보인다. 이는 '원수'로부터 고양되는 '본연의 생명성'의 맥락에서 이해되어야 한다.

'본연의 생명성'이 '조국', '공명'과 같은 추상적 개념들로부터 자유로운 것임은 이미 살펴보았다. 그런데 역으로 '아까운 목숨'에 연연하다 보면 그 '목숨'을 원인으로 하여 억압의 구도속으로 스스로 들어가게 마련이다. 이러할 때 '목숨' 또한 자아의 자유를 억압하는 대상으로 자리하게 되는 것이다. 그러므로 진정한 '자기'의 주인이 된다는 것은 결국은 '목숨'으로부터도 자유로울 수 있어야 한다는 의미가 된다. '오직

하나밖에 아닌 이내 목숨을/ 웃으며 버릴 수 있는 순정'이라야 진정한
본연의 생명성에 이르게 된다는 의미이다.

간을 저미는 슬픔도 아니 슬픈 체
그날 너와 헤지던 선창엔
날에 날마다 배들은 울고 가고 오건만

뉘 알리 이 마음
헛치고 웃어나 버리랴
「선창에서」 부분

벗과 만나 받는 술잔도 입에 쓰고
오직 한 마리 땅에 내린 새 모양
마음 자리 갖지 못하노니

내 언제 당신을 사랑한다 이르던

그러나 얼굴을 부벼들고만 싶은 알뜰함이
아아 병인 양 이렇게 오슬오슬 드는지고
「새」 부분

위 시들에서는 '자학'의 면모가 아이러니의 양상으로 발현되고 있다
는 공통점이 있다. '간을 저미는 슬픔'이지만 '아니 슬픈 체'하는 화자
의 심정적 태도가 작품 「선창에서」의 주조적 정서이다. '너와 헤어지

던 선창'에서 오히려 감정이 없는 '배'들은 '울고 가고 오'는데 화자는 '헛치고 웃어나 버'리고자 한다. 이는 아무도 '이 마음'을 알아주지 못할 것이라는 허전한 마음에서 연유한다. 주목되는 것은 '헛치고 웃어나 버리'는 화자의 표층과, 그에 비례하여 심연의 슬픔에 침잠해 있는 심층적 자아이다. '방축 가 일렁이는 물속'의 '내다 버린 신짝'이나 '게고동'은 이러한 화자의 마음을 표상하는 시각적 이미지이다.

이러한 구도는 작품 「새」에서 더욱 부각되고 있다. 이 시에서 '십이월의 추운 하늘 아래' 홀로 내려 앉은 '새'는 마음 둘 곳 없는 시적 자아를 표상한다. 화자는 '한 마리 땅에 내린 새 모양/ 마음 자리 갖지 못'하는 심정인 것이다. 그러나 '얼굴을 부벼들고만 싶은 알뜰함'은 표층에서는 '내 언제 당신을 사랑한다 이르던'이라고 반어적으로 표출되고 있다. 시적 자아의 표층과 이반되는 심층이라는 구도에서 '내 언제 당신을 사랑한다 이르던'이란 시구는 '당신을 한시도 사랑하지 않은 적이 없다'는 표현의 강조에 다름 아닌 것이다. 이러한 아이러니적 구도에서 본다면 만주체험에 관한 시에서 드러나는 극한의 자학적 면모에서도 그 심층은 이와 상치되는 방향으로 나아가고 있음을 유추할 수 있다. 즉 "심층으로서의 '재생'의 욕망과 표층으로서의 '자학'의 매커니즘이 아이러니적 구조 속에서 연결"[79]되고 있는 것이다. 가령, '-나는 한귀인이요/ 가라면 어디라도 갈/ -꺼우리팡스요'(「道袍」), '사람도 나도 접어 주지 않으려는 이 자학의 길에/ 내 열 번 패망의 인생을 버려도 좋으련만'(「廣野에 와서」), '오열인 양 회한이여 넋을 쪼아 시험하라/ 내 여기에 소리없이 죽기로/ 나의 인생은 다시도 기억ㅎ지 않으려니'

79 임수만, 앞의 논문, p.114.

(「絕命地」), '속에는 피눈물 나는 흥에 겨워 밤 가는 줄 모르나니'(「나는 믿어 좋으랴」) 등의 표현에서 '자학'적 태도는 극에 달하고 있는데, 아이러니적 구도에서 본다면 표층의 '자학'이 깊으면 깊을수록 심층의 생명의지 또한 그만큼 강렬함을 의미한다는 뜻이다.

어젯날 저녁,
아득히 닥아드는 모색(暮色)과 더불어 적막히 인거(人車)소리 넘어
나는 거리에 서서 기갈같이 앓이는 고독과 절망에 나는
그 무어던가?
그 무어를 애   게도 기다려 죽어 갔고

산산이여, 너희는
까무러치는 낙조의 마지막 여광(餘光) 속에 그 깊은 회오(悔悟)와 아
픔의 줄음살들을 짓고 마침내 절명하여 갔었으니

그러나 이 새벽,
너희 이마에는 장엄하고도 성스러운 비롯함의 빛이 그같이 서려나고
나의 가슴엔 함초롬히 이슬 젖는 기쁨이 다시 스며들거늘

그랬음에랴,
그 무한한 고독과 회오의 저녁이 있음으로 하여 여기에 이 거룩한 부
활이 있었음에랴, 짐짓 그 고독과 회오의 밤은 내게 더욱 깊어 크고 나
는 그것을 더욱더 달가이 겪어 건디었을 것을!

「復活」전문

나날이 드러나는 먼 산 그늘 젖은 검은 암석이며

홀홀 헐벗기는 발가숭이 초목들은

그대로 여지없이 채잔함이 아니라

다시 더 크게 거듭날 목숨을 위하여

다른 길로 작업하는 무진한 노력-

차라리 나를 사납게 구는 자를 솔직히 인식하므로

한 걸음 물러섬으로써 도로 열 걸음을 뻗쳐 내디딜

그런 힘을 마련키에 안으로 가만히 애쓰는 것이다.

스스로 깨물고 견디는 것이다

「계절에 서다」 부분

위 시들에서는 '자학'적 면모의 변증법적 구도가 표층에서 직접적으로 진술되고 있다. 먼저 「復活」에서 1연과 2연은 '고독과 절망', '회오80와 아픔'의 정서가 주조를 이루고 있다. 그러나 이러한 분위기는 3연에서 시간적 배경이 '저녁'에서 '새벽'으로 바뀌면서 전환된다. '절망'의 표상이던 '산'에서는 '장엄하고도 성스러운 비롯함의 빛'이 서려 나고 화자의 가슴엔 '기쁨'이 스며든다. 마지막 연의 '그 무한한 고독

---

80 유치환의 시에서 '회오'는 '회한'과 혼용되어 쓰이고 있는데 이 '회오'내지 '회한' 또한 변증법적 구도에서 긍정을 위한 부정의 매개로 작용한다. "이러한 느꾸었다 조였다 하는 날씨는 실상인즉 하늘이 그의 전능한 권위의 엄위로써 만물을 오직 준열히 휘몰아 다스리만 오던 그 오랜 다스림에 대한 스스로의 의혹과 어쩔 수 없는 뉘우침의 가만한 지정인지 모른다. …… 만물들도 가만한 이 같은 하늘의 회한을 대하고는 이제는 그들 자신의 모질음에 또한 스스로 은근한 뉘우침을 갖게 되는 것이다. 이 크다란 위우침을 만나서야 비로소 그 미련스리 얼어붙었던 땅은 녹아들고 …… 이 크나한 천지의 겸손한 互讓! 은밀한 화목!"(유치환, 「진눈까비」, 『새발굴 청마 유치환의 시와 산문』(박철석 편), 열음사, 1997, p. 151.)

과 회오의 저녁이 있음으로 하여 여기에 이 거룩한 부활이 있었음에
랴'에서 드러나듯 '무한한 고독과 회오'는 '거룩한 부활'이 있기 위한
매개가 된다. 화자는 이러한 이치를 알았다면 '고독과 회오'의 나날들
을 더욱 '달가이 겪어 견디었'을 것이라 고백하고 있다.

「계절에 서다」에서는 시적 자아의 하지 못한 행위에 대한 후회의
어조가 아니라 깨달은 자아의 실천적 면이 강조되고 있다. '훌훌 헐벗
기는 발가숭이 초목'들은 그대로 '채잔함'에 머무는 것이 아니라 '더 크
게 거듭날 목숨을 위'한 준비의 과정이다. '나를 사납게 구는 자'는 유
치환의 시에서 자주 등장하는 '원수'의 개념에 해당되는 대상이다. '나
를 사납게 구는 자를 솔직히 인식'한다는 것은 '나'에 대결하려는 모든
의지의 대상들을 거부하는 것이 아니라 '나를 고양시키는' 대상으로
인식하고 포용한다는 의미이다. 이는 뒤에 이어지는 '한 걸음 물러섬
으로써 도로 열 걸음을 뻗쳐 내디딜/ 그런 힘을 마련'한다는 시구에서
확인된다.

위 시들은 모두 '고독과 회오', '헐벗음'이라는 파괴의 모티프와, '부
활', '거듭날 목숨'이라는 재생의 모티프를 통해 긍정을 위한 부정의
계기라는 변증법적 구도를 드러내고 있다. 슈티르너에 의하면 "나를
찾는 길"은 "모든 가치의 전도"를 통해서 가능하다.[81] 그러므로 아나
키스트는 일체의 신성한 것에 속박되지 않고 무수한 우상을 파괴한
다. 슈티르너는 이렇게 선언한다. "파괴는 전 생명의 신비하고 영원
한 창조의 원천이다. 따라서 파괴하고 절멸시키는 그 영원한 정신을
믿게 하라. 파괴의 행동은 창조의 행동이다."[62] '파괴'가 부정성에서

---

81 김은석, 앞의 책, p.122.

그치지 않고 '창조'라는 긍정의 원천이 된다는 슈티르너의 언표 또한 변증법적이다. 유치환의 시에서 '자학', '고독과 회오' 등의 정서가 '자기 반역'이자 확대된 의미망에서 '파괴'에 포함되는 것이라 볼 수 있다면, 이를 극복한 '생명의지', '부활'이라는 재생모티프는 '창조'에 해당되는 것이다.[82]

　살펴본 바와 같이 유치환 시의 전시기에 걸쳐 긍정을 위한 부정의 매개라는 변증법적 구도가 확인되고 있다. 그러므로 유치환 시에서 '자학'의 면모와 '생명 의지'의 발현을 단순히 '신명을 바치지 못한 것'에 대한 '자기 합리화'로 해석할 경우 그 의미가 매우 제한적일 뿐만 아니라 유치환의 전체 문학적 궤도에서 볼 때 오독의 여지를 남기게 된다. 이러한 해석은 유치환 시의 정신사적 맥락이라는 관점에서 보면 일관성을 결여하게 되고 모순으로 남게 되기 때문이다. 유치환 시의 '자학'의 면모와 '생명 의지'의 발현은 그의 시의 구도적 특징이라 할 수 있는 자기부정을 통한 긍정, 파괴를 통한 창조라는 변증법적 구도 속에서 해석될 때 비로소 그 의미를 분명하게 드러낼 수 있으며, 유치환 시를 관류하는 정신사적 궤도에서 제 자리에 위치할 수 있게 되는 것이다.

---

82 Woodcock, George, *Anachism: A History of Libertarian Ideas and Movement*, Cleveland, Ohio: World Publishing Co, 1962, p.139. 방영준, 『저항과 희망, 아나키즘』, p.59에서 재인용.

2) 소박한 일상에 대한 희원과 박애정신

사회주의적 아나키즘과 개인주의적 아나키즘은 인간이 본질적으로 사회적 존재이냐 개체적 존재이냐라는 시각에 따라 분류한 것이다. 사회주의적 아나키즘의 가장 큰 특징은, 본래적인 인간관계를 상호부조와 협동으로 나타나는 동정심과 애정의 관계로 본다는 것이다. 사회주의적 아나키즘의 관점에서 개인주의와 사유재산제는 인간사회를 상호부조와 협동적 관계에서 멀어지게 하고 대립과 갈등관계에 놓이게 하는 원인이다. 따라서 사회주의적 아나키즘은 개인주의와 사유재산제를 거부하고 공동체적 연대감과 생산수단의 사회화 내지는 공유화를 위한 사회혁명을 주장한다.[83]

개인주의적 아나키스트 중에서도 고드윈은 슈티르너와는 달리 본래적 인간을 이기적 존재가 아니라 애타적인 존재로 본다. 슈티르너가 선, 윤리, 의무 등과 같은 추상적인 개념을 고정관념이라 규정하고 거부하는 것에 비해 고드윈은 공동선을 지향하는 인도주의적 아나키즘을 주장한다. 그러나 고드윈의 아나키즘도 본질적으로 개인주의적이기 때문에 그 초점은 공동체적 연대감과 박애정신에 있지 않고 모든 개인을 순수한 이성적, 애타적 존재로 복귀시키는 데 있다. 즉 인간은 본래적으로 애타적이기 때문에 외부의 간섭이나 규제 없이도 인간은 각자 스스로 진리를 인식할 수 있고, 현재의 상태를 부단히 개선시킴으로써 사랑과 정의가 숨쉬는 이상적 질서에 도달할 수 있다고 보는 것이다.[84]

---

83 김은석, 앞의 책, pp.34~35.
84 위의 책, pp.37~41.

유치환의 '자학'과 관련된 시가 그 주제와 구도적 면에서 슈티르너의 아나키즘적 특성을 배태하고 있다면, 그 대상이 인간으로 확대되었을 때 '본래적인 인간관계를 상호부조와 협동, 동정심과 애정의 관계'로 보는 사회주의적 아나키즘 의식의 일면을 보이고 있다. 사회주의적 아나키즘이 사유재산제를 거부하고 생산수단의 공유화나 공동체적 연대감을 추구하는 것은 자본주의가 인간관계를 대립과 경쟁체제에 놓이게 하고 나아가 인간의 도구화, 비인간화를 조장한다고 생각하기 때문이다. 유치환은 그의 시에서 이러한 비인간화에 대한 비판과 이에 대한 대타의식으로서의 소박한 일상에 대한 염원을 그리고 있고, 애정과 협동의 인간관계, 이를 기반으로 한 인간사회에 대한 희원을 드러내고 있다.

대밭에는 무수한 소년들이 들어 있어
그 어늣적 어느 날
한번 들어가고는 돌아올 줄 모르는
즐거운 소년들이 그 안에 있어

「風竹(3)」전문

하늘엔 드높은 저녁 노을
소년은 어디로 가버리고
고추장이만 고추장이만
축제일같이 모여 노는데
소년은 어디로 가고 없는가

「幼日」전문

돌아오라 기억의 골목길에서 나의 졸무래기들이여

비 맞고도 차라리 시시덕거리던

슬플 줄 모르는 그 즐거운 얼굴들을 하고

「매미」부분

위 시들에는 '소년들' 내지는 '졸무래기들'이 등장하고 있는데 이 '소년들'은 모두 부재하는 대상이라는 공통점을 가지고 있다. '그 어늣적 어느 날' '대밭'에 들어가 '돌아올 줄 모르'는 '무수한 소년들'(「風竹(3)」), '어디로 가버리고' 없는 소년(「幼日」), '기억의 골목길'에서 돌아오지 않는 '나의 졸무래기들'(「매미」)이 그것이다. 시적화자는 현재의 시점에서 과거의 '소년'들, 현재에는 존재하지 않는 '소년'들을 조명하고 있다. 그렇다면 '소년들'은 왜 가고 오지 않는 것일까? 부재하는 '소년들'은 바로 '즐거운 소년들'이며 '슬플 줄 모르는 즐거운 얼굴들을 한' 존재들이다. 화자에게 이 '즐거운 소년들'이란 현재에는 존재하지 않는, 행복한 시간으로서의 과거를 표상하는 존재들인 것이다. 또 한편으로는 상실된 화자의 유년을 의미하는 것이기도 하다.

흔히 유토피아는 '현실에서는 실현시킬 수 없는 시공간'[85]으로 인식되지만 마르쿠제는 유토피아가 단순히 현실의 부자유와 불행을 희망 속에서 대리 만족시키는 실현 불가능한 청사진이 아니라고 규정한다. "유토피아적이라고 낙인 찍혀 있는 것은 이제 더 이상 이 세상 어느 곳에서도 없는 것, 그리고 역사적 세계 속에서 어디에도 없는 것이 아

---

[85] 에른스트 블로흐는 아나키즘적 이상이 평등사회에 대한 당연한 생각으로 이해된다고 하면서도 '현재에는 바람직한 사회를 도저히 실현시킬 수 없다'는 입장을 옹호하는 데에 거꾸로 이용당하고 있는 경우로 인식하고 있다. (Ernst Bloch, 박설호 역, 『희망의 원리』, 솔, 1993, p.318.)

니라 오히려 기성 사회의 세력에 의해서 그 실현이 저해 당하고 있을 뿐"[86]이라는 것이다. 인간 해방의 가능성에 대한 추구를 마르쿠제는 예술에서 찾는다.[87] 전면적인 통제와 조작의 질서를 초월하고 전혀 다른 질서를 그 자신의 미적 형식 속에 표현하는 '예술'이야말로 부정, 거부, 저항의 중요한 계기가 될 수 있다고 보는 것이다. '예술적 상상력'은 실패한 해방과 배반된 약속에 관한 '무의식적 상기'에 대해 형식을 부여한다. 현실 초월로서의 판타지는 인간의 진정한 욕구를 간직하고 있는 영역이지만 '인간해방'이 단지 하나의 희망으로 그려지는 단순한 허구로서의 '유토피아'만은 아니라고 생각한다.[88]

「幼日」의 시간적 배경은 제목 그대로 유년의 어느 하루인데 화자는 현재라는 시간에서 유년의 어느 하루라는 과거에 존재하고 있다.

---

86 Herbert Marcuse, *Versuch ueber Befreiung*, 김애령, 「미학적 차원의 해방적 계기 - 마르쿠제 사회철학에서의 예술이론」, 이화여대 대학원 석사학위논문, 1990, p.27에서 재인용.

87 허버트 리드는 문화혁명을 통한 유토피아 건설을 주창한다. 이를 위한 예술가의 역할은 "원시사회의 점장이 혹은 마술사"의 그것과 같은 것이며 "그 스스로는 변화를 받는 일이 없이, 또 사회의 실체에 빨려드는 일 없이 사회혁명을 도와주는 것"(Herbert Read, 「문명은 밑으로부터」, 앞의 책, p.218.)이라 주장하고 있다. 국가권력을 통해 강요하는 권위주의자들의 유토피아 이상은 언제나 전체주의적 현실로 바뀌어 진다는 것을 지적하고, 특히 그것이 과학적 사회주의와 결합했을 때 유토피아는 더욱 황량해 진다고 밝혔다. 이는 유기적인 자유에 합리적인 틀을 씌우는 격이기 때문이다. 허버트 리드의 유토피아는 자유주의적 유토피아이다. 자유주의적 유토피아는 합리성의 과정이 아니고 상상력의 과정이다. 시적 상상력은 사회진화를 촉진하는 힘으로 모든 진화의 유기적 원리와 함께 활동하며 새로운 생명의 형식, 새로운 의식의 분야를 획득해가는 목적론적인 본능이기 때문이다. (조진근, 앞의 논문, p.47.)

88 마르쿠제는 현대 사회에서 유토피아는 '이성의 문제'라고 규정하고 그 가능성을 자본주의와 선진 사회주의가 도달한 기술적 힘들에서 발견한다. 기술적 진보에 대한 '이성적 사용'은 빈곤과 결핍을 근절할 수 있지만, 인간 필요의 영역을 충족시키는 본연의 요구를 넘어 지배와 착취의 도구로 봉사하게 되는 것은 이성이 배제된 불합리에 연원한다고 본다. (김애령, 위의 논문, pp.26~27.)

그러기에 시 속의 시간은 현재인데, 화자는 '고추장이'가 '축제일같이' 모여드는 과거의 현장에서 '소년'의 부재에 맞닥뜨릴 수 있는 것이다. '소년'은 화자 자신이기도 하며 결국 '즐거운 소년'이 존재할 수 있었던 과거는 현재의 화자에게 일종의 유토피아의 의미를 갖게 되는 것이다. 이러한 시적 상상력은 현재의 화자에게는 존재하지 않는, 그러나 과거에는 현재로 실재했던 유토피아를 현현하여 준다. 더 이상 '소년'이 존재하지 않는 과거의 현장성은 현재 화자의 상실의식을 드러내고 있는 것이다. 이처럼 유치환 시에서 유토피아는 현실에 실현시킬 수 없는 미래의 청사진이 아니라 과거에 실재했던 유년에서 찾아지고 있다. 화자는 '돌아오라'고 '나의 졸무래기들'을 호명함으로 유년 혹은 소년으로 표상되는 상실된 유토피아에 대한 강한 동경을 드러내고 있다.

겨울이 가고
이제 봄이 오고 있는
골짜기 눈녹잇물이 겨우 속살거리고
물 젖은 가지들
상기 눈바람이 목덜미 시린
해동녘은 흡사
우리 아버지 어머니가 젊었을 적
우리 집

온갖 것이 아쉽고 귀하고
오슬오슬 추우면서도
다들 풋풋하게 생기 차

내일이 항상 커다랗게 앞에 있어

언제고 부지런히 바빠하는

젊은 아빠와 엄마

그 검약한 애정과

정결한 윤리 속에

어린 우리 동기들이 자라나고

또 생겨나던

아 우리집 創世記

그 우리집 創世記ㅅ적 같은

이 마알간 해동녘

「解凍녘」전문89

  흔히 '시에서 드러나는 고향 상징은 근원적인 것이며 보이지 않는 의식의 뿌리'90라 한다. 그러므로 고향은 시적 화자의 안식처, 회귀하여야 할 공간, 모태와도 같은 유토피아적 공간으로 자리한다. 고향이 공간적 층위에서의 유토피아라 할 수 있다면 시간적 층위에서의 유토피아는 유년의 체험에서 찾을 수 있을 것이다. 유년의 시간이란 언제나 그 자체 속에 동일한 상태로 머물러 있어 변화하거나 소진하지 않는 시간91이며 또 하나의 정신적 고향이자 돌아가야 할 근원의 세계라 할 수 있다. 유치환의 시에서 고향은 자학과 연결되어 동경이나 '돌아감'이 아니라 외면과 '떠남'의 이미지로 현현되고 있는 반면 가족 공동체와 연결된 유년의 시간이 현재의 자아가 동경하는 세계, 유토피아의 세계로 상정되어 있는 양상을 보인다.

위 시에서 화자는 자신의 유년기를 '겨울이 가고 봄이 오고 있는' '해
동녘'으로 인식하고 있다. '온갖 것이 아쉽고 귀'했던 시기였지만 '내
일'이라는 희망이 '항상 커다랗게 앞에' 있기에 모두 '생기'에 차 있을
수 있었다. '그 검약한 애정'과 '정결한 윤리'속에서 탄생과 성장이 이
루어졌던 그 때를 화자는 '창세기'라 표현한다. 마르쿠제가 적절히 지
적한 바와 같이 유토피아는 현실에 존재하지 않는 상상의 세계가 아
니라, 오히려 기성 사회의 온갖 세력에 의해서 그 실현이 저해 당하고
있을 뿐이다. 유치환의 시에서 유토피아는 '즐거운 소년들'의 동심의

89『청마 유치환 전집 IV』, 국학자료원, 2008, p.128에서 인용.『波濤야 어쩌란 말이냐』
  (청마 유치환 전집 2권, 정음사, 1984)에는 미발표 시편들이 '메아리'라는 장명으로 엮
  여있다. 유치환의 유고시인「解凍녘」도 여기에 수록(p.291.)되어 있으나 수록과정에
  서 다른 시편(「바람」)과 혼용된 오류가 발생한 듯하다. '국학자료원'에 수록된「바람」
  의 전문을 인용하면 다음과 같다.

  千의 얼굴의/ 그러나 눈도 코도 없는 사나이/ 돌아와 쉰다// 종일을 이 거리, 저 거
  리/ 휘휘 돌고 돌며/ 숱하게도 만나고 만났건만/ 만난 거라곤 아예 없다./ 바람밖엔
  -// 바람이/ 밤, 수풀로 돌아가는 것은/ 어디로도 갈 데 없기 때문,/ 아무 데고 들려
  쉬는 것은/ 어디에도 쉴 데 없기 때문// 밤이면 으레 바람처럼 돌아오는/ 천의 얼굴
  의/ 그러나 눈도 코도 없는/ 빈 부대, 아 海恨이기도 아닌
  　　　　　　　　　　　－「바람」전문,『청마 유치환 전집 IV』, 국학자료원, 2008.

  온갖 것이 아쉽 귀하고/ 오슬오슬 추우면서도/ 바람이/ 밤, 수풀로 돌아가는 것은/
  어디로도 갈데 없기 때문, / 아무데고 들려 쉬는 것은/ 어디에도 쉴 데 없기 때문//
  밤이면 으레 바람처럼 돌아오는/ 천의 얼굴의/ 그러나 눈도 코도 없는/ 빈 부대/ 아,
  회한이기도 아닌/ 다들 툿툿하게 생긴 차/ 내일이 항상 커다랗게 앞에 있어/ 언제고
  부지런히 바빠하는 젊은 아빠와 엄마
  　　　　　　　　－「解冬녘」부분,『파도야 어쩌라 말이냐』(청마 유치환전집2), 정음사, 1984.

  그런데 '정음사'편의「解冬녘」에는 위에서와 같이 2연 중간에 작품「바람」의 3, 4연
  이 들어가 있고 '아쉽 귀하고'나 '툿툿하게 생긴 차' 등의 오탈자로 인해 의미전달이
  되고 있지 않다 . 반대로 작품「바람」엔 이 3, 4연이 생략되어 있다.
90 M. Eliade, 이동하 역,『성과 속』, 학민사, 1990, p.54.
91 J. Jaccobi, 이태동 역,『칼융의 심리학』, 성문각, 1978, p.40.

세계이며 가족공동체 안에서의 유년의 세계이다. 유년은 충만한 심적 충족을 경험했던 시공이자 어떤 억압도 아직 생겨나지 않았던 때를 의미하며 현실의 모순이 고조될수록 자아는 근원적 시공으로서의 유년의 순수했던 기억으로 회귀하고자 하는 욕구를 내재하게 된다.

　　다시 황혼이 오다

　　　낙조(落照)의 마지막 여광(餘光)이 먼 올림포스의 산산을 물들이고
　　　처마 끝에 찾아 든 참새들 즐겁게 법석대는 이 한때를
　　　사나이는 그의 선한 하루의 직책에서 돌아오고
　　　해 가는 줄 모르고 놀기에만 잠착한 아이들도 어서 오라
　　　종일을 안으로 거두기에 알뜰하던 지어미와 더불어
　　　돌이돌이 저녁상을 받아 마루 위에 둘러 앉은 자리
　　　이제 황혼과 더불어 가난한 신(信)들이 여기에 모였나니
　　　신의 날개도 가지지 않고
　　　니힐과 혼돈의 오늘의 이 고난의 날을 살아
　　　이십세기를 신화하는 어진 신들이여
　　　저녁상을 물러냄과 함께 밀려올
　　　등도 없는 무한한 밤아 오라
　　　팔굼치 베고 이 쥬피터- 일족은 또한 아랑곳없이 자리니

　　　아아 창창히 종교도 있기 전!

　　　　　　　　　　　　　　　　　　　「諸神의 座」 전문

「諸神의 座」에서는 성인인 화자의 가족 공동체의 삶이 그려져 있다. '선한 하루의 직책에서 돌아오는' 사나이, '해 가는 줄 모르고 놀기에만 잠착한 아이들', '종일을 안으로 거두기에 알뜰하던 지어미' 등은 가족의 소박한 일상을 구체적으로 드러내 보여준다. 그런데 이 시에서 이들의 삶은 '창창히 종교도 있기 전'으로 표현되어 가족의 소박한 일상성에 경건, 거룩함의 성격을 부여하고 있으며, 이는 유년의 가족 공동체를 그린 「解冬녘」의 '창세기'와도 같은 의미라 할 수 있다. 그러나 「解冬녘」에서 '희망'을 간취해 낼 수 있었다면 「諸神의 座」에서는 저녁상을 물린 화자의 가족 앞에 '등도 없는 무한한 밤'이 기다리고 있어 희망을 기대하기 힘든 암울한 현실임을 유추할 수 있다.[92]

유토피아 사상은 진보를 향해 직선적인 방향으로 나아가는 미래지향적인 움직임이며 합리적인 수단을 통해 인간에 의해서 이 세상에서 구축될 수 있는 인간의 작품이라고 정의[93]되기도 한다. 유치환의 시에서 '유년'이라는 과거에 대한 긍정과 '니힐과 혼돈의 오늘'이라는 현재에 대한 부정은 "삶을 초극할 유토피아를 미래 속에서가 아니라 과거 속에서 찾아 부정적인 현재를 대체시키고자 시도"[94]하는 것으로 볼 수 있다. 그러나 이는 과거, 혹은 전근대로의 회귀를 의미하는 것은 아니다. 오히려 현실의 부정과 변혁을 통한 진보된 형태의 세계이다. 그것은 현실의 모순에 대한 자각과 비판, 그에 대한 응전으로서의

---

92 유토피아에 대한 시적 상상력은 현실에 대한 부정적 인식을 내재하기는 하지만 역사적 현실 속에서 그 모순을 제거할 수 있는 직접적 무기는 될 수 없다. 그러므로 유토피아의 세계는 항상 부정적 근대성이 도래하기 전의 과거의 모습으로 구현될 수밖에 없는 것이다.

93 임철규, 『왜 유토피아인가』, 민음사, 1994, pp.11~30.

94 황동옥, 앞의 논문, pp.56~57.

유토피아95이기 때문이다.

> 거제도 둔덕골은
>
> 8대로 내려 나의 부조(父祖)의 살으신 곳
>
> …… 중략 ……
>
> 할아버지 살던 집에 손주가 살고
>
> 아버지 갈던 밭을 아들네 갈고
>
> 베 짜서 옷 입고
>
> 조약 써서 병 고치고
>
> …… 중략 ……
>
> 시방도 신농(神農)적 베틀에 질쌈하고
>
> 바가지에 밥 먹고
>
> 갖난것 데불고 톡톡 털며 사는 7촌 조카 젊은 과수 며느리며
>
> 비록 갓망건은 벗었을망정

---

95 한소트는 17, 18세기를 전후로 유토피아 사상가들의 관점이 많이 달라진 점에 주목하여 이 시기를 기준으로 고전적 유토피아와 근대적 유토피아로 구분하였다. 고전적 유토피아는 "고정된 판단 기준을 제공하고 사고 속에서 이념을 명료하게 하려고"하는 반면 근대적 유토피아는 "현실을 변화시켜 유토피아와 현실을 일치시키려고" 한다. 고전적 유토피아에 비해 근대적 유토피아는 그 실천적 성격이 강화되었다고 할 수 있다. 고전적 유토피아는 개인이 변화의 대상이며 근대적 유토피아는 일차적으로 사회구조를 변화시키는 데서 출발한다. 또한 고전적 유토피아가 변화와 발전이 없는 완전한 사회라는 유토피아의 불변성을 강조한다면 근대적 유토피아는 변화를 유토피아 사회의 통합적 부분으로 수용하여 동태적이고 진보적인 사회를 이상향으로 하고 있다. (Elizabeth Hansot, *Perfection and Progress: Two Mode of Utopian Thught*, Cambridge, Mass, 1974. pp.2 - 14, 손철성, 앞의 책, pp.20~23.) 유토피아 사회 자체가 완결된 형태로 제시되는 것이 아니라 지속적인 변화과정을 겪는 것으로 제시된다는 점에서, 그리고 현실을 변화시켜 유토피아와 현실을 일치시키려 한다는 점에서 근대적 유토피아는 아나키즘의 이상적 사회와 일치한다.

호연(浩然)한 기풍 속에 새끼 꼬며

시서(詩書)와 천하를 논하는 왕고못댁 왕고모부며

가난뱅이 살림살이 견다다간 뿌리치고

만주로 일본으로 뛰었던 큰집 젊은 종손이며

그러나 끝내 이들은 손발이 장기처럼 닳도록 여기 살아

마지막 누에가 고치 되듯 애석도 모르고

살아 생전 날세고 다니던 밭머리

부조(父祖)의 묏가에 부조처럼 한결같이 묻히리니

「巨濟島 屯德골」부분

'거제도 둔덕골'은 화자의 일가가 대대로 삶을 이루어 온 공간으로 근대 문물과는 거리가 먼, 농촌공동체의 이미지를 현현하는 곳이다. '7촌 조카 젊은 과수 며느리', '왕고못댁 왕고무부' 등의 구체적인 인물의 거명은 시의 사실성을 높여주는 작용을 하고 있는데 이들의 삶 또한 근대의 영향 밖의 일들이다. 그렇다고 이러한 공동체의 공간이 근대이전의 먼 과거의 이야기는 아니다. '가난뱅이 살림살이'를 뿌리치고 이곳을 벗어나 '만주로 일본으로 뛰었던 큰집 젊은 종손'이 공존하고 있기 때문이다. 이 시에서 '거제도 둔덕골'이라는 공간은 결코 과거에 존재했던 행복한 공간으로서의 유토피아가 아니다. 오히려 '두고 두고 행복된 바람이 한번이나 불어왔던가'를 묻게 되는 척박한 공간이라 할 수 있다. 그러나 또 한편으로는 자본주의의 경제원리가 적용되지 않는 곳이기도 하다. '할아버지 살던 집에 손주가 살고/ 아버지 갈던 밭을 아들네 간'다는 것에서 삶의 터전이라 할 수 있는 '집'과 '밭'이 교환가치로 환원되지 않고 사용가치로 의미지어지고 있음을 알 수 있다. 또한 '베 짜서 옷입고/ 조약 써서 병 고친'다는 시구에서 기계화나 대량생산이 아닌 필요한 양만큼 자급하는 생활임을 엿볼 수 있다. 이는 근대 이전의 전형적인 농촌공동체의 삶이라 할 수 있다. 개인의 가치가 그가 소유하는 부와 동일시되는 사회에서는 '차별욕'과 '경멸에 대한 공포' 때문에 인간관계는 맹렬한 이기심의 경쟁체제로 전락할 수밖에 없다.[96] 아나키스트들이 청빈, 소박한 생활을 지향하는 것은 이러한 자본주의의 경제적 착취와 이로인한 불평등으로부터 자유로울 수 있다고 생각하기 때문이다. 시적 화자는 이곳을 가난하지만 이들이 종내에는 돌아와 '부조의 묏가에 부조처럼 한결같이 묻히게' 될 근원의 공간으로 인식하고 있는 것이다.

> 가난하여 발 벗고 들에 나무를 줍기로소니
> 소년이어 너는
> 좋은 햇빛과 비로 사는 초목 모양
> 끝내 옳고 바르게 자라지라
>
> …… 중략 ……
> 어디나 어디나 떠나고 싶거들랑
> 가만히 휘파람 불며 흐르는 구름에 생각하라
> 진실로 사람에겐 무엇이 있어야 되고
> 인류의 큰 사랑이란 어떠한 것인가를

---

96 김은석, 앞의 책, p.79.

아아 빈한(貧寒)함이 아무리 아프고 추울지라도

유족함에 개같이 길드느니보다

가난한 별 아래 끝내 고개 바르게 들고

너는 세상의 쓰고 쓴 소금이 되라

「가난하여」 부분

첫째는 시집 가고

둘째는 타관으로 보내고

한 겹 창호지로도 족히

몇 아닌 식구의

추위와 욕됨을 가릴 수 있겠거늘

아내여

가난함에 애태우지 말라.

또한 가난함에 허물 있이 말라

진실로 빈한보다 죄 된

숫한 불의가 있음을 우리는 알거니.

얼른 이 문짝을 발라 치우고

저녁놀이 뜨거들랑

뒷산 언덕에 올라

고운 꼭두서니빛으로 물든 먼 세상의

사람들의 사는 양을 바라다 구경하자

「문을 바르며」 부분

위 시들에서는 가난에 대한 화자의 의식이 보다 명징하게 드러나 있다. 「가난하여」에서 '좋은 햇빛'과 '비'는 자본과 대비되는 자연이다. 화자는 소년에게 '좋은 햇빛'과 '비'만으로도 잘 자라는 초목처럼 가난에 의연하여 '끝내 옳고 바르게 자라'주기를 당부하고 있다. '옳고 바르게 자란다'는 것은 '진실로 사람에겐 무엇이 있어야 되고/ 인류의 큰 사랑이란 어떠한 것인가'를 고민하는 것이다. '진실로 사람에게' 필요한 것은 '유족함'이 아니다. '인류의 큰 사랑'이란 바로 박애의 공동 정신을 의미하는 것이다. 소년에게 '세상의 쓰고 쓴 소금'이 되기를 당부하는 것도 이러한 맥락에서이다. '유족함에 개같이 길든다'는 것은 더 많은 부의 창출을 위하여 '인류의 큰 사랑'를 저버리는 것을 의미한다. 이는 인간의 도구화를 부추기는 자본주의의 경쟁체제와도 관련이 있는 것이다.

작품 「문을 바르며」에서도 '한장 창호지로도 족히/ 몇 아닌 식구의 추위와 욕됨을 가릴 수 있'다는 청빈함을 드러내고 있다. 「가난하여」가 소년에게 당부하는 형식이라면 「문을 바르며」는 아내와 자신에게 '가난함에 애태우지 말'기를, '가난함에 허물 있이 말'기를 다짐하는 형식을 취하고 있다. '빈한보다 죄 된/ 숫한 불의가 있음을' 안다는 것은 '유족함에 개 같이 길드느니보다/ 가난한 별아래 / 끝내 고개 바르게 들고' 살기를 희원하는 것과 다르지 않다. 또한 마지막 연의 '고운 꼭두서니빛으로 물든 먼 세상의/ 사람들의 사는 양을 바라다 구경하자'에서 드러나듯 화자는 자신의 유족함 혹은 빈한함에만 시선을 고정하지 말고 '먼 세상의 사람들'에게로 확대하기를 종용하고 있다.

오늘은 순이의 시집 가는 날

또 하나 거룩한 꽃이 이 동니에 피어 오르마

순이넷집 좁다란 골목 안팎은 법석대고

······ 중략 ······

길에서 맞나는 어룬들은 만족한 우슴으로

오늘 순이넷집 잔채를 서로 일컷고

······ 중략 ······

또 해가 지면 동니 집집마다 저녁 상머리에는

오늘 순이넷집 잔채와 신부와 신랑 이야기에 한창 꽃이 피리니

오늘은 순이의 시집 가는 날

온 마을이 일어서 받드는

또 하나 거룩한 꽃이 이 동니에 피어 오르다

「또 하나 꽃」 부분

하늘은 높으고 기운(氣運)은 맑고

산과 들에는 풍요한 오곡의 모개

신농(神農)의 예지와 근로의 축복이

땅에 팽배한 이 호시절-

오늘 하로를 즐겁게 서로 인사하고

다 같이 모혀서 거룩한 축제를 드러라

올벼는 베여다 술을 담어 비지고

해콩 해수수론 찧어서 떡을 짓고

장정들은 한 해 들에서 다듬은 부쇠다리를

자랑하야 씨름판으로 거지고 나오게

장기를 끄른 황소는 몰아다 뿔싸홈을 붙혀라

새옷자락을 부시시거리며 선산(先山)에 절하는

삼간 마음성들 솔밭새에 흩어졌도다

「嘉俳節」전문

위의 두 시편은 협동과 애정의 인간관계를 기반으로 하는 공동체[97]
적 삶이 전경화 된 작품들이다. '순이의 시집가는 날'을 소재로 한 「또
하나의 꽃」에는 한 집의 경사에 '안악네', '물동이를 인 아가씨들', '어
룬들' 등 '온 동니' 사람들의 관심이 집중되고 있음이 묘사되어 있다.
'순이'의 결혼은 '거룩한 꽃이 이 동니에 피어 오르는' 것에 비유되고
있고 이를 '온 마을이 일어서 받들'고 있다. 이는 '순이'의 결혼이 한 집
안의 일에 그치는 것이 아니라 그 마을 전체의 경건한 사건에 해당됨
을 의미하는 것이며 여기에서 이들의 공동체 의식, 공동체적 삶을 엿
볼 수 있는 것이다.

「가배절」은 '신농의 예지와 근로의 축복'에 대해 '다 같이 모혀서 거
룩한 축제'를 올리는 것을 내용으로 하고 있다. 여기에는 개개인의 '유
족함'과 '빈한함'이 없다. 높은 '하늘', 맑은 '기운', '풍요한 오곡'의 '산
과 들'은 공동체 구성원 모두의 축복인 것이다. 하여 이들은 '오늘 하
로를 즐겁게 서로 인사'하고 '다 같이' 축제를 드린다는 것이다. 그런
데 이 시들이 쓰여진 시기는 결코 '술을 담어 비지'고 '떡을 짓'고 '새옷
자락을 부시시'거릴 수 있는 '호시절'이 아니었다. 이는 오히려 착취의

---

97 아나키즘 정의관의 밑바탕에는 '공동체(Communities)'라는 주제가 깊게 깔려 있다. 아
나키즘의 다양한 이념적 분포도는 '자주적 개인'과 이 '공동체'간의 연결 방식에 따라 다
양하게 나타난다. (방영준, 앞의 책, p.45.)

횡포와 그로인한 현실의 핍진함으로부터 공동체적 삶에 대한 강한 염
원을 구현[98]한 것이라 할 수 있다. 현실이 각박할수록 이와 상반되는
삶에 대한 희구는 강해지기 때문이다.

위 시들이 각박한 현실에 대척되는 삶, 즉 유년, 가족, 마을 공동체
의 유족하지는 않지만 소박하고 애정 어린 관계와 삶에 대해 그리고
있다면 이어지는 시들에서는 직접적으로 인류에 대한 사랑의 정신을
지니기를 촉구하고 있다.

> 서천을 물들였던 놀구름도 사라지고
> 이제 황혼이 자욱 기어드는 거리에
> 다박머리 아기 하나 울고 울고 섰나니
>
> …… 중략 ……
>
> 까만 동자에 비춰는 세상이 그 얼마만 한들
> 오직 하나 세상보다 넓고 큰 것이여
> 너는 무어기에 어디로 가고 없이
> 이 설은 설은 채수림을 모르는가
>
> 하늘에 놀구름도 사라지고
> 이제 무한한 밤이 닥쳐오는 행길에

---

98 허버트 리드는 자유주의적 유토피아를 주장하는데 이는 합리성의 과정이 아니고 상상
력의 과정이다. 시적 상상력은 단순한 허구가 아니라 사회진화를 촉진하는 힘이며 모
든 진화의 유기적 원리와 연결되어 있는 것으로 새로운 의식의 분야를 획득해가는 목
적론적 본능에 해당하는 것이다. (조진근, 앞의 논문, p.47.)

다박머리 아기 하나 울고 울고 섰나니

무엇이 이를

이렇게도 설게 울게 하는가

「黃昏에서」부분

　이 시에서 화자의 초점은 '무엇이 이를 이렇게도 설게 울게 하는가'
와 '너는 무어기에 어디로 가고 없이/ 이 설은 채수림을 모르는가'에
있다. 즉 '아기'를 울게 하는 원인과 울고 있는 아기를 외면하는 '너'에
화자의 초점이 맞추어져 있는 것이다. '황혼'은 집으로 돌아가야 할 때
를 의미한다. 그런데 '다박머리 아기'는 돌아가지 못한 채 '거리'에서
울고 있다. 화자가 묻는 '엄마', '집'은 각각 '아기'가 돌아가야 할 존재
이며 공간이다. '무한한 밤'은 고통을 상징한다. 그러므로 '무한한 밤
이 닥쳐오는 행길에' 울면서 서 있는 '아기'는 고통의 현실에서 절규하
는 인간을 표상하는 것이다. 그러므로 '아기'를 울게 하는 원인이란 인
간을 절망에 놓이게 하는 원인을 의미하는 것이며 '아기'를 외면하는
'너'란 이러한 현실을, 또 이러한 현실에 처한 인간을 외면하는 사회구
성원을 의미하는 것이다. 화자는 '아기'의 '가득 눈물 얼인 끝없이 어
진 눈'을 '세상보다 넓고 큰 것'으로 인식한다. 이는 '아기'로 대변되는,
고통에 처한 인간에 대한 애정이 세상을 이루는 근원이 되어야 함을
의미하는 것이다.

　보라

　이웃이 이웃을 믿지 않고

　형제가 형제를 죽이매

물로 가면 목메어 목메어 우는 여울물소리

들로 가면 솔바람 통곡소리

그러나 이제는

여울도 마르고

산천에 초목도 다 마르고

짐승마저 깃을 거둬 자취를 감추거늘

나라도 인류도 이대로 망할가 보냐

시방 이때이다

슬픔에 죽어 가는 형제를 붙들어 일으키고

악한 자는 눈물로서 마음 돌이켜

이웃과 이웃

사람과 사람이 일월처럼 의지할 때는 이때어니

그렇지 아니한들

강퍅한 자여 너희도

겨울 동산에 홀로 남은 이리처럼 고독히 죽고

새벽 하늘에 별빛 쓸어지듯

쓸어진 나라 위에 다시 나라가 쓸어지고

드디어 인류는 속절없이 망멸하리니

진실로 시방 이때이다

이 모질고 슬픈 인류의 마음을

햇빛같이 깨우칠 기를

높이 높이 들어 퍼득일 때는

　　　　　　　　　「뉘가 이 旗를 들어 높이 퍼득이게 할 것이냐」 부분

위 인용시에서 '이웃이 이웃을 믿지 않고/ 형제가 형제를 죽이'는 현
실은 '여울도 마르고/ 산천 초목도 다 마르고/ 짐승마저 깃을 거둬 자
취를 감추는 것'에 비견되고 있다. '인류와 나라'의 멸망을 거론할 만
큼 화자에게는 파편화된 인간관계의 문제가 절박하게 인식되고 있는
것이다. 그러나 화자는 '나라도 인류도 이대로 망할가 보냐'라며 그 희
망을 놓지 않는다. 화자는 인류의 멸망에서 벗어나기 위한 실천적 행
위를 구체적으로 제시하고 있는데 '슬픔에 죽어가는 형제를 불러 일으
키'고, '악한 자는 눈물로서 마음 돌이키'는 것이 그것이다. 이는 '이웃
과 이웃', '사람과 사람'이 서로 의지할 수 있는 삶, 바로 인간에 대한
애정이 전제된 삶을 이르는 것이다. 이러한 삶이 아닐 때 개별적 인간
은 '겨울 동산에 홀로 남은 이리처럼 고독히 죽고' 결국 '인류는 속절없
이 망멸'할 것이라 단언하고 있다. 화자는 '시방 이때'라는 표현으로
이러한 화자의 절박한 심정을 표출하고 있으며, 마치 화자가 '기'를 들
고 청중 앞에 서있는 듯한 현장성으로 청자의 주의를 끄는 효과를 획
득하고 있다. '기'는 인류의 박애정신을 표상하는 객관적 상관물이자
화자의 전위적 감성을 환기하는 역할을 하고 있다. 즉 '모질고 슬픈 인
류의 마음을/ 햇빛같이 깨우치'고자 하는 화자의 절실한 마음과 강한
의지의 표징인 것이다.

아나키즘에서 현사회는 긴장과 자연 질서와의 갈등 안에 존재하는
것으로 암암리에 여겨지며 이 때문에 불화가 조장되는 것으로 여겨진
다.[99] 특히 공동체주의를 지향하는 아나키즘에서는 자본주의가 발전
함에 따라서 개인과 사회는 분절화 되었으며 이전의 공동체의 가치인

---

[99] 방영준, 앞의 책, p.49.

박애와 평등 및 공동 정신은 갈등과 경쟁에 의해 대체되어버렸다고
보는 것이다.100 유치환은 그의 시에서 이러한 갈등과 대립의 각박한
현실에 대척되는, 유토피아로서의 유년, 가난하지만 단란한 가족, 애
정과 협동의 관계를 기반으로 한 마을 공동체 등을 그리고 있다. 또한
파편화된 인간관계는 결국 인류의 멸망을 초래하게 될 것이라는 것,
그러므로 유족함에 길들기보다 빈한함속에서도 인류에 대한 사랑의
정신을 잃지 말아야 함을 토로하고 있다.

3) '모순'과 '당착'의 의미와 윤리에 대한 '준열성'

유치환은 자신이 사회에 일어나는 일들에 대해 늘 관심을 갖고 있
으며 "그것이 부정불의(不正不義)한 일일 것 같으면 견딜 수 없을 만
큼 흥분하기까지" 한다고 밝혔다. 또한 자신이 글을 쓰고 있는 동안에
는 나름대로의 '정의감'이나 '인생관'을 바꾸거나 굽힐 수 없으며 그 이
유는 글이나 문학이란 언제나 '높은 윤리의 태반'에서 생산되는 것이
기 때문임을 들었다.101 문학은 사회현실과 분리될 수 없으며 문학과
현실과의 관계에서 그 기반이 되는 것은 '윤리'라는 것이다.

> 우리 인간 자신 속에 더 큰 어떤 모순이나 당착이 있다 하여 그 이유
> 로서 자신의 다른 부정이나 不善을 간과한다든지 허용할 수는 없는 일
> 이다. 어떠한 미명의 명분 아래에서도 자신의 악을 은폐하여서는 아니

---

100 위의 책, p.50.
101 유치환, 「나와 문학」, 『구름에 그린다』, pp.151~152.

될 일인 것이다. 그리고 바로 이러한 준열성이야말로 더구나 항상 인간의 앞을 나서기 마련인 문학에 있어서의 정신이요 또한 진실이라 아니할 수 없는 것이다.[102]

유치환은 위 글에서 '인간 자신 속에 더 큰 어떤 모순이나 당착'이 있다 해도 그 이유로 '부정이나 불선'을 간과하거나 허용해서는 안 된다며 '윤리'에 대한 단호한 입장을 보이고 있다. '문학에 있어서의 정신과 진실'은 바로 이 '윤리'의 정신이며 이에 대한 '준열성'임을 강조하고 있는 것이다. 그런데 그의 시에서는 이러한 문학관과 상반되는 태도를 보여준다.

인간을 버림받은 개의 상황 이하까지로 떨어뜨리는 빈곤이야말로 인간사회의 최대의 죄악-

그러므로 굶주림을 모면키 위하여 아니치 못한 어떤 행위도 그것은 용납되어야 하느니!

오직 그러한 굶주림은 아랑곳없이 앗아서 축적하는 자를 말살로써 다스려야 옳으리라

「죄악」 전문

위 시에서 '굶주림을 모면키 위하여 아니치 못한 어떤 행위'도 용납되어야 한다는 시구는 '부정이나 불선'을 간과하거나 허용해서는 안 된다는 진술과 모순되는 의미를 내포하고 있다. '자신 속에 더 큰 어떤 모

---

102 유치환, 「문학과 진리」, 『마침내 사랑은 이렇게 오더니라』, 문학세계사, 1986, p. 191.

순이나 당착'은 '굶주림'에, '부정이나 불선'은 '아니치 못한 어떤 행위'
에 대응될 수 있는데 이러할 때 두 문장의 서술은 '용납되어야 한다'와
'허용해서는 안된다'는 서로 모순되는 당위명제로 귀결되고 있는 것이
다. 이러한 모순을 이해하기 위하여 유치환이 언급한 '부정', '不善', '윤
리'와 같은 추상적 개념의 구체적인 실체를 살펴볼 필요가 있다.

베르그송은 '자유스러운 행위'는 '영혼 전체에서' 우러나온 행위로 정
의하고 이를 심층자아의 행위와 동일시한다. 따라서 '자유스럽지 못한
행위'는 인간의 전 인격에서 유래하지 않은 행위이며 이는 표층자아에
근거한 행위라고 한다. 여기에서 표층자아는 인간의 전 인격의 단일성
에 용해되지 못한 자아의 부분을 뜻하며 이 자아의 단일성을 파괴하는
표층자아의대표적인 구성인자로 베르그송은 '습관'을 들고 있다.

베르그송의 사유에서 이 '습관'의 개념은 매우 중요한 위치103를 차
지하고 있다. '습관'은 자유/억압, 능동성/기계성, 개별체의 고유한 질
/반복의 근거가 되기 때문이다. 습관적 행위는 인간의 지성이나 의지
의 적극적 개입을 배제하면서 자동적으로 수행되기 때문에, 습관에
얽매인 자아는 기계주의에로 전락하며 사물화된다. 베르그송의 철학
에 있어서 '습관'은 무엇보다도 윤리학에서 중요한 의미를 갖는다. 왜

---

103 베르그송은 '기억'의 문제에 가장 중요한 의미를 부여한 철학자였다. 베르그송의 지속
하는 자아는 시간 속에서 끊임없이 변화하고 생성하는 자아인데 지속의 질적 변화와
창조를 가능케 하는 근거가 바로 과거의 보존, 즉 기억에 있기 때문이다. 그는 기억
또한 '습관적 기억(souvenir-habitude)'과 '표상적 기억(image-souvenir)'으로 구분
한다. '습관적 기억'은 습관처럼 동일한 반복에 의해 이루어지며 신체적 습성처럼 주
어진 충동에 의하여 기계적으로 촉발되는 일정한 메카니즘을 형성한다. 이와는 달리
'표상적 기억'은 아무런 노력 없이 저절로 이루어지는 것으로 습관의 어떠한 성격도
지니고 있지 않다. 그것은 삶에 있어서 다른 것과 절대적으로 구분되는 고유한 질을
가지고 있으며, 따라서 반복될 수도 없는 것이다. 베르그송에 의하면 의식의 실체를
구성하는 기억은 이 '표상적 기억'이다. (김진성, 앞의 책, p.167.)

냐하면 그것은 도덕을 형성하는 가장 기본적인 경험적 요소로 생각되기 때문이다.

베르그송의 도덕 이론에서 '닫힌 도덕(morale-close)'은 억압으로서의 도덕으로, '습관'이 이 닫힌 도덕의 성립 근거가 된다. 즉 우리가 일상적으로 이해하고 행하는 도덕은 사회적 습관의 산물인 것이다. '습관'은 지성적인 인간에 있어서, 동물의 본능적인 행위의 자동성과 필연성에 맞먹는 기능을 갖는다. 습관의 형성에는 지성과 의지 등이 작용하나 일단 형성된 후에는 본능적 행위의 필연성을 띠고 우리의 의지를 구속하는 힘을 갖게 되기 때문이다. 지성의 본질은 자유스러운 반성인데 반해 습관적 도덕은 그 형성과 실제적 작용에 있어서 지성적 반성을 거부한다는 점에서 '닫힌 도덕'은 지성 이하의 질서에 해당된다. 또한 습관의 특질은 본능처럼 '미리 형성된 무엇을 할 것인가에 대한 인식'이며 본질적으로 과거지향적이고 변화를 싫어한다. 도덕은 따라서 본성적으로 수구적인 모습을 띤다. 이에 반해 '열린도덕(morale-ouverte)'은 강제와 대비되는 동경(aspiration)으로서의 도덕으로 이러한 추상적이고 습관적인 의무로서의 도덕 법칙을 뛰어넘는다는 점에서 초지성적인 것이다. '열린 도덕'의 근본 이념은 인류를 하나로 묶는 정신적 공동체로서의 박애정신, 곧 사랑이다. 이러할 때 도덕은 비인격적인 의무의 기계적 수행을 넘어 인격적인 모범을 지향하는 자발적 운동으로 변모한다.[104]

유치환의 윤리정신은 이 '열린도덕'에 해당되는 것이다. 이렇게 볼때 '자신 속에 더 큰 어떤 모순이나 당착'이란 '굶주림'이 아니라 오히

---

104 위의 책, pp.163~170 참조.

려 자신의 도덕이 '닫힌 도덕', '습관적 도덕'에 대립하는 상황으로 해석될 수 있다. 자신 고유의 '열린도덕'이 '닫힌도덕'과 모순되는 상황에라면 닫힌도덕의 기계적 수행이 아니라 지성과 의지를 통한 극복으로 열린도덕을 지향해야 한다는 것이다. 이러한 극복의 의지가 '준열성'인 것이다. 즉 유치환의 윤리에 대한 준열성이란 공동체주의적인 평등과 박애의 정신이라 할 수 있겠다.

그러나 '굶주림을 모면키 위하여 아니치 못한 어떤 행위'도 용납되어야 한다는 것을 문자 그대로 받아들여서는 시의 총체적 의미를 제대로 파악할 수 없게 된다. 여기에서 화자의 초점은 '굶주림을 모면키 위한' 비도덕적 행위가 아니라 인간을 이러한 상황 즉 '버림받은 개의 상황 이하'로까지 떨어뜨리는 인간사회의 구조, 그리고 그 지배계급에 자리하고 있는 '축적하는 자'에 있는 것이다. 이들은 사회구성원으로서의 인간을 '닫힌도덕'의 틀 안에 두려 하고 여기에서 벗어나는 탈도덕적인 행동을 '닫힌도덕'을 근거로 단죄하려고 한다. 탈도덕적인 행위는 사회를 혼란에 빠뜨리고 이들 계급의 기득적 특권이나 위치를 위태롭게 하는 요인이 되기 때문이다. 화자는 이러한 무조건적 단죄에 반기를 드는 것이다. 오히려 이들을 이러한 상황에 놓이게 한 그 근본적 원인을 단죄해야 하고 변화시켜야 한다는 것이다.

이는 개인주의적 아나키즘 중에서도 인도주의를 지향하는 고드윈의 견해와 일치하는 부분이다. 고드윈은 범죄를 개인의 비도덕성의 문제로 파악하는 견해에 반대한다. 인간의 행동은 환경에 영향을 받는다. 그러므로 범죄의 근본적인 원인은 범죄자 개인의 사악함이 아니라 그를 타락시킨 환경에 있다. 이런 점에서 형법은 범죄의 동기를 간과한 것이다. 오히려 사회가 범죄자를 그릇된 행동을 하도록 동기

를 유발했다는 점에서 사실상 그는 피해자이다. 환경이 그의 행동에
책임이 있는 한, 변화시켜야 할 것은 사회의 유해한 환경이지 형벌제
도가 아니다. 그럼에도 형벌은 범죄행위에 대한 보복적 또는 예방적
수단으로 활용되고 있다는 것이 고드윈의 견해이다.[105]

> 제도 오늘도 어느 남의 나랏 사람 아닌 숱한 이웃이며 같은 겨레들이
> 이것은 내 것이다! 고 쌓아두고
> 끼니마다 챙겨먹고 배불리 오고가는 그 한복판에
> 너는 네 것이 없으니 알배 있느냐고
> 한 목숨을 이렇게 굶주림에 버려두어 옳다 말인가?
> 이 어린것이 만약 너의 혈육이이라면
> 너는 잇발을 갈고 살인 강도질이라도 했을는지 모른다
> 밥 달라 보챈대서 제 자식을
> 밟아 죽인 절망한 사나이가 있었다
> 어느 절도(絶島)에서가 아니요
> 이천이나 모여 사는 그 한 울타리 안에서
> 그러나 그것은 제 새끼를 죽인 것이 아니라
> 어쩌면 끝까지 더러운 인간에의 짐승 같은 복수!
>
> 인간의 예지란 대체 무엇인가?
> 인간의 존귀성이란 무엇인가?
> 윤리는 무엇이며 질서는 무엇이며

---

[105] 김은석, 앞의 책, pp.76~78.

문화는 정치는, 국가는 다 무엇인가?
-참 고운 깃발들이다
-그 깃발들은 누가 들며 누굴 위해 있는 것인가?

신이나 악마한테서가 아니다
인간에게서 인간이 개돼지보다 더럽게 버림당하고
헐벗고 굶주리고 병들어 외로이 죽어가는 그 앞에서도
수수방관하는 이 냉혹하고 인색한 근성으로
무슨 고귀한 것을, 영원한 것을 선미(善美)한 것을 외치고 찾는단 말인가?

「네게 묻는다」 부분

밥 달라는 어린것을 밟아 죽인 사나이가 있었다
굶주림으로 인해 자식을 죽이고 죽는 어버이-
인간의 생명은 자주(自主)이요 존엄함을 들어 그를 지탄하지 말라. 그
것은 '인도(人道)'라는 미명을 위한 인도의 허구!
그 존엄한 생명을 그 속에다 남겨서 짐승보다도 더럽게 천대 받아야
될 그 빈곤이 목전에 얼마나 창궐함은 도외치지하면서-

「인도(人道)의 허구(虛構)」 전문

위 시들은 범죄의 근본적인 원인이 범죄자 개인의 사악함이 아니라
그를 타락시킨 환경에 있다는 시인의 의식을 명징하게 보여주고 있
다. '밥 달라 보챈대서 제 자식을/ 밟아 죽인 절망한 사나이'의 행위를
'제 새끼를 죽'이는 '비인간'[106]의 행동이 아니라 '끝까지 더러운 인간'
에 대한 '복수'로 인식하는 데서 이를 확인할 수 있다. 그의 행동은 살

인이 아니라 '인간의 예지', '인간의 존귀성', '윤리', '질서', '문화', '정
치', '국가' 등속의 '고운 깃발'들이 나부끼는, 소위 '인간'의 사회라는
것이 바로 '제 새끼를 죽'이게 하는 곳임을 보여주고자 하는 처절한 '복
수'라는 것이다. 위에서 열거된 '고운 깃발'에 비유되는 개념들은 작품
「인도의 허구」의 '인도(人道)'에 해당된다. 여기에서 '인도'는 '닫힌도
덕'을 의미하는 것으로 '인도의 허구'란 제목은 기계적으로 수행되는
윤리 등속의 개념들에 대한 시인의 의식을 적실히 보여준다. 이 '사나
이'에 대해 '인간의 생명은 자주이요 존엄함'을 들어 '지탄'하는 것은
바로 '인도'의 허구를 드러내는 것이라는 의미이다.

그를 타락시킨 환경은 바로 '이것은 내 것이다! 고 쌓아두고', '너는
네 것이 없으니 알배 있느냐'고 '한 목숨을 굶주림에 버려두'는 사회이
다. 이는 부정적 근대성으로써의 자본주의의 특성107에 해당된다. 이

---

106 여기에서 '비인간'의 '비(非)'는 이중적 의미를 갖는다. 하나는 인간으로서 기본적으로
누려야 할 권리로써의 최저생활에 '못미침'을 의미하고 또 다른 하나는 인간이라면 지
켜야할 의무로써의 도덕적 범주를 '벗어남'을 의미한다. 슈티르너는 "역설적으로 에고
이스트란 모든 선악을 뛰어넘는 '비인간'이라고 정의하고 우리 모두에게 인간의 탈을
벗어 던지고 비인간의 모습으로 자신을 드러내 보일 것을 촉구"하였다. (김은석, 앞의
책, p.40.) 이때 '비인간'의 '비'는 '벗어남'의 의미이다. 물론 슈티르너의 '비인간'은 지
성의 작용에 의한 능동적인 '벗어남'의 형태이고, 시에 등장하는 인물들의 경우 환경
에 의한 수동적인 '벗어남'의 형태라는 점에서 차이가 있으나 '습관의 도덕', '닫힌도덕'
에서 '벗어나' 있다는 점에서는 동궤에 자리한다고 할 수 있다. 「죄악」이나 「네게 묻
는다」를 비롯한 '빈곤'과 '범죄'에 대한 유치환의 사유가 드러난 일련의 시들에서 '인
간'이라는 단어가 자주 등장한다. 이 '인간'은 바로 '닫힌도덕'의 범주 안에서 이를 무
의식적으로 수행하는, 당위적으로 규정된 존재를 의미하는 것이며, 이때 화자는 이
'인간'에서 '벗어난' '비인간'의 관점에서 진술하는 양상을 보인다.

107 짐멜은 근대적 삶의 특징을 무엇보다도 단절성에 있으며, 화폐는 이에 대한 가장 강력
하고 포괄적인 표현이라 보고 있다. 짐멜의 접근은 사회적 삶의 파편화가 근대 사회
에 들어 증가하고 심화되었다는 것, 이는 자본주의의 메커니즘과 긴밀하게 관련되어
있다는 맥락 속에서 이해될 수 있다. (N. Dodd, 이택면 역, 『돈의 사회학』, 일신사,
2002, pp.114~115.)

러한 이유로 아나키즘은 국가로 결합된 자본주의 생산체제[108]와 이 체제를 지탱하는 부르주아 이데올로기에 반발[109] 한다. 분절화 되고 파편화 된 인간관계와 사회, 갈등과 경쟁, 이기심으로 대체되어버린 박애와 평등의 공동정신 등은 모두 자본주의의 발전과 관련된 것이라 생각하는 것이다. 위 시의 '인간에게서 인간이 개돼지보다 더럽게 버림'당하는 사회, '헐벗고 굶주리고 병들어 외로이 죽어가는 그 앞에서 도/ 수수방관'하는 '냉혹하고 인색'한 사회가 바로 박애와 평등이 사라진 사회, 경제적 예속과 물질적 욕망의 팽배로 인간을 소외의 심연에 빠지게 하는 사회이다. 이러한 곳에서 '고귀한 것, 영원한 것, 선미(善美)한 것'을 외치고 찾는다는 것은 어불성설이라는 의미이다.

> 그 상도동 산번지 어디에서 한 굶주린 젊은 어미가 밥 달라고 보채는
> 어린 것을 독기에 받쳐 목을 졸라 죽였다고
>
> -이 새끼 또 밥 달라고 성화할 테냐 죽어버린다
> -엄마 다시는 밥 안 달라게 살려줘

---

108 자본주의가 근본적으로 필요가 아닌 이윤을 위한 제도인 이상 오히려 사회에 잠재된 무한한 생산력의 발전을 저해한다. 자본주의 체제 아래서의 생산은 그 필요성이 아무리 절박해도 충분한 이윤이 보장되지 않는 한 가동되지 않기 때문이다. 또 자본주의는 한 개인이 다른 개인을 지배하기 위한 불평등 분배의 수단에 지나지 않는다. 그것은 인간의 집산적 노력 -축적된 기술, 다양한 발명, 노하우-의 결실인 재화를 자본가가 독식하고 착취할 수 있도록 만들어진 제도이기 때문이다. (David Miler, *Anarchism*, pp.46~47, 김은석, 「아나키즘」, 『서양의 지적 운동』(김영한 · 임지현 편), 지식산업사, 1994, pp.92~93에서 재인용.)

109 김경복, 『한국 아나키즘 시와 생태학적 유토피아』, 다운샘, 1999, p.41.

······ 중략 ······

그러나 한편으로 끼니는 끼니대로 얼마나 배불리 먹고도 연회가 있어
야 되고 사교가 있어야 되고 잔치가 있어야 되고- 그래서 진수성찬이 만
판으로 남아 돌아가듯이 국가도 있어야 되고 대통령도 있어야 되고 반
공도 있어야 되고 질서도 있어야 되고 그 우스운 자유 평등도 문화도 있
어야만 되는 것

······ 중략······

그러므로 사실은 엄숙하다 어떤 국가도 대통령도 그 무엇도 도시 너
희들의 것은 아닌 것

그 국가가 그 대통령이 그 질서가 그 자유 평등 그 문화 그 밖에 그 무
수한 어마스런 권위의 명칭들이 먼 후일 에덴 동산 같은 꽃밭사회를 이
룩해놓을 그날까지 오직 너희들은 쓰레기로 자중해야 하느니

그래서 지금도 너의 귓속엔
-이 새끼 또 밥 달라고 성화할 테냐 죽여버린다
-엄마 다시는 밥 안 달라께 살려줘, 고
저 가엾은 애걸과 발악의 비명들이 소리소리 울려 들리는데도 거룩하
게도 너는 시랍시고 문학이랍시고 이 따위를 태연히 앉아 쓴다는 말인가

「그래서 너는 詩를 쓴다?」 부분

작품 「네게 묻는다」에 '밥 달라고 보챈'다고 제 자식을 '밟아' 죽인 '사나이'가 등장했다면 위 시에서는 같은 이유로 제 자식을 '목졸라' 죽인 '어미'가 등장한다. 그런데 「네게 묻는다」가 이러한 상황에 대한 책임을 사회 일반에 묻고 있는 데 반해 「그래서 너는 詩를 쓴다?」에서는 '너'가 유치환 자신으로, 자아 성찰적 비판적인 성격이 강하다는 차이가 있다.

시에서 대화체의 삽입은 매우 조심스러운 부분이다. 대화체의 삽입은 시의 흐름이나 분위기를 전환시켜 자칫 시의 긴장감을 떨어뜨릴 수 있기 때문이다. 위 시에서는 '이 새끼 또 밥 달라고 성화할 테냐 죽여버린다/ 엄마 다시는 밥 안 달라께 살려줘'라는 대화가 반복적으로 삽입되고 있다. 이 '독기'어린 '어미'와 힘없는 '자식'의 대화는 '아무런 죄스럼이나 노여움 없'는 화자의 일상이 전개 되는 중에 갑자기 끼어들어 화자와 무관한 이들의 처참한 현실을 극단적으로 환기시키는 역할을 하고 있다.

화자는 '국가, 대통령, 반공, 질서, 자유, 평등, 문화' 등을 거론하며 이러한 제도와 문화의 보편적 개념들이 존재하고 있지만 결코 '너희들의 것은 아닌 것'이라며 철저하게 소외된 이들의 현실을 드러내고 있다. 또한 화자는 스스로가 이들의 소외와는 무관하게 '삼시 세끼를 챙겨 먹'고 '말할 수 없이 값지다고 믿는 예술이나 인생을 골똘히 생각'하는 존재임을 비판한다. 그러나 '그 국가가 그 대통령이 그 질서가 그 자유 평등 그 문화 그 밖에 그 무수한 어마스런 권위의 명칭들'이라는 시구에서 반복되는 '그'라는 지시어는 이러한 '권위의 명칭들'과 화자와의 거리를 드러내 보여준다.

'권위의 명칭들이 먼 후일 에덴 동산 같은 꽃밭사회를 이룩해놓을 그날까지 오직 너희들은 쓰레기로 자중해야' 한다는 화자의 언명은 냉소적이며 메저키즘적[110]인 것이다. 화자의 일상과 '거룩한' 문학활동, 인간사회에 근거하고 있다고 믿고 있는 '자유, 평등, 질서' 등은 중간중간 끼어드는 '상식'밖의 대화로 인해 더욱 부각됨과 동시에 허구임이 드러난다. '비인간'적인 '너희들'의 행태를 강조하면 강조할수록 '인간적'인 상식들이 '우스워'지는 구도이다. 즉 '너희들'을 '쓰레기'라는 극단에까지 몰고 감으로서 오히려 '권위의 명칭들'의 폭력성을 부각시키고 있는 것이다. 화자와 청자 모두 이러한 '권위들'에 의해 '에덴 동산 같은 꽃밭사회'가 이룩되는 일은 결코 없을 것이라는 암묵적 동의를 전제로 하고 있기 때문이다.

> 십이월의 북만(北滿) 눈도 안 오고
>
> 오직 만물을 가각(苛刻)하는 흑룡강(黑龍江) 말라빠진 바람에 헐벗은
>
> 이 적은 가성(街城) 네거리에
>
> 비적(匪賊)의 머리 두 개 높이 내걸려 있나니
>
> 그 검푸른 얼굴은 말라 소년같이 적고
>
> 반쯤 뜬 눈은
>
> 먼 한천(寒天)에 모호(模糊)히 저물은 삭북(朔北)의 산하를 바라고
>
> 있도다

---

110 들뢰즈의 메저키즘은 법에 대한 지나친 열성에 의해 법을 비꼴 수 있다는 것, 법을 꼼꼼하게 적용시킴으로써 오히려 법의 불합리성을 증명할 수 있으며 무질서를 발생시켜 질서에 대한 법의 의도를 좌절시킬 수 있음을 보여준다. 들뢰즈는 메저키즘이 변증법적 성향을 지니고 있음을 지적한 바 있는데 궁극적 쾌에 도달하기 위한 매개의 설정, 자신의 굴욕적인 상황으로부터 이차적인 이익을 이끌어 내는 것이 메저키즘의 특징이기 때문이다.(Gilles Deleuze, 이강훈 역,『메저키즘』, 인간사랑, 2007, p.23, pp.97~108 참조.)

너희 죽어 율(律)의 처단의 어떠함을 알았느뇨

이는 사악(四惡)이 아니라

질서를 보전하려면 인명도 계구(鷄狗)와 같을 수 있도다

혹은 너의 삶은 즉시

나의 죽음의 위협을 의미함이었으리니

힘으로써 힘을 제(除)함은 또한

먼 원시에서 이어온 피의 법도(法度)로다

내 이 각박한 거리를 가며

다시금 생명의 험렬(險烈)함과 그 결의를 깨닫노니

끝내 다스릴 수 없던 무뢰한 넋이여 명목(暝目)하라!

아아 이 불모한 사변(思辨)의 풍경 위에

하늘이여 은혜하여 눈이라도 함빡 내리고지고

「首」전문

이 시는 해석상으로 많은 이견이 있는 시이다. 먼저 김윤식은 유치
환이 자신을 박해하고 조국을 탈취한 일제를 정당하다고 인정할 수밖
에 없는 '막다른 결론'에 이른 작품으로 평가[111]하고 있다. 방인태 또
한 이 시가 매우 '윤리적'이고 '한 인간으로서의 자신의 목숨의 유지 보

---

[111] "'나를 여기까지 추격하고 나의 조국과 내게 속한 일체를 탈취하고 박해하는 나의 원수
를 그로서는 정당하다고 인정 않을 수 없는 막다른 결론'이었던 것이다. 이 얼마나 엄
청난 아이러니일 것이냐. 자기를 쫓는 원수의 생리를 그대로 인정하지 않을 수 없는
곳에의 도달 - 이것이야말로 청마가 발견한 엄청난 삶의 진리이며 놀랄 만한 사실인
것이다. 대체 그것은 원시의 야성적 생명의 차원에서 볼 때는 가장 원초적인 율법을
상정하지 않을 수 없고 이 율법의 차원에서 볼때는 당장 내 목숨을 지켜야 할 순간엔
나를 탈취한 그 일제라는 원수와 나는 동류 의식에 휘말리지 않을 수 없다는 체험에 도
달한 것이다." (김윤식, 앞의 글, p.189.)

전에 따르는 힘의 질서의 정당성을 인정'[112]하고 있는 것으로 분석하였다. 두 논의의 결론은 결국 일제의 힘에 대한 긍정을 드러내고 있는 것에 이르게 된다. 이 작품의 친일논란[113]에 대해 임수만[114]은, 이러한 비판이 문학적 사실을 무시한 의도론일 뿐이라는 김용직[115]의 견해에 동의하며 이 문제가 불거졌던 상황을 분석하고 있다. 또한 이 작품의 의미를 "원수처럼 아니 원수 이상으로 굳세어야 한다는 준렬한 결의"[116]로 연결되는 '생명의 험렬함'에서 찾고 있는데 이는 '준비론' 사상의 자장 내에 놓인 태도일 뿐 친일로 연결되는 것은 아니라는 것이다.

위 논의들의 공통점은 작품 「首」에 대한 시인 자신의 진술을 토대로 해석이 이루어졌다는 것이다. 작품에 대한 시인의 진술에 근거한 해석으로는 임수만의 견해에 동의하면서, 다른 한편으로 작품 자체에 의거한 작품해석, 이에 따른 작품의 의미 또한 고려되어야 할 것이라

112 "그 비적도 자신의 목숨을 위해 비적질을 했고, 힘이 부족해 결국은 힘이 더 강한 자에게 잡혀 목숨을 빼앗기게 되었을 뿐, 기본적으로 탓할 일은 아니다. 달리 말해, 인간끼리의 생존경쟁에서 패해 하나는 살아 있고, 하나는 죽을 수밖에 없는 단순한 논리일 뿐이다. 그렇다면 이러한 단순한 인간의 생존경쟁을 긍정하고 있는 유치환은 나름의 중간의 입장에 서지 못하고 자신이 속한 힘의 질서쪽(그것은 일제의 권력이다)에 가담하고 있다. 그리고, 자신은 한발 물러나 '무뢰한 넋'에게 명복을 빌며 눈이라도 내려서 이 불모의 풍경에 은혜가 내리길 빌고 있다"(방인태, 앞의 논문, p.98.) 방인태는 이를 유치환의 인간주의의 한 모습으로 파악하고 있다. 즉 '자신이 발을 딛고 서 있는 현실쪽에 정당성을 두고 이를 수용하는 것', 이것이 '지상의 행복을 추구하는 인간주의 정신에서 발원하는 순응적 태도'의 결과라는 것이다.

113 임종국, 『친일문학론』, 평화출판사, 1966, p.475.) 「首」가 친일작품이라는 근거로는 이 작품이 『국민문학』지에 발표되었다는 것과, 작품 속에 그려진 '비적의 머리'가 만주 독립군의 것일 수 있다는 것 등이다.

114 임수만, 앞의 논문, p.87.

115 김용직, 『한국현대시사2』, 한국문연, 1996, pp.330~331.

116 유치환, 「曠野의 生理」, 『구름에 그린다』, p.296.

생각된다.[117] 이러할 때 작품에 대한 온전한 이해를 기대할 수 있을 것이라 판단되기 때문이다. 이러한 맥락에서 작품 자체만을 놓고 볼 때, 이 시에서 주목되는 점은 '비적'에 대한 화자의 시선과 현실묘사로 드러나는 메저키즘적 구도이다.

먼저, 시는 '가성 네거리에' 높이 내걸려 있는 '비적의 머리 두 개'를 바라보는 화자의 시선에서 시작된다. 그런데 이 '비적'에 대한 화자의 시선에는 연민과 적막감이 깃들어 있다. 이는 '그 검푸른 얼굴은 말라 소년같이 적'고 '비적'의 눈은 '먼 한천에 모호히 저물은 삭북의 산하를 바라고 있'다는 '비적'에 대한 묘사에서 확인된다. '비적'의 얼굴이, 성인에 대비하였을 때 무력한 존재라 할 수 있는 '소년'에 비유되고 있다는 점과 '먼 한천', '모호히 저물은 삭북의 산하' 등이 발하는 분위기에서, 화자의 '비적'에 대한 연민과 세계에 대한 적막감이 드러나고 있다.

'비적'에 대한 화자의 시선이 7행까지 이어지고 있다면, 8행부터는 비적에게 훈계하는 방식을 빌어 화자의 시선에 비친 현실세계에 대한 묘사가 그려지고 있다. 그 세계는 '율의 처단'이 '죽음'인 세계이며 '너의 삶'이 곧 '나의 죽음의 위협을 의미'하는 세계이다. '힘으로써 힘을 제'하는 세계이며 질서의 보전을 위해서는 인명도 계구와 같을 수 있는 세계이다. '율'과 '질서'로 '끝내 다스려' 지지 않았던 '비적'이 '계구'와 같은 층위로, 결국 죽어 '무뢰한 넋'으로 추락하게 되는 세계인 것이다.

---

117 권영민은 "상당수의 유치환론이 있으되, 그의 시세계를 작품 자체에 의거하여 논의하고 있는 글은 많지 않다"고 지적한 바 있다. (권영민, 「柳致環과 生命意志」, 『한국현대시사 연구』, 일지사, 1983, p.379.)

　　화자의 진술을 통해 이러한 세계의 존재방식이 세세하게 드러나면
드러날수록, 화자가 이와 같은 세계의 존재방식에 당위성을 부여하면
할수록, 청자에게는 그 세계의 부조리함이 부각되어 드러나게 된다.
이는 바로 "법에 대한 지나친 열성에 의해 법을 비꿀 수 있는, 법을 꼼
꼼하게 적용시킴으로써 오히려 법의 불합리성을 증명할 수 있는" 메
저키즘의 구도에 다름 아닌 것이다. 이러한 구도에서 우리가 간취해
낼 수 있는 것은 인간을 위해 '율'과 '질서'가 존재하는 것이 아니라,
'질서'와 '율'의 보전을 위해 인명도 계구와 같을 수 있는, 작품속에 드
러난 모순된 세계이다.

　　여기에서 앞의 논의대로 유치환이 일제의 힘에 대해 정당하다고 인
정하고 있었다면 '인명'을 계구의 그것에 비유하지 않았을 것이다. '인
명'을 '계구'로 추락시킴으로써 역으로 합리의 틀을 갖추고 있는 듯한
'질서'의 불합리함이 폭로되고 있기 때문이다. '인명도 계구와 같을 수
있'다는 표현은 이러한 질서에 대한 긍정에서가 아니라 오히려 자조,
자학에 가까운 태도에서 연유한 것이라고 보아야 할 것이다.

　　작품에서 드러난 '비적'에 대한 화자의 시선과 세계에 대한 묘사를
통해 확인할 수 있었던 것은, 화자의 초점이 힘에 대한 긍정에 있는 것
이 아니라 힘의 지배하에 있는 세계에 대한 절망에 있다는 것이다. 이
러한 절망은 '생명의 험렬함'에 대한 깨달음과 '결의'에로 나아가고 있
다. 또한 유치환이 시의미를 드러내는 방법적 의장으로 의도하였든
아니든, 위 시의 메저키즘적 구도에 의해 화자가 속해있는 모순된 세
계의 부조리함이 폭로되고 있다는 점이다.

우거진 쑥대도 노하여 허허히 웃는가

진실로 너희 인간이었기에

한개 빨가숭이, 원죄의 십자가를 지고

이 굴욕의 골고다에 견마로 버리었거니

절치(切齒)하고 무릅쓰는 이 단죄의 채찍이

제 아무리 모질고 가혹할지라도

윤리란! 법도란! 도덕이란!

그 엄청난 가면과 위선과 허구를 겨레[抉]

끝까지 조소 부정하는 너희의 행위야 말로

차라리 꽃같이 진한 목숨의 산화(散華)!

- 다시

사람이 사람을 다스리는 그 무도(無道)를

너희 허무로 고발하라

이미 값 치지 않은 저희와 나의 삶이었기에

혈육도 피하는 이 능욕과 모멸인즉

아예 두려하고 뉘우칠 바 없건마는

나의 길을 먼저 간 형제여

그 어느날 마침내 추운 영혼이

구원의 문전에 남루히 이르러

고아처럼 채수리고 흐느끼지 않을가를

내 오직 저허하고 분히 여길 뿐이거니

저 썩어진 인간에서 버림받음이야

우거져 마른 쑥대도 허허히 웃노라.

「監獄墓地」전문

  작품 「首」에서 메저키즘적 구도에 은폐되어 있던 심층적 시의식이
위 시에서는 표층에 그대로 노출되어 있다. 따라서 화자의 관점에서
법과 적용되는 대상의 위치 또한 전복되고 있다. 메저키즘적 구도에
서 상위에 속하는 대상, 화자의 '지나친 열성'의 대상인 법은 '엄청난
가면과 위선과 허구'로, 법의 적용을 받아 처참한 위치에 있는 대상은
법을 '끝까지 조소, 부정'하는 자리로 위치 지어져 있다. 이러한 맥락
에서 '굴욕의 골고다에 견마로 버려진' '너희의 행위'는 '윤리, 법도, 도
덕'이라는 '위선과 허구'에 항거하여 '꽃같이 진한 목숨의 산화'를 이룬
것이 되는 것이다. 이 시에서 화자는 '이미 값 치지 않은 저희와 나의
삶', '나의 길을 먼저 간 형제' 등의 표현으로 '단죄'를 받는 대상과 자
신을 동일시하고 있다. 이 시는 '윤리, 법도, 도덕'이란 사람이 '사람을
다스리는 무도'에 지나지 않으며 그러므로 이에 '단죄' 받은 '너희들'은
'저 썩어진 인간에서 버림받은' 것일 뿐이라는 시인의 의식을 극명하
게 드러내고 있다.

  프루동에 의하면 "지배계급에게 민중은 언제나 정복되어야 하고 침
묵시켜져야하며 사슬에 붙들어 매어져야 하고 코끼리나 코뿔소처럼
교묘하게 사로잡혀야 하며 굶주림을 이용하여 길들여져야 하고 피땀
을 짜내야 할 대상으로밖에 보이지 않는다."[118] 따라서 아나키스트는
순종하지 않는 자와 무법자에 대해, 그리고 유형수들이나 신의 버림

을 받은 사람들의 입장에 대해 애정을 품는다. 유치환 또한 이러한 입장에 있음이 여러 시들을 통해 확인되고 있는데, 유형수의 실명을 거론하고 있는 아래의 시 또한 이에 해당된다.

위선과 가면과 간교(奸狡)와
세도 있고 약빠르고 불의(不義)한 자에게 오직
정의가 있고 법이 편역하는 이 화려한 쟝글 속
어리석고 숫되고 가난하고 약하므로
마땅히 버러지처럼 살아 죽어야 할 네가
그 위선과 가면과 간교의 기술은 닦지 못하고
불측하게도 목숨의 값어치를 마구 찾고자 뛰쳐나왔으므로
너는 쫓기는 한 마리 표범이었다

그러므로 너를
얽어 붙들려 치껴들고 쫓는 무수한 그물들!
그 그물인즉 네게는 얼마나
우스깡스런 모순의 낡은 구멍 투성이인 것이더냐?
그리고 그것을 치껴들고 쫓는 자 또한 누구더냐?

그러므로 마침내 너를 꾸겨 잡은 우리에서
너는 날쌘 표범처럼 쉴 새 없이 달아날 틈을 엿보아야 했고
마침내 뺑소닛길 미처 민첩치 못한 발목이 분하게도 엇걸리자
그 성가신 몸뚱아린 포대처럼 보기 좋게 팽가쳐 내주었으니
아우성 치며 너 위에 덮친 손들에 쥐어진 것은

실상 너 아닌 너의 빈 껍데기가 아니던가?

-너는 죽지 않았다

죽지 않은 너는 표범처럼 무수히 거게 살아 있어-

어리석고 숫되고 가난하고 약하므로 짓밟히고 모멸 받는

강물은 도도히 도도히 흐르고

위선과 가면과 간교와

무고하게 앗긴 인간 원가(原價)를 돌이키고자 노리어

불법의 법과 불의의 의로 쌓아 올린 백척 장벽 위

한 발을 걸쳐 넘어 올라서는

반들반들 눈망울 반짝이는 젊은 살인 강도 탈옥수 강 오원(姜五元)

「姜五元」전문

　인간사회는 '위선과 가면과 간교(奸狡)와/ 세도 있고 약빠르고 불의 (不義)한 자에게 오직 정의가 있고 법이 편역'하는 '쟝글 속'으로, 여기에 편입되지 못한 '너'는 '어리석고 숫되고 가난하고 약하므로/ 마땅히 버려지처럼 살아 죽어야 할' 피해자로 묘사되어 있다. 그런데 이 시에 등장하는 인물은 사회에서 가장 극악한 죄로 인식되는 '살인 강도'라는 뚜렷한 죄목이 있다는 것이 주목되는 점이자 다른 시들과 차별성을 갖는 점이다. 추상적으로 법을 어긴 대상에 대한 정서와 '살인 강도'라는 구체적인 죄상이 있는 대상에 대한 정서가 같을 수 없기 때문이다. 특히 '살인 강도'는 그야말로 '너의 삶이 곧 나의 죽음의 위협을 의미'하는 것일 수 있기 때문에 화자가 이러한 대상의 편에 위치한다는 것은 청자의 공감을 획득할 수 없다는 위험을 내재하고 있는 것이다. 그럼에도 위 시에서 법은 '모순의 낡은 구멍 투성이'의 '그물'에 비유되

고 있다. 또한 그들에게 붙잡힌 것은 '실상 너 아닌 너의 빈 껍데기'이
며 '너'의 탈옥은 '무고하게 앗긴 인간 원가(原價)를 돌이키고자' '불법
의 법과 불의의 의로 쌓아 올린' 장벽을 넘는 것으로 형상화 되고 있다.
이는 '살인 강도 탈옥수 강 오원'의 행위를 정당화하려는 의도가 아니
라, 법은 사실 사회정의를 수호한다는 미명 아래 자행되는 특권계급의
전유물이자, 피지배자에 대한 탄압과 착취를 제도화한 수단에 지나지
않는다[119]는 시인의 의식을 극단적으로 드러내고 있는 것이다.

　여기서 '자신 속에 더 큰 어떤 모순이나 당착'의 정체를 간취해 낼
수 있다. '살인 강도'라는 죄수의 설정은 유치환의 사유를 전개해가는
데 있어서 공동의 생명을 담보로 하고 있기에 '큰 모순이나 당착'으로
작용할 수 있다. 법은 이러한 '살인 강도'와 같은 불특정한 위협으로부
터 인간을 보호한다는 명분에서 출발하는 것이기 때문이다. 그러나
유치환은 이러한 모순적 상황을 비켜가지 않는다. 오히려 '살인강도'
라는 극단적인 모순의 상황을 설정하고 이러한 상황에서라도 '닫힌도
덕'의 기계적 수행을 지양하는 굳은 의지를 보여주고 있는 것이다. 이
처럼 '우리 인간 자신 속에 더 큰 어떤 모순이나 당착이 있다 하여 그
이유로서 자신의 다른 부정이나 不善을 간과한다든지 허용할 수는 없
는 일'이라는 유치환의 언명에서, '부정이나 불선'은 우리 사회에 상재

---

119 고드윈은 이러한 법의 부정성을 세 가지로 들어 밝히고 있다. 그 첫 번째가 법의 모호
　성과 남용에 관해서이다. 법은 새로운 사례에 맞도록 늘 새롭게 제정되고 개정된다.
　그러나 그럴수록 법의 모호성과 자의성이 해소되는 것이 아니라 오히려 가중된다. 또
　한 인간의 다양한 경험은 일반화되기 어려운 것인데 법은 인간행위를 일반화하려는
　특징을 가지고 있다. 그러므로 법은 인간행위를 언제나 동일한 척도에 따라 획일적으
　로 규제하는 모순을 범하고 있는 것이다. 마지막으로, 법은 인간의 정신을 정체시킨
　다. 법은 가상의 사건을 예측하여 제정되는 것으로서 현재 우리의 사고와 행동이 그
　틀에 맞게 조율될 수밖에 없기 때문이다. (김은석, 앞의 책, pp.77~78.)

해 있는 '습관적 도덕'으로서의 법이나 윤리에 근거한 것이 아니다. 따라서 유치환의 윤리에 대한 '준열성' 또한 이러한 '모순이나 당착'에 직면하였을 때에라도 끝까지 '인간의 원가를 돌이키고'자 하는 측에 서고자 하는 준엄한 정신인 것이다.

3. 인간의 예속을 강요하는 권위와 힘에 대한 부정의식

1) '신성함'의 권위에 대한 위반과 전복

유치환의 신관은 도가적 사유에 기반을 두고 있다. 유치환이 생각하는 신이 도가사상의 무위자연과 다르지 않다는 의미이다. 유치환은 신의 존재를 부정하지 않지만 자연에서 일어나는 모든 현상은 신의 의지에 의해서가 아니라 대상 '자체들의 절로 있음'에서 비롯된 것이라고 인식한다. 따라서 유치환은 기독교적 신을 인정하지 않는다. 기독교가 사유하는 신은 영혼불멸과 영생을 약속하며 현세의 인간을 다스리는 신이며 "하나를 바치면 하나를 답해 주고 투기심 강한 계집같이 자기의 비위에 거슬리고 안 거슬림으로써 희·노·애·락하여 보복과 포상으로 인간을 골탕먹이는 그러한 신"[120]이기 때문이다. 그런데 유치환의 이러한 종교적 신에 대한 부정을 '신성함'에 대한 위반이라는 또 다른 측면에서도 생각해볼 수 있다. 유치환의 시

---

[120] 유치환, 「신의 자세」, 『구름에 그린다』, p.171.

에서 신과 종교 뿐만 아니라 예술, 영원 등과 같은 신성한 것에 대한 위반의식이 드러나고 있기 때문이다. 인간에게 '신성함'은 두려움을 수반하여 의식을 통제하고 행위를 제약하게 된다. 그러므로 '신성함'은 인간에게 하나의 권위, 우상으로 자리할 수 있으며, 모든 권위적인 힘에 대한 부정이라는 아나키즘의 입장에서 '신성함' 또한 거부의 대상이 되는 것이다.

> 장엄하고도 지밀한 암묵 아래 밤의 어둠과 날의 밝음이 그들의 영토를 무혈(無血) 교차하는 즈음의 혼돈 미연(未然)한 때를 가리어
> 여기 후미진 골짜기 계곡 물소리, 쉬임 없이 울림하는 낭떠러지 그 바윗돌에 깎아 새긴 한 신장상(神將像) 앞에
> 어짠 아낙네 두셋 촛불을 밝혀 놓고 꽹과리를 울리며 주문 뇌여 한결같이 치성을 울린다
>
> …… 중략 ……
>
> 그리하여 신장도 있고 석가도 있고 마리아도 있고 반수신(半獸神)도-
> 앉고 서고 자비로운 얼굴로도 진노한 상(相)으로도 없음이 없어
> 그 앞에서 조아린다, 기도를 올린다, 주문을 외친다 꽹과리를 울린다
> 아아 허무 현암한 우주 의지는 진실로 멀찌기서 하나 움쩍 없이 부동 자세 그대론데-
>
> 「現示」 부분

니체는 "신은 신성한 거짓"이라고 말했는데 니체의 이 언명은 아나키스트들의 자각에 커다란 영향을 미쳤다.[121] 이는 신은 신성한 존재에 속하는 것이지만 그러나 신성한 채로 거짓이라는 의미이다. 니체는 세계의 무의미라고 하는 허무에 견디기 어려웠던 인간이 그 무의미의 한 가운데에서 초월적인 절대가치를 부여하기 위하여 신성한 존재인 신을 설정했다고 보았다. 그러므로 니체는 허무를 자각했던 심층부에서 신을 찾고 신을 세우는 일이 허구의 일이라고 판단한 것이다.

유치환의 사유 또한 "만약에 신이 존재하여서도 안 된다고 부정한다면 오늘날 서구인만이 아니라 전 인류로 하여금 그들의 암담한 운명에서 어떻게 안심 입명(安心立命)케라도 할 수 있느냐"[122]라며 니체의 사유에 근접하고 있음을 보여준다. 더 나아가 유치환은 "신의 존재를 구상화하는 것부터가 잘못"[123]이라고 생각한다. 유치환에 의하면 신의 형상은 하나로 규정되어 '신성함' 내지는 우상으로 자리하는 것이 아니라 "십자가에 걸린 예수에게도 강도 '발라바'에게도 옮아 있고, '사탄'에게도 깃들어 있다"[124] 위 시는 이러한 유치환의 사유를 현현하고 있다.

화자의 시선은 '신장상' 앞에서 치성을 드리고 있는 '어짠 아낙네'에서 이동하여 '신장상'에서 고정된다. '허무 현암(玄暗)한 우주 의지의 구상(具象)'은 바로 인간이 허무의 심층부에 세운 신이다. 실체는 '허무 현암한 우주 의지'인데 이는 인간에 의해 '신장', '석가', '마리아', '반

---

121 김성주·이규석, 앞의 글, pp.30~31.
122 유치환, 「회오의 신」, 『구름에 그린다』, p.178.
123 유치환, 「신의 자세」, 위의 책, p.172.
124 위의 글, 같은 곳.

수신(半獸神)'의 형상으로, '앉고 서고 자비로운 얼굴로도 진노한 상
(相)으로도' 존재하게 되는 것이다. 인간은 이러한 형상들 앞에서 '조
아리고, 기도를 올리고, 주문을 외치고, 꽹과리를 울'린다. '허무 현암
한 우주 의지는 진실로 멀찌기서 하나 움쯱 없이 부동 자세 그대로'라
는 것은 이러한 인간의 행위들이 '막막한 허무'에서 발로한 것으로 '허
구의 일'임을 드러내는 것이다.

> 종교 신(神)-
>
> 의지 없고 죄에 약한 인간이 없었던들 그는 얼마나 헐벗고 굶주려 존
> 재조차 없었겠는가?
>
> 「단장35」전문

> 가만히 들으량이면
> 뉘가 시종 울고 있습니다
> 간장 속 깊고 깊은 데서 앓여나는 듯
> 먼 소리로 울고 있는 것입니다
>
> -신이십니까?
> 신이여, 당신이 우시는 것입니까?
> 전능하고 부족함이 없는 당신도
> 있다는 것이, 있어야 한다는 것이
> 나같이 이렇게 외로운 것입니까?
>
> 그러나 나는 미기에 없어질 것

그러므로 외롬도 훨훨 잊게 되기 마련이나

당신이야 당신의 엄위(嚴威)로서

언제까지나 처져 남아 있어야만 하겠으니

더욱 얼마나 얼마나 외롭겠읍니까?

「밤」부분

유치환은 '종교신'의 존재의 의미를 인간의 '의지 없고 죄에 약함'에서 찾는다. 이렇게 나약한 인간이 없었다면 신의 존재조차 없었을 것이라는 판단이다. 작품 「밤」에서 신은 '간장 속 깊고 깊은 데서 잃여나는 듯/ 먼 소리로 울고 있는' 존재로 등장한다. '전능하고 부족함이 없는' 신이 인간과 같이 '외로움'을 이유로 울고 있는 것이다. 또한 인간은 '미기에 없어질 것'이므로 '외롬도 훨훨 잊게 되기 마련이나' 신은 '당신의 엄위(嚴威)로서/ 언제까지나' 남아 있어야 하겠기에 인간보다 '더욱' 외로울 수밖에 없는 존재이다. 인간에게 죽음이라는 '없어짐'이 예정되어 있다면 신은 '영원'에 대응되는 존재이다. 그런데 위 시에서 이 신의 영원성은 '처져 남아 있어야만 하'는 것으로 묘사되어 있다. 또한 '남아 있음'은 깊은 외로움과 연결되어 있다. 이에 따르면 인간의 죽음은 축복이며 신의 영원은 형벌에 가까운 것이 된다. 이는 인간 현세의 유한한 삶에 대한 긍정임과 동시에 신의 '영원성'에 대한 부정의 의식을 드러내는 것이다. 즉 위 시에서는 '신'과 '영원'이라는 인간이 범접할 수 없는 신성한 개념들을 인간의 차원으로 끌어내려 오히려 인간보다 불행한 자리에 위치시켜 그 '엄위'를 무화시키고 있다.

어느 야심(夜深)

빈 손 무(無)에서 엄마 아빠가

너를 빚은 도취의 작업이야

짐짓 마술 아니면

신기(神技)

신인들-

허황한 신이여

아빠라는 뜸직한 나무곁에

무량한 애정의 샘

엄마의 젖가슴에만 묻히어 의심 없는

-그러기에 젊은 엄마의 젖무덤은 그리 아름다운가

아스라히 물끼 서린 어린 별

「人間의 나무」부분

　「밤」이 신의 '영원성'에 관한 인식을 드러낸 작품이라면 위 시는 '창조'에 관한 시인의 인식이 발현된 작품이라 할 수 있다. 창조 또한 신의 영역에 속하는 신성한 행위이다. 이 세계는 신의 '말씀'으로 창조된, 신의 거룩한 행위의 결과인 것이다. 그 중에서도 인간은 신의 형상대로 빚어진 만물 중에서도 으뜸의 자리에 있는 존재이다. 그런데 위시에서는 이러한 인간의 창조를 '어느 야심(夜深)/ 빈 손 무(無)에서 엄마 아빠가/ 너를 빚은 도취의 작업'으로 표현하고 있다. 인간 창조가 신의 영역에 속하는 신성한 행위가 아닌 남녀의 교접에 의한 생산으로 의미 지어진 것이다.

니체는 "우리의 인간적 삶을 있는 그대로의 모습으로 받아들이면, 지금까지의 그리스도교적 양식의 모든 '진리', 모든 '선의', 모든 '신성화', 모든 '신성'은 커다란 위험임이 증명"[125] 되고 만다고 밝혔다. 최고의 도덕적 성질의 실재성을 신이라고 믿는 일, 이는 인류가 삶을 배반하는 관념성으로 철저하게 몰락하는 길이자, 모든 현실적 가치를 부인하고, 원칙적으로 무가치한 것으로 간주해 버리는 결과를 초래한다는 것이다. 그러므로 이는 반자연적인 것이 '왕좌'에 오른 격이며 가차 없는 논리로써 자연을 부정하라는 절대적 요구에 달하는 것이다.

이 시에서는 이러한 신을 '허황'으로 간주하고 신성함의 '왕좌'에서 끌어내린다. 인간은 '의지 없고 죄에 약한' 존재가 아니라 '완미(完美)하고도/ 무한한 가능에의 희망'을 내재한 존재이다. 그러므로 신은 이러한 나약한 인간에게 없어서는 안 될 존재가 아니라 '허황한 신'일 수밖에 없는 것이다. 화자는 신에게 '재간 있거든' '완미'하면서 '무한한 가능'을 내재한 인간을 '지어서 정녕 보여 보이라'고 요구한다. 이는 관념과 신성함에 자리하던 신을 대상으로 인간의 감각으로 인지할 수 있는 실재성을 요구하는 것이다. 이러할 때 신은 더 이상 신성함의 자리에 존재하지 않는다. 화자에 의하면 인간은 신의 주관에 의해서가 아니라 '아빠의 애정'과 '엄마의 젖가슴'이라는 지극히 현세적, 인간적 삶속에서 성장하는 존재이기 때문이다.

> 우주 창성 이후 처음으로
> 저 무량광대한 금단의 영역 문전엘

---

[125] 프리드리히 니체, 강수남 옮김, 『권력에의 의지』, 청하, 2003, p.168.

잠깐 엿보고 돌아온 사나이의 증언인즉
하늘은 어둡고
지상은 연한 청색이더라고

아니다 다를까 인간은
얼마나 오랜 오류에 사로잡혀 왔는가
이 세상은 어두운 죄값의 구렁이요
하늘 어디엔 무르익는 천국이 있다고 믿어

아아 이곳 인간의 땅은 연연한 푸름
때론 곤두서는 노도 광란이야
빛이 진한 때문 그늘도 같은 소치
장미원에 바람비가 붙안기고
병벌레가 온통 쏠기도 하듯

차라리 저 하늘 후미진 어디메에
전지 전능 거룩하게 계신다고 믿기우는 사나이
존대스런 그 사나이를 이리로 오라 해서
우리와 함께 살게 할 순 없을까
할 일 없으면 손톱이나 깎으라며

아아 여기는 연연히 고운 인간의 영토
아예 부질없는 심로일랑 버리고
내 동산이나 살뜰히 가꾸며 헤룽헤룽 살다

잎새가 떨어져 세 발 아래 거름 되듯
마침내 어느 길목 모롱이에 여한 없이 묻힘이
얼마나 사무치는 기념(紀念)의 일인가

「地上은 연한 靑色」전문

위 시에서는 '인간의 영토'인 '지상'과 신의 영토로 표상되는 '금단의
영역', '하늘'과의 대비로 현세의 삶에 대한 긍정을 현현하고 있다. '하
늘은 어둡고 지상은 연한 청색'이라는 시각적 색채의 대비가 극단적
예라 할 수 있다. '연한 청색'은 푸름, 생명, 희망의 의미를 포회하고
있는 색채이기 때문이다. 화자는 '이 세상이 어두운 죄값의 구렁'이고
'하늘 어디엔 무르익는 천국이 있다'는 믿음은 인간의 '오랜 오류'라 단
정 짓는다. 때로 '인간의 땅'도 '곤두서는 노도 광란'이나 '그늘'과 같은
어두움이 존재하는 공간이지만 이는 역설적으로 '빛이 진한 때문'이지
결코 인간의 어두운 '죄'때문이 아니라는 것이다.

이 시에서 '하늘'은 인간이 동경해마지 않는 신성한 공간이 아니다.
따라서 신 또한 신성한 공간에 존재하는 거룩함의 표상이 아니라 '하
늘 후미진 어디메'에 '전지 전능 거룩하게 계신다고 믿기우는 사나이'
이다. 화자는 '존대스런 그 사나이'를 인간의 층위로 끌어내려 '할 일
없으면 손톱이나 깎으'며 '우리와 함께 살게 할 순' 없는지를 물어, 신
의 존재를 희화화하고 있다. '하늘 어딘가'에 있는 '무르익는 천국'과
거기에 존재하는 거룩한 신에 대한 믿음은 '아예 부질없는 심로'일 뿐
이다. 화자는 '부질없는 심로'는 버리고 현세를 '살뜰히 가꾸'기를 결의
한다. 이러한 인간의 유한한 삶과 죽음이 오히려 '사무치는 기념의 일'
이 되는 것이다. 이처럼 하늘/지상, 신/인간, 영원/죽음과 같은 이항

대립적 관계에서 전자는 신성함과 관련된 개념이고 후자는 속세에 속하는 개념인데, 시인은 신성한 위치에 있는 전자의 개념들을 속세에로 끌어내려 그 신성함을 무화시키고 있다.

"인 노미네 딸국, 빠뜨리스　딸국, 필리이　딸국, 딸국 ……" 과거 현재 미래를 넘어 무량광대, 우주의 절대 권능자이신 천주의 지상의 대리자요 패덕한 '실증(實證)'만이 독점 번영하는 이 이단의 세대에서도 짐짓 범치 못할 천주의 엄존(儼存)을 증거하여 거룩한 이적까지 보이신 당신을 무엄히도 야유하려는 뜻은 손톱만치도 아니올시다

진실로 불측한 놈은 병이라는 저 너절하고도 집요한 아귀! 하필이면 성스런 당신의 횡격막에 옮아 붙어 그 비길 데 없는 존귀한 엄위를 조롱 모독하여 점잖지도 못하게 당신을 꼭둑각씨나처럼 쉴 새 없이 채수려 옥체를 들가볍게 하고 마침내는 그 부끄러운 몸뚱아리를 팽가치고 귀천(歸天)케 한 그 자가 얼마나 불손코도 무적(無敵)스런 놈이올시까?

보십시요 여기 넝마전같이 모여 엉긴 이 숱한 병자들을 하루의 마지막 석양빛이 치솟은 건물들의 창유리에 비껴들고 인간이 낙엽처럼 쓸려 넘쳐나는 거리에 어슬픈 으스름이 서글프게 짙어 올 무렵이면 그리운 듯 병자가 병자를 찾아 서로 모여드는 여기 뒷골목 대폿집 같은데 찌그러진 문짝을 재끼고 들어서량이면 희멀건 약주발 아닌 약주 주발을 앞에들 놓고 갖은 비뚜러진 모양새의 죄스런 만물의 영장들!

영혼을 보전한 당신이 육신의 병에는 끝내 어쩔 수 없었듯이 지금 이

들은 완강한 육체 대신 영혼이 모진 질병에 사로잡혀 이렇게들 모두 경
련질에 휘몰려 있는 것이오니

　- 자신마저 학살하고 눈만 유득 열에 타는 녀석, 대언 장어(大言壯語)
눈까려 자기 비열(自己卑劣)을 가리우는 녀석, 삐뚜러진 조소로써 흙탕
치는 녀석, 가롯 유다같이 숨가빠하는 놈, 카인처럼 우울한 놈, 바리바
처럼 태연한 놈……

　마침내 당신이 불측히도 모욕 당턴 그 육신을 판잣집이나처럼 버리고
간 저 어디메 하늘이 결코 죽음으로써 인도되는 피안에 있는 것은 아니
거니 보십시요 이 죄스런 병자들의 갖은 찌그러진 모양새를 아련히 물
들여 비쳐 오는 먼 불빛 같은 지옥의 불꽃 반영(反映)을! 어쩌면 이 곱디
고운 저녁놀빛이야말로 내일의 한량없이 청명할 영혼의 새 아침을 조짐
하는 기약의 거룩한 빛은 아니오리까?

「비오Ⅶ世」전문

　위 시는 제목에서도 드러나는 바와 같이 '비오7세'라는 종교지도
자126를 소재로 한 작품이다. 시에서 '비오7세'는 '절대 권능자이신 천
주의 지상의 대리자'이자 '천주의 엄존을 증거'하는 존재이지만 거룩한
의식을 거행함에 있어서 생리적인 현상을 이기지 못하는 육체적 인간
으로 현현되고 있다. 첫 행에서 경문의 구송 중간 중간에 반복적으로
삽입되고 있는 의성어 '딸국'은 의식의 신성함을 육체적, 생리적 층위

---

126 많은 아나키스트들은 신에 대한 믿음은 이성의 능력이 개발되지 못한 상황에서 일어
　나는 것으로 보고 있다. 그러나 그들의 주요 적은 종교 그 자체이기보다는 조직화된
　종교, 즉 위계적 통제 구조를 유지하기 위해 관료적 사도들을 양산한 교회이다. (방영
　준, 『저항과 희망, 아나키즘』, 이학사, 2006, p.70.)

로 격하시켜 웃음을 유발하는 기제로 작용한다. 화자는 인간의 육체적인 '병'을 '불측한 놈'이라 표현하며 '당신'의 '존귀한 엄위'를 조롱하는 원인으로 지목하고 있다. 결국 절대 권능의 대리자로서의 존귀한 엄위가 한갓 인간의 육체적 병으로 인해 무너진다는 의미이며 '천주의 대리자' 또한 인간임을 상기시키는 것이다.

3연과 4연에는 '천주 엄존의 증거자'로서의 '당신'과 대립의 관계에 있는 속세의 인간군이 등장한다. '뒷골목 대폿집'으로 표상되는 속세는 '유다'나 '카인'이나 '바리바'와 같은 온갖 인간 군상들이 존재하는 공간이다. '비오7세'가 '영혼은 보전'하지만 육신의 병은 어쩔 수 없는 것과는 대조적으로 이들은 육체는 '완강'하지만 '영혼이 모진 질병에 사로잡'혀 있다. 그러나 이러한 시선은 화자의 관점이 아니라 '존귀한 존재'의 관점에서의 시선이다.

이와 같은 4연까지의 반어적 태도는 5연에서 전복된다. 5연에서 화자의 진심이 역접되지 않고 그대로 드러나고 있다. 즉 '하늘', '천국'은 결코 육신을 벗어난 관념에 있는 것이 아니며 또한 '죽음으로써 인도되는 피안'에 있는 것이 아니다. '하늘'은 육신을 '판잣집이나처럼 버리고' 가는 '존귀한 존재'의 공간이 아니라 '죄스런 병자', 정신이 존귀에 미치지 못하는 인간군상들의 현세의 공간에 존재하는 것이다. '곱디고운 저녁놀빛'은 '내일의 한량없이 청명할 영혼의 새 아침을 조짐하는 기약의 거룩한 빛'으로 바로 지상에 존재하는 '하늘'을 표상하는 상관물이다. 이 시에서도 유치환은 영혼, 정신, 존귀함에 대립되는 실존, 육신, 온갖 속세인간의 현세적 삶의 모습들을 긍정하는 시의식을 발현하고 있다.

예술은 길고 인생은 짧다고?!

그 짧은 인생의 사무치는 뜨거움에

차라리 나는 가두(街頭) 경세가(經世家)

마침내 부유(蜉蝣)의 목숨대로

보랏빛 한 모금 다비(茶毘) 되어

영원의 희멀건 상판을 기어 사라질 날이

얼마나 시원한 소진(消盡)이랴

그러기에 시인이여

오늘 아픈 인생과는 아예 무관한 너는

예술과 더불어 곰곰이 영원하라

「시인에게」 부분

주지하고 있는 바와 같이 유치환은 '나는 시인이 아니다'라는 '반시인론'을 펼친바 있다. 인용한 시에서 유치환이 부인한 '시인'의 의미가 명확하게 드러나고 있다. 바로 '오늘 아픈 인생과는 아예 무관한' 시인이 그것이다. "인간이 없는 곳에 그 무엇도 있을 수 없고 인간이 버림받는 곳에 시고 예술이고 아예 있을 리 없"[127]다는 것이 유치환의 생각이다. 그러므로 '인생과 아예 무관한' 시는 예술도, 그 무엇도 아닌 것이 된다. 이는 시인의 '인간제일주의적' 관점을 드러내는 것이기도 하지만 달리 말하면 시를 현실과는 동떨어진 '신성한' 자리에 위치시키는 것을 거부하는 언명이기도 하다.

---

127 유치환, 「문학과 인간」, 앞의 책, p.128.

한편, 위 시에서는 예술/인생, 길고/짧은, 영원/소진 등이 대응하며 상관관계를 맺고 있는데 대체로 전자가 순간적이 아닌 영원한 것, 신성한 것에 속하는 것이라면 이에 대응하는 후자는 순간적인 것, 사라지는 것으로 후자의 개념이 전자에 비해 그 가치가 미비한 부류에 속하는 것이라 할 수 있다. 그런데 유치환은 이 시에서도 마찬가지로 이렇게 예술과 인생을 중심으로 길고 짧음, 영원과 소진이라는 이항대립적 관계를 상정해 놓고 이들 중 신성한 것에 속하는 개념들을 끌어내려 한바탕 비꼬아 주고 있다. 한갓 '부유의 목숨'은 '한 모금 다비'가 되고 '영원'은 '희멀건 상관'으로 표상되고 있는 것에서 확인할 수 있다. 이러한 비꼼은 마지막 연에서 극에 달한다. '시인이여/ 오늘 아픈 인생과는 무관한 너는/ 예술과 더불어 영원하라'라는 시구는 반어적 표현으로, 생과 유리된 예술, 그러한 예술을 창작하는 시인을 동시에 부정, 비판하고 있는 것이다.

시의 화자에 의하면 '인생'은 짧음으로 해서 오히려 '사무치는 뜨거움'으로 존재할 수 있으며 '영원의 희멀건 상관' 위로의 사라짐 또한 '시원한 소진'이 될 수 있는 것이다. 이처럼 유치환은 여러 시편들을 통해 인생이라는 현세의 삶을 긍정함과 동시에 정신, 엄위, 거룩함, 영원성 등과 같은 신성한 것에 대한 위반의 의식을 보여준다. 예술에 절대적 권위의 자리를 내어주는 순수예술에 대한 부정도 이러한 맥락에 놓여있는 것이다. 생활 혹은 인생과 분리된 예술의 절대적인 위치는 또 하나의 신성한 것으로 인간에게 우상, 권위, 억압으로 작용할 수 있기 때문이다.

2) 인간의 도구화를 종용하는 근대에 대한 비판

아나키즘은 근대적 산물이자 근대성을 넘으려 하는 사상이다. 아나키즘 사상이 근대 자본주의 발달과 인간 이성의 믿음에 바탕을 둔 근대 자연권 사상과 서구 휴머니즘적 전통 및 유토피아적 전통과 맞물려 생성된 것128이라는 점에서는 근대적 산물이다. 아나키즘이 자연과학129의 귀납·연역방법에 의하여 얻어진 종합을 인간의 여러 가지 제도의 평가에 적용하려는 기도이며 또 이 평가에 입각하면서 인간 사회의 각 단위에 대하여 최대량의 행복을 확보하기 위하여 자유, 평등, 우애로 향하여 나가는 인류의 걸음걸이를 전망하려는 기도130라고 하는 크로포트킨의 말은 아나키즘이 근대성의 바탕 위에 있음을 말해준다. 그러나 아나키즘이 추상적인 개인주의와 그것에 기초한 근대적인 위계질서, 중앙집권화, 자본주의를 거부한다는 점에서는 근대성을 넘어서는 사상이라 할 수 있는 것이다.

아나키즘이 권위에 저항하고 국가라는 체계를 거부하는 데에는 국가로 결합된 자본주의 생산체제와 이 체제를 지탱하는 부르주아 이데올로기에 대한 반발이라는 보다 더 깊은 역사적 배경이 깔려있다.131 유치환의 시에서는 인간을 도구화하는 자본주의132, 합리성을 무기로 공동체적 유대의 파편화를 조장하는 문명, 근대 주체중심의 동일성

---

128 방영준, 앞의 논문, 1990.

129 아나키즘이 완전한 터전을 닦은 것은 19세기 후반 과학 부흥 이후의 일인데, 여기에서 크로포트킨이 말하는 과학이란 도구주의적인 과학을 의미하는 것이 아니라 자연이 주는 공포와 과중한 노동의 공포로부터 인간을 해방시켜주는 과학의 긍정적인 측면을 말하는 것으로 건전한 이성에 바탕을 준 과학을 말하는 것이다.

130 크로포트킨, 앞의 책, p.61.

사유[133]에 근거한 극단적 폭력으로서의 전쟁 등 부정적 근대성에 대한 비판을 총체적으로 드러내고 있다.

> 이 산기슭에 일단(一團)의 사람이 흩어져 있음은
>
> 산을 문허트려 바다를 메우려 함이로다
>
> …… 중략 ……
>
> 붉은 흙을 담어 푸른 바다에 털어 넣나니
>
> 오오 이 어찌 지꿎은 인위의 노력이리오
>
> 산악은 무궁히 천공을 우르러 의연하고
>
> 바다는 그대로 창망한 수천(水天)에 연하였건만
>
> 사람들은 오직 파충처럼 의욕하야
>
> 고은 성좌를 헐어 그 도형을 바꾸려 하는도다
>
> 　　　　　　　　　　　　　　　　　「星座를 허는 사람들」 부분

---

131 이러한 저항 이데올로기로서의 아나키즘 사상이 우리 한국적 상황에 오게 되면 그 기능이 조금 달라진다. 그것은 역사 발전과정에서 발생한 부르주아 지배 이데올로기에 대한 비판의 의미보다는 부르주아 경제논리가 극단화돼 나타난 독점 자본주의, 그리고 그와 같은 자본주의의 극단적 재생산을 위한 제국주의적 침략에 대항하는 의미를 띠게 되었다. 아나키즘이 형성될 당시의 지배 이데올로기가 부르주아 이데올로기였다면 우리가 그것을 받아들였을 때의 지배 이데올로기는 제국주의적 논리였던 것이다. (김경복, 앞의 책, p.125.)

132 자본주의에 대해서는 Ⅲ의 2장 2절과 3절에서, 인간을 극단의 비참한 현실에 처하게 하는 자본주의적 사회 구조에 대한 비판과 그에 대한 응전으로써의 소박한 삶에 대한 회구, 공동체주의적 박애정신의 지향 등이 드러남을 이미 살펴보았다.

133 헤겔의 동일성 사유로 정점을 이루는 근대의 주체성 원리는 주체에 의한 타자의 지배를 의미하는 것으로, 타자를 주체로 환원시켜 지배하에 두거나 아니면 타자를 주체에서 분리하여 소외시키게 되는 주체 중심의 원리이다. 이러한 원리가 현실화될 때 객체에 대한 주체의 폭력이 발생할 것임은 쉽게 예측될 수 있는데 이러한 폭력의 형태를 우리는 일제의 식민지 지배와 6·25전쟁에서 경험한바 있다.

경상도도 구석진 갯촌에서 올라온 나는 한 개 촌뚜기-

...... 중략 ......

그러나 서울아
남대문을 들어서면 너는 지옥의 저자다
거리 거리에 쏟아 넘는 엄청난 인간의 밀물들과
그 새를 서성대며 아귀같이 소리 소리 부르짖는 장삿군과
내닫는 차들의 비명과 쓰레기떼미- 어찌 그뿐이랴
오직 정권을 탐하는 선동(煽動) 기만 야합 폭력과
온갖 대회와 결정서와 허구를 빚어 내는 정당 간판에
일신의 포복 영달만을 꾀하는 모리 탐관의 좀도둑들 !
이 모든 악덕과 파렴치와 독선과 동족의 유혈은
요컨대 서울아 그대로 조선아
너는 아비규환 개똥밭이 아니냐

...... 중략 ......

서울아 너는 일찌기
이 길을 생각이나 하여 보았느냐
네가 알려지도 않는 이 길-
아득히 잇닿고 얽히고 뻗고 다시 끝없이 잇닿아
까맣게 너를 모르고 사는 이 길-
그 으리으리한 육조 대로(六曹大路)가 아니라 정권이 아니라 권력이

아니라

　애닯게도 면면한 족속의 지낸 성상과 그 미래를

　오직 지키고 받들어 배[胚]어 있는 이 이름없는 길을 !

「서울에 부치노라」부분

　위 두 시편들에서는 화자의 시선에 포착된 근대화의 인상들이 표출
되어 있다. 화자에게 근대로의 진행은 먼저 자연성의 파괴134로 인식
된다. 자연은 단순한 자연물이 아니라 내면적으로는 '면면한 족속의
지낸 성상과 그 미래'가 배어 있는 역사이자 나라의 외형으로서의 '고
은 성좌'로 의미를 갖는다. 그런데 사람들은 산을 무너뜨려 바다를 메
우려 '뫼의 뿌리와 다투고' 있다. 이는 '고은 성좌를 헐어 그 도형을 바
꾸'는 것일 뿐만 아니라 화자에게는 매우 모순된 행위로 비친다. 이는
'산악'이 '무궁히 천공을 우러'르는, 상승과 수직의 이미지를 발산하고
있다면 '바다'는 '창망한 수천에 연하였'다는 하강과 수평의 이미지를
발현하고 있는 '산악'과 '바다'의 이미지의 대립에서 확인된다. 또한
'산악'은 '붉은'색으로, 바다는 '푸른'색으로 대별하여 색채에서도 뚜렷
한 대비를 보여주고 있으며, '담어', '털어'의 서로 상대되는 동사의 배

---

134 기든스는 근대성의 제도에 대해 단일한 차원으로 제도를 설명하려 했던 고전 사회학
　자들의 한계를 지적하면서 근대성의 제도를 자본주의, 산업주의, 감시, 군사적인 힘의
　네가지의 복합적 차원으로 설명한다. 자본주의는 노동과 상품시장을 배경으로 하여
　경제가 정치로부터 분리된 것을 가리키고, 감시란 민족국가의 성립과 아울러 정보를
　통제하고 사회적 관리를 실행하는 것이다. 산업주의란 자연적 환경을 인위적 환경으
　로 변화시키는 기술의 발달을 가리키며, 군사적인 힘이란 근대 이전과 달리 산업기술
　을 통해 전쟁이 산업화 된 것을 의미하는 것이다. (A. Giddens, 이윤희 외 역, 『포스
　트 모더니티』, 민영사, 1991, p.70.) 그러므로 작품「星座를 허는 사람들」에서 '고은
　성좌를 헐어 그 도형을 바꾸려 하는' '인위적 노력'은 '자연적 환경을 인위적 환경으로
　변화시키는' 산업주의 특성의 표징으로 볼 수 있겠다.

치에서도 화자의 모순에 대한 인식을 드러내고 있는 것이다. 이러한 행위는 '파충처럼 의욕'한다는 데서 알 수 있듯이 인간의 어리석음에서 발로된 행위이며 '지꿎은 인위의 노력'인 것이다.

「서울에 부치노라」에서는 '경상도 구석진 갯촌'과 '서울', '이름없는 길'과 '으리으리한 육조 대로'의 대비로 근대화된 도시에 대한 부정의 시선을 표출하고 있다. '한개 촌뚜기'인 화자에게 서울은, '모든 개화와 문명'이 모여있어 '호화롭고 호사스러'운 곳이다. 또한 '가지 가지 어려운 나랏일을 공론'하는 곳이기에 '거룩하고 가슴 설레는 이름'이며 '우러 보는 거룩한 꿈나라'이다. 그러나 이는 화자의 표면적인 이해일 뿐임이 드러난다. 화자의 시선을 통해 드러나는 근대의 부정적 모습은 '지옥의 저자', '아비규환 개똥밭'으로 표징되고 있기 때문이다. 화자에게 '거리 거리에 쏟아 넘는 엄청난 인간의 밀물들'은 활기라는 긍정적 의미로 다가오는 것이 아니라 '아비규환'과 같은 부정적 의미로 인식되고 있다. 이는 '장삿군'과 '내닫는 차'와 같은 근대의 산물이 '아귀같이 부르짖는 소리'와 '비명'과 같은 부정적 측면에서의 청각적 이미지와 관련되고 있다는 데서도 확인되는 바이다. 이어지는 연에서는 이와 정면으로 대립되는 '오솔길', '이름없는 길'이 등장한다. 서울을 표상하는 '육조대로'가 '정권'과 '권력'을 탐하는 '모리 탐관 좀도둑들'의 거리라면 '아득히 잇닿고 얽히고 뻗고 다시 끝없이 잇닿'은 '이름없는 길'은 이러한 '아비규환'과 힘에 대한 탐욕과는 거리가 먼 '애닲은' 민족 정서의 길이며 유대와 화합의 길이다. 이처럼 유치환의 시에서 도시에 대한 부정과 문명에 대한 불신은 근대성에 대한 부정적 인식과 관련되어 있으며 유대와 통합의 자연적 관계에 대한 염원에 연결되어 있음을 알 수 있다.

심심 산골에는 산울림 영감이

바위에 앉아

나같이 이나 잡고

홀로 살더라

「深山」전문

아이들은 다 같이 바다로 가고

혼자 남아서 집 보는 날

뒷당산 매미도 울다 안 울고

마당에 그림자 하나 까딱 안하고

삼복의 한낮 한더위 고요가

시방 몇 고비를 넘는지

홰나무 짙은 그늘도 혼자선 겨워

보던 책으로 지붕을 하고

나는 고만 잠들어 버렸더라

「閑日月」전문

위 시들에서는 화자의 '유타(遊惰)'한 삶이 전경화 되어 있다. 4행의
짧은 시「深山」에는 '바위에 앉아 이나 잡고 홀로'사는 '산울림 영감'
의 무위한 삶이 드러나 있고「閑日月」또한 제목에서도 드러나는바
화자의 한가로운 일상이 이 시의 내용이다. 그런데 이 시들에서 공통
적으로 드러나고 있는 '혼자'라는 한적하고 적적한 분위기와 '심산'이
나 '바다'라는 자연 공간은 문명화된 거리의 '쏟아 넘는 엄청난 인간
의 밀물들'과 '아비규환' 같은 소란함과 대조를 이룬다. 유치환은 이러

한 '유타한 삶'에 대해 문명적 삶의 대척적 관점에서 피력한 바 있다.

사실 인간이 모든 사회적 제약을 벗어난 환경에 놓인다면, 생명을 유
지하는 근본 문제를 제외하고는 늘어지게 나태하는 것이 최상의 행복임
에 틀림없을 것이다.

······ 중략 ······

인간이 눈만뜨면 바빠야 하고, 근면해야 하고 규칙적이어야 하고, 정
확해야 한다는 것은, 인간이 구축하는 소위 문명에 따라 점점 자신에게
증가해지는 본의 아닌 불행인 것이며, 그러므로 해서 더구나 문명이 선
진한 구미 인종에게는, 이 불행이 악마의 채찍처럼 그네들의 발 뒤꿈치
를 내려치는 형벌로 되어 버린 것이다.

누가 말하기를 기독교적 사고로서는, 인간이 무위를 누릴 수 없는 것
도 신의 저주에 의한 것이라고, 즉 성서의 원시인에게 행복의 근본 조건
이었으며, 유타의 본능은 천국을 쫓겨난 인간에게도 의연히 남아 있었
으나, 신의 저주는 끊임없이 인간의 마음을 짓눌러 이마에 땀을 흘려 빵
을 벌이해야 한다는 이유에서만이 아니라, 정신적 경향으로도 안심하고
무위 유타를 즐길 수 없도록 비밀한 내심의 소리를, 너는 무위 유타하는
데 대해서 책임을 져야 한다고 자신의 귀에다 쉼 없이 속삭이게 하였다
는 것이다.

이같이 기독교의 신이 인간을 벌하기 위하여 인간에게서 유타의 유열
을 빼앗아 갔다는 것을 생각만 해도, 나태라는 것이 얼마나 인간에게 행
복한 것이며, 오늘날 인간들이 점점 문명의 미명아래 촌가(寸暇)의 여념
도 없이 생활 자체에 속박되어 망쇄(忙殺)당한다는 것은, 얼마나한 형벌
인지를 쉬이 깨달을 수 있다.[135]

유치환은 '원시적인 나태'에 대한 부도덕적 죄의식의 원인을 자본주의적 문명사회와 기독교적 사고에서 찾는다. "인간이 눈만뜨면 바빠야 하고, 근면해야 하고 규칙적이어야 하고, 정확해야 한다는 것"은 문명이 발달함에 따라 가속화되는 경쟁, 이러한 자본주의적 메커니즘에 결합된 시간성136을 적실하게 보여주는 것이다. 이러한 사회에서 '나태', '한가함'은 부도덕에 해당되며 이는 개인의 자유를 속박하는 불행이라는 것이다. 한편 유치환은 '유타의 삶'이 '성서의 원시인에게 행복의 근본 조건'이었음을 들어 인간의 원시적 본능이었음을 지적한다. 기독교에서는 '안심하고 무위 유타를 즐길 수 없'는 인간의 심리를 인간에 대한 신의 형벌로 생각하며 이러한 형벌로 '무위 유타하는' 인간은 늘 자신에게 이에 대한 '책임'을 묻게 된다는 것이다. 그러므로 「深山」과 「閑日月」과 같은 시에서 드러나는 유유자적(悠悠自適)한 삶은 이러한 자본주의적 문명사회와 기독교적 이데올로기에 대한 응전의식의 발현이라 볼 수 있다.

차아(嵯峨)한 산정의 저물은 바윗돌 길을

이 또한 어두운 걸음걸이로 돌아서 가는 자

- 사자로다

---

135 유치환, 「閑居不善」, 『나는 고독하지 않다』, p.109~110.
136 자본주의적 삶에서 시간과 공간은 이용자의 사용 가치에 따라 무한한 정복의 대상이 되었다. 시공간이 짧아지는 정도에 따라 근대적 삶의 성패가 좌우될 정도로 시공간에 대한 기술적 지배는 그 중요성이 더해 간 것이다. 근대 이전의 세계에서는 시공간이 정복의 대상이 아니라 오히려 그것으로부터 인간이 보호를 받아야 했거나 혹은 그것의 지배를 받는 상황에 처해 있었다. 이처럼 절대적인 완결성으로 자족적인 실체를 이루고 있던, 시공간이 완벽히 결합된 곳에서는 공간을 극복하는 능력과 시간의 가속화는 존재하지 않는다. (송기한, 앞의 책, p.35.)

왕자 둘 거느린 늙은 암사자로다

그의 바위 같은 영맹한 머리를 돌려 흘겨보는 곳

보라

아득히 지평에 영화하는 저 문명의 아지랑이를

저희 인류의 간교함은 저같이 헤아릴 바이 없고

이 길은 고독과 주림에 저물었건만

일체 비소(卑小)함을 치욕하고

타산(打算)을 거부하고

더욱 이 암울한 포유류는 멀리 기계에 맞서므로

호을로 울울히 산정에 포호(咆號)하나니

아아 이는 차라리 의지의 적막한 기ㅅ발이로다

「獅子圖」 전문

   도도히 굴러 닫는 문명의 거창한 쇠바퀴에 무용한 쓰레기로 동댕이치어 여기에 나떨어진 채 원시의 고절(孤絶)과 빈고(貧苦)에 다시 선 이들은 오늘의 먹이를 얻기에 어디메 들로 산으로 뿔뿔이들 가고 그 간난(艱難)에도 더욱 혈육 가운데 핫바지로 끌려 집 나간 지 묘연함이 저마다에 말없는 그늘져 살지는 않는가?

   그 거대한 쇠바퀴는 미친 듯이 지향 없이 도도히 도도히 곤두박질 치달아만 가고, 여기 인고(忍苦)에 외로 사는 한 일족은 진실로 지엄한 사명에 순종하므로 어쩌면 새로운 세계를 초창하는 해돋이 조상으로 있는지 모른다

「아부라함의 一族」 부분

문명과 대척되는 삶은 '고독과 주림에 저문' 삶(「獅子圖」)이고, '고절(孤絶)과 빈고(貧苦)'의 삶(「아부라함의 一族」)이다. '사자'와 '아브라함의 일족'은 바로 이 문명과 대척되는 공간에 존재하는 대상들이다. 문명의 세계는 '인류의 간교함'과 '기계'로 표상되는 세계이고 '사자'가 존재하는 '산정'은 '일체 비소(卑小)함을 치욕'하고 '타산(打算)을 거부'하고 '기계에 맞서'는 세계이다. 이 세계는 높디 높은(차아한) 곳으로 사자가 일족을 거느리고 '바위 같은 영맹한 머리를 돌려 흘겨보는' 문명의 세계와는 닿을 수 없는 거리에 있는 것이다.

「아부라함의 一族」에서 문명은 '도도히 굴러 닫는 거창한 쇠바퀴'에 비유된다. 이 '거대한 쇠바퀴는 미친 듯이 지향 없이 도도히 도도히 곤두박질 치달아'[137]만 간다. 이 시에 등장하는 '일족'은 '문명의 거창한 쇠바퀴'에 있어서는 그 가치가 '무용한 쓰레기'에 밖에 지나지 않는다. 그러나 이러한 문명을 등지고 '인고(忍苦)'에 외로 사는 한 일족'은 자연의 질서라는 '진실로 지엄한 사명'에 '순종'하므로, 근대성의 층위에서는 '무용한 쓰레기'에 지나지 않을지 모르나, 인류의 역사에서는 근대성을 넘어서는, '새로운 세계를 초창하는 해돋이 조상'으로 존재할 수 있을지 모른다는 것이다. 이러한 구도에서 '거대한 쇠바퀴'가 '미친 듯이 지향 없이 도도히 도도히 곤두박질 치달아'가는 것으로 비유되는 근대화에 역행하거나 정체(停滯)하는 삶은 커다란 용기를 필

---

137 기든스 또한 근대성을 "폭주 차량을 탄 것같은 불가항력적 영향력으로 우리에게 공포스럽게 다가오는 것"으로 언명한 바 있다. 기든스는 이 차량을 '크리시나의 수레'로 비유하면서 "이 수레는 막대한 힘을 가진 폭주 차량이며, 인간 집합체로서의 우리가 어느 정도까지는 운전할 수 있지만 동시에 우리의 통제 한계를 벗어나서 질주할 위험성이 있으며 산산조각이 날 수도 있다"고 말했다. 근본적으로 근대는 '존재론적 안전감과 실존적 불안'이 공존하는 환경이라는 견해이다. (A. Giddens, 앞의 책, p.146.) 그러나 이 시에서는 근대에서의 존재의 '실존적 불안'만이 극대화 되어 드러나고 있다.

요로 한다. 즉 이들의 내면에는 자의든 타의든 '의지의 적막한 깃발'을
품어야 한다는 것이다.

> 이것은 소
>
> 소의 머리와 네 개 발목
>
> 값없는 여물을 씹으며,
>
> 덩치에 멍애를 걸치곤
>
> 종신껏 씩씩거리며, 논밭을 이르키고
>
> 짐구루마를 끌던 것
>
> 그러기에 주인은 소중히 했고
>
> 소중하기에 사랑하기도 하던 것
>
> 그러나 이젠 주인은 돈이 보다 절실했고
>
> 장사치는 그 따위 어귀씸이나 참을성보다
>
> 그의 가죽과 고기가 더 값나기에
>
> 끌어다 아랑곳없이 때려 눕혀
>
> 벗기고 발기고 갈기갈기 찢어가
>
> 마지막 여기 푸줏간 문전
>
> 쟁반에 담겨진 세례 요한의 머리와
>
> 족(足) 네 개
>
> 「頭足」 전문

위 시에서는 근대 자본주의의 '분절되고 파편화된 정서의 유대'라는
특성을 적확하게 드러내 보여준다. 그것은 인간과 일정부분 정서를
교감할 수 있었던 가축이 교환가치로 환원되어 결국 '머리와 족(足) 네

개'로 남게 되는 과정을 통해 드러난다. 근대 이전 '소'는 '값없는 여물을 씹으며,/ 덩치에 멍에를 걸치곤/ 종신껏 씩씩거리며, 논밭을 이르키고/ 짐구루마를 끌던 것'으로 주인의 '소중함'과 '사랑'의 대상이기도 했던 것이다. '그러나 이젠'이라는 역접은 이러한 유대의 단절을 환기시킨다. 소의 본연의 특성이라 할 수 있는 '어귀씹'이나 '참을성'은 그 가치를 상실하고 '그의 가죽과 고기'라는 교환가치만이 강조되는 근대의 경제성, 합리성을 이 시에서는 적실하게 보여주고 있다. '끌어다 아랑곳없이 때려 눕혀/ 벗기고 발기고 갈기갈기 찢어'가는 '장사치'의 행위는 그대로 근대 합리주의적 자본주의의 잔혹성의 일면을 표상하는 것이다. '쟁반에 담겨진 세례 요한의 머리와/ 족(足) 네 개'라는 표현은 근대성에 의해 상실되고 파편화된 자연과의 동일성 내지는 유대를 극단적 이미지로 현현한 것이다.

고요히 저무는 황혼의 한 때를
이 호반에 와서 전진(戰塵)을 쉬이노니

아쉬운 담배 연기를 뿜으며
그대 떠나 온 가향(家鄕)을 생각하는가

은수(恩讎)는
끝내 인간사(人間事)

아침에 원수가 버리고 간 강풍(江楓)을
뜻않이 고요히 즐긴다

「小憩 - 小洞庭湖에서」 전문

유치환은 그의 전쟁시에서 북한군을 '괴뢰군', '원수', '적' 등으로 명명하고 있지만 인간의 실존이라는 의미망에서 '恩讐'의 구분이란 빈 기표에 불과할 뿐이라는 인식을 곳곳에서 드러내고 있다. 그는 "敵과 정면으로 대결하는 이 전쟁에 있어서 더구나 언제 그들의 총포탄이 날아와 나의 목숨을 앗아 갈지 모르는 戰線에 와서도 적군에 대하여 적개심이라든지 증오심 같은 감정"[138]은 없었노라고 진술한 바 있다. 이는 이 전쟁이 '내 겨레끼리의 비극'이라는 것과 이 비극이 '다른 무엇도 아닌 서로의 신념의 배치에서 빚어진 것'이라는 의식에서 연원한 것이다. 유치환이 언급한 바와 같이 6·25는 영토의 확장이나 자원확보의 차원에서라기보다 이데올로기의 대립이라는 측면이 더 크게 기인한 전쟁이라는 차이가 있으며, 이러한 맥락에서 6·25는 근대 주체 중심의 동일성 사유가 극단적 폭력으로 드러난 단적인 예라 할 수 있다. 유치환은 이러한 전쟁의 본질에 대해 인지하고 있었다. 이는 "신념의 바탕인 思想이란 그 是非는 언제고 時間이 엄숙히 판결하는 것이며 인간사회의 思潮란 또한 오늘 것이 반드시 내일까지 옳을 수는 없기 마련"[139]이라며 '이 처참한 불행'을 '먼저 일으킨 자'에 대한 '증오심'을 드러낸 데서 확인된다. 즉 현재 주체의 사상이 반드시 옳다고 단언할 수 없고 따라서 타자의 사상을 주체에로 환원시켜 강제적으로 동일화하려는 시도 또한 정당화 될 수 없으며 '처참한 불행'일 수밖에 없다는 것이다.

이러한 맥락에서 '恩讐는 끝내 人間事'(「小憩」)라는 언표에는 전쟁은 결국 전쟁주체의 권력욕 내지는 정치적 목적[140]에 의한 결과라는

---

138 유치환, 「背水의 時間에서」, 『구름에 그린다』, p.321.
139 위의 글, 같은 곳.

것과 정작 전장에서 대치하고 있는 '아군/적군은 인간이라는 범주에서는 동일한 층위'라는 시인의 인식이 내포되어 있다. '그대 떠나 온 가향(家鄕)을 생각'함에는 이 아군/적군의 구분이 아니라 인간이라는 범주가 적용되는 것이다. '가향'을 그리는 마음은 인간의 근본적인 정서이자 모태로 돌아가고자 하는 근원적인 본능이기 때문이다. '아침에 원수가 버리고 간 강풍(江楓)을/ 뜻않이 고요히 즐긴다'라는 구문 또한 자연에서는 남한과 북한, 아군과 적군의 구분이란 의미가 없음을 뜻한다.

> 악몽이었던 듯
> 어젯밤 전투가 걷혀 간 자리에
> 쓰러져 남은 적의 젊은 시체 하나
> 호젓하기 차라리 한 떨기 들꽃 같아
>
> 외곬으로 외곬으로 짐승처럼 너를 쫓아
> 드디어 이 문으로 몰아다 넣은 것

---

140 부버는 정치 원리와 사회 원리를 구분하여 설명하는데 정치 원리는 권력·권위·계급·지배로 설명되고, 반면에 사회 원리는 사람들이 공동의 필요나 이해를 토대로 관계를 형성하는 것에서는 어디서나 발현되는 것으로 설명된다. 부버는 '다른 나라로부터의 위협'이 정치 원리에 우위를 부여한다고 보았다. 그에 따르면 "모든 국민은 다른 나라로부터 위협을 느낀다. 이 때문에 국가는 국민을 통합하는 결정적인 권력을 손에 넣게 된다. 정치권력은 사회 자체의 자기보존 본능에 의존한다. 잠재적인 외부의 위기 덕분에 국가는 내부의 위기를 통제할 수 있다. …… 모든 형태의 정부는 한 가지 특징을 공유한다. 그것은 필요 이상의 권력을 지니고 있다는 점이다." "대내외적인 불안정, 국가사이 또는 국가 내부의 잠재적 위기 상황은 이 과잉을 합리화한다. 사회 원리와 비교해볼 때 정치 원리는 항상 필요 이상으로 강력하다. 그 결과 사회적 자발성은 계속해서 축소된다."(Colin Ward, 김정아 역, 『아나키즘, 대안의 상상력』, 돌베개, 2004, pp.35~36.)

그 악착스런 삶의 폭풍이 스쳐 간 이제

이렇게 누운 자리가 얼마나 안식하랴

이제는 귀도 열렸으리

영혼의 귀 열렸기에

묘막(墓幕)히 영원으로 울림하는

동해의 푸른 구빗물 소리도 은은히 들리리

「들꽃과 같이 - 長箭에서」 전문

　이러한 시인의 인식은 적군의 시체를 '한떨기 들꽃'으로 비유한 것에서도 드러난다. 유치환은 '괴뢰군의 시체'에 대해 "그들이 이 전쟁에 강제로 붙들려 오고 안 왔고 간에 또는 열성분자로서 자진하여 오고 안 왔고 간에 이같이 그들을 죽인 그 罪過는 매마찬가지요 그 같은 깨닫지 못한 인간의 죄과가 그지없이 안타까울 따름"[141]이라는 단상을 밝힌바 있다. 시는 '악몽'과 같은 '어젯밤 전투'에서 시작하여 점차 자연에로 나아가는 양상을 보인다. 이에 따라 '젊은 시체'는 아(我)에 대척되는 '적(敵)'의 신분에서 자연과 동일성을 회복한 '영혼'의 층위로 이동한다. 그 경계는 죽음이다. '외곬으로 외곬으로 짐승처럼 쫓'는 아와 적의 적대의 관계 또한 죽음으로 무화되고 자연에서 합일하게 된다. 죽음으로 비로소 '안식'할 수 있는 이들의 현실은 인간을 생명의 궁극에까지 '몰아다 넣'는 전쟁의 무자비함을 드러낸다.

---

141 유치환, 앞의 글, p.323.

여기 망망한 동만(東灣)에 다달은
후미친 한 적은 갯마을

지나 새나 푸른 파도의 근심과
외로운 세월에 씻기고 바래져

그 어느 세상부터
생긴 대로 살아온 이 서러운 삶들 위에

어제는 인공기(人共旗) 오늘은 태극기
관언(關焉)할 바 없는 기폭이 나부껴 있다

「旗의 意味 - 望洋에서」전문

인용된 시는 권력주체가 아닌 일반 시민들에게 있어서 전쟁의 의미
는 어떤 것이었는가에 대한 유치환의 생각이 잘 드러난 작품이다. 유
치환은 이를 자연과 '기(旗)'의 대립을 통해 읽어내고 있는데 여기에서
'기'는 바로 '시비(是非)'가 가려지지 않은 전쟁주체들의 '사상(思想)'들
이다. 이러한 사상들은 기실 '그 어느 세상부터/ 생긴 대로 살아온' 이
들에겐 '인공기'와 '태극기'라는 '기'의 구별로 밖엔 의미가 없는 것이
다. '망망한 동만(東灣)에 다달은/ 후미친 한 적은 갯마을'의 정경위에
'나부끼'는 '기'는 매우 부자연스럽다. 이 부조화는 이들 본연의 삶과
긴밀한 관계성을 획득하지 못하는 사상을 표상하는 것이다. '어제는
인공기(人共旗) 오늘은 태극기'라는 표현은 정복한 대상이 좌와 우로
계속 바뀌었음을 의미하며, 이는 그 때마다 이들의 삶을 통제하는 대

상이 달라졌음을 의미하는 것이다. 결국 '인공기'와 '태극기'는 이들의
삶에 있어서 필요에 따른 선택이 아니라 이 기들에 의해 이들의 삶이
규정되고 있음[142]을 드러내고 있는 것이다. 여기에서 전쟁은 결국 전
쟁주체의 권력욕 내지는 정치적 목적에 의한 결과일 뿐이라는, 전쟁
의 본질에 대한 유치환의 사유를 다시 한 번 읽어 낼 수 있다.

3) 정치·권력의 본질에 대한 인식과 비판

유치환은 해방 후 수년 동안 거의 해마다 시집을 상재할 정도로 활
발한 시작 활동을 하였다. 이는 "나라를 가진 백성된 안도와 이제는
일하여 보람을 얻을 수 있게 된"[143] 때문이었다. 당연히 해방 초기엔
「식목제」, 「어린 피오닐」과 같은 해방에 대한 기쁨과 조국에 대한 애
정을 담은 작품이 많았다. 그러나 이러한 조국 광복에 대한 감격과 애
정은 오래 가지 못했다. 그것은 '모외사대(慕外事大) 사색편당(四色偏
黨)의 탈을 뒤집어쓴' 정치인들과 '양두구육적으로 인민을 우롱하는
일부 집권배'들에 대한 증오에 기인한 것이었다. 유치환은 이를 "사랑
한 조국의 앞길을 생각할 때 그것은 마치 악독한 義母 밑에 있던 아이

---

142 이 시는 제목 그대로 망양으로 진격하였을 때의 경험을 바탕으로 쓰인 것으로 유치환
은 이날의 경험을 이렇게 밝히고 있다. '인민'들 "인간의 本然한 방향은 어디까지나 인
간의 삶이 먼저요 근본이며 또한 그 삶이 그들의 올려야 할 旗를 마땅히 결정하여야
하겠건만 어쩌면 旗가 먼저 있어 인간의 삶을 결정하는 것같이 그날 이 땅의 인민들
은 생각하자나 않았겠습니까? 그래 그런지 진격부대를 향해 그들이 외치는 환호가 메
아리처럼 비어 있고 깃대 꼭대기의 깃발은 東海의 먼 물 빛처럼 관계없는 듯 느껴지
기만 하였습니다." (위의 글, p.324.)
143 유치환, 「行方잃은 感激」, 『구름에 그린다』, p.304.

가 거기에서는 뛰쳐 나왔으나 오도 갈 데도 없이 거리에 내버려진 그러한 슬프고 절망한 정상"이라 표현한바 있다.[144] 그는 우리 조국이 "미쏘의 식민지를 못 면할 것"이라는 '일인 교장의 저주'[145]가 '바로 그대로는 결과되지 않았다'고 해도 "우리가 그렇게 희약하던 해방의 감격 속에 우리들도 모르는 새 이미 이루어져 있었"음을 인식하게 되었던 것이다.

아나키즘은 본디 모든 권력의 형태를 부정하는 사상이기에 국가제도 또한 거부한다. 유치환은 직접적으로 국가에 대한 거부의 입장에 서는 것은 아니지만 앞에서도 살펴보았듯이,인간사회의 모든 법, 윤리, 도덕, 제도들이 보호, 박애, 정의 등과 같은 명목으로 정당화 되고 있지만 기실 권력을 합리화 하는 도구라는 데에 그 인식이 닿아있다.

> 이 조국을 받들어 지켜 온 이는 王朝나 어떤 지도자나 특권계급이 아니라 어떠한 곤욕에도 저들의 哀歡에 첨부하며 어리석디 어리석게 살아 온 무수한 겨레 자신들인 것입니다. 어쩌면 半萬年의 역사 그것이 이 어리석은 겨레들의 한숨이요 통곡이었는지 모릅니다. 어리석음은 순탄에 통합니다. 순탄은 불평할 줄을 모르는 진실 그것인 것입니다. 이

---

144 위의 글, p.311.
145 이에 대한 유치환의 기억은 다음과 같다. "한 가지 기억에 남아 있는 것으로 해방 바로 직후 어느 지방에서나 그 공백 상태를 자치단체가 한 기간을 메꾸었듯이 고향에서 몇 동지가 학교 운영을 돌려 받으러 한 학교엘 갔을 때 일인교장이 독기와 저주에 찬 어조로 미국의 州界나 구라파 列國의 아프리카 분할 방법을 보았느냐고 말하며 이어 삼팔선으로서 미국과 쏘련에 분할 점령 당할 게라고 즉 너까짓 것들이 까불지마는 역시 너의 나라는 미쏘의 식민지를 못 면할 것이라는 말투 그것이었는데 물론 그 일인의 저주가 바로 그대로는 결과되지 않다 치더라도 오늘 우리가 겪어야 하는 痛恨만이 아니라 우리들 자신내의 온갖 패덕의 슬픈 원인이 사실인즉 이 운명의 緯線에서 빚어진 것이 아닐 수 없겠으며……"(위의 글, p.305.)

순탄한 진실이 언제나 어리석게도 원수 앞에 방패가 되고 앞장을 나섬
으로서 조국은 지켜져 왔던 것입니다.[146]

위 인용글에서 유치환의 국가관을 엿볼 수 있다. '조국을 받들어 지
켜 온 이'는 '왕조'도 특출난 '어떤 지도자'도 하나의 사상에 집합되어
있는 '특권계급'도 아니다. 바로 '어리석디 어리석음'이라는 정서를 공
유하고 있는 '겨레 자신들'이다. '원수 앞에 방패가 되고 앞장 섬'으로써
'조국을 지킨' 것은 이 '어리석음'이라는 '불평할 줄 모르는 진실'이다.
그러므로 국가는 소수의 지배권력층이 아닌 다수의 인민들에 의해 이
루어지는 것이다. 이러한 유치환의 국가관은 넓은 의미에서 지배와 통
치가 아닌 인간의 자발적인 질서에 의한 사회라는, 아나키즘의 이상적
사회에 그 맥락이 닿아있다고 볼 수 있다. 이러한 연유에서 유치환은
당파를 내세우고 또 다른 외세에 의지하면서까지 권력을 점유하고자
하는 주구세력들에 대해 맹렬한 비판을 퍼붓게 되는 것이다.

밖으로 대해선 오히려 장선보다 떳떳ㅎ지 못하고
내 형제끼린 원귀 모양 질투하고 모함하고
나라보다는 당파를 앞세우고
도리어 남 나라를 조상같이 위하고 아부함이 없는가

자당(自黨)의 권세를 거미줄 치기에
민중의 복지를 일컬어 팔고

---

146 위의 글, p.308.

그릇된 주장을 부회하기에

어진 백성을 우롱함이 없는가

아아 진실로 백사(百思)하여 그러함이 없는가

나는 보리라

지낸 굴욕의 죄과를 다시 범하지 않기로

눈추리를 찢고 나의 똥창까지 드러다보리라

아아 그러나 사색(四色)의 그 금수와도 못한 할퀴고 뜯음이

나의 민족의 다시 씻을 수 없는 악혈의 근성이라면

그는 천형(天刑)이어늘 어찌 뉘를 원망하료

아아 나의 겨레여 우리는 마땅히 망멸(亡滅)할진저

「눈추리를 찢고 보리라」 부분

위 시는 시적 여과를 거치지 않은 직서적 시어로 시인의 감정을 격하게 토로[147]하고 있어 행연의 구분 없이 이어진다면 산문과 크게 다를 바가 없을 정도이다. 시인은 '밖으로 대해선 오히려 장선보다 떳떳ㅎ지 못하고/ 내 형제끼린 원귀 모양 질투하고 모함하고/ 나라보다는 당파를 앞세우고/ 도리어 남 나라를 조상같이 위하고 아부'하는 현 권력층의 '모외사대(慕外事大)', '사색편당(四色偏黨)', '아유구용(阿諛苟

---

147 유치환은 자신의 작품 「저녁놀」을 "사회 문제적인 것을 다룬 아무도 돌아보지 않는 작품들 가운데서 그래도 좀 나은 편에 속하는 것이라고 말해 주는 작품"으로 들면서 이에 대한 불만을 토로한바 있다. 「저녁놀」에 대한 세인들의 인정은 이 시가 유치환의 다른 사회 비판시들과는 달리 시적 형상화를 거친 작품이라는데 기인한다. 그러나 유치환은 현실의 심각한 상황을 "겨우 이정도로 풍자하고 미화하므로서 그친다는 것"에 "미온과 불만"을 느끼게 된다는 것이다. (위의 글, p.372.)

㤰)'의 면모를 면면히 꼬집어 비판하고 있다. 이들은 '민중의 복지'를 외치지만 그 이면에 내포된 본심은 '자당(自黨)의 권세'의 확장에 있고 '그릇된 주장을 부회'하여 '어진 백성'을 우롱하는 자들이다. 화자는 자신의 탄생과 성장이 '인욕'과 '굴욕'에 기반하고 있으므로, '지낸 굴욕의 죄과'를 다시 범하지 않고자 하는 결의를 '눈추리를 찢고 나의 똥창까지 드려다보리라'는 성찰의 비장함으로 드러내고 있다. 이러한 비장함은 권력층의 '모외사대', '사색편당', '아유구용'의 면모가 인간의 의지로 어찌할 수 없는 '민족의 악혈의 근성'이라면 이 겨레는 '망멸'하고 말 것이라는 단언으로 이어지고 있다.

> 어쩌면 이들은 저 알량한
> 혁명이란 이름의 여덕(餘德)을 바라
> 끈줄 닿는 민의원 참의원을 찾아
> 새 정권의 장차관을 찾아 서울로 서울로
> 산란기의 정어리떼처럼 밀려 올려와
> 한 달 가고 두 달 가고 이젠 푼전도 체모도 떨어지고
> 그래서 날새고 의사당 문전 거릿바닥에 나서
> 거룩한 그 안에서 세력과 세력이 아귀다툼하는 일
> 그 일들이 어떻든 제게들 이토록만 이끌려 가기를
> 막연히 기다리는 것인지 모른다
>
> …… 중략 ……
>
> 권력의 취득은 정의의 추구와 반비례한다

또한 언제고 권력은 정의를 포기하기 마련인 사실을

젊은 피로써 청결하려던 저 전당 속에서

다시 되풀이됨을 지금 역력히 보거니

그리고 그같은 배신인즉

산란기의 정어리떼처럼 이(利)에로만 모여드는

윤리의 무정란(無精卵)들로써 보수되거니

「太平路에서」 부분

위 시에서 드러나는 바와 같이 유치환의 권력층에 대한 비판은 60년대에 이르기까지 지속적으로 이루어지고 있다.[148] 이 시는 4·19이

---

148 오세영은 유치환의 문학적 궤도를 그 주제를 중심으로 다음과 같이 시대구분하였다. (오세영, 「생명과 허무의 시학 - 유치환론」, 『시와 시학』, 2000.)

시기	주제	시집
제 1 기 (1931~1947)	사랑과 생명을 탐구	『청마시초』(1939), 『생명의 서』(1947)
제 2 기 (1948~1960)	사랑과 생명과 사회를 탐구	『울릉도』(1948), 『청령일기』(1949), 『보병과 더불어』(1951), 『청마시집』(1954) (『기도가』와 『행복은 이렇게 오더니라』합본), 『제9시집』(1957), 『뜨거운 노래는 땅에 묻지 않는다』(1960)
제 3 기 (1961~1967)	주로 생명만을 탐구	『미류나무와 남풍』(1964)

그러나 『미류나무와 남풍』에도 사회 비판을 주제로 한 시가 전혀 없는 것은 아님(「5월의 노래」, 「열리렴 문이여」, 「노한 종」, 「그래서 너는 시를 쓴다」 등)을 감안할 때 유치환의 권위·권력의 집단에 대한 비판은 해방 이후 그의 마지막 시집까지 꾸준히 이어지고 있음을 알 수 있다. 유치환은 이러한 '정치나 사회 문제에 관한 작품이나 잡문'으로 인해 '당국의 기휘를 두려워 하는' '잡지나 신문'에서 '퇴자'를 맞기도 하고, "더러는 발표되어 진정 애국 애족이 무엇인지를 모르는 권력의 주구들에게서 부당한 지목과 압력을 받고 지내"기도 하였음을 밝힌바 있다. (유치환, 「行方잃은 感激」, 『구름에 그린다』, p.373.)

후 '혁명이란 이름의 여덕(餘德)을 바라' 새로운 세력다툼의 틈에서 권력에 '끈줄'이 닿기를 기다리는 계층을 비판하고 있는 듯 보이지만 기실은 권력의 본질을 밝히고 있는 점에서 주목을 요한다. '권력의 취득은 정의의 추구와 반비례한다'는 언명이 그러한데 '정의'는 기존 권력을 전복하기 위한 명목으로 작용하지만 권력 취득 후 새로운 권력 세력은 그 권력의 유지를 위하여 오히려 '정의'와 멀어지게 된다는 의미이다. 이는 위 시에서 드러나듯, 혁명의 편에서 기존의 권력층을 전복한 세력 또한 그 권력을 취득하고 유지하기 위해 결국 기존의 권력층과 동일한 길을 걷고 있는 현상에서 증명된다. 화자는 '언제고 권력은 정의를 포기하기 마련인 사실을/ 젊은 피로써 청결하려던 저 전당 속에서/ 다시 되풀이' 되고 있음에서 확인하고 있는 것이다. 권력층 밖의 관점에서 이는 단순한 위치의 전복일 뿐이며 권력의 본질과 기존 조건 안에서 기존의 정부가 새로운 정부에 의해 대체되는 것에 지나지 않는 것이다.

아나키즘의 마르크시즘에 관한 시선 또한 이러한 맥락에서였다. 주지하다시피 자본주의 사회의 부조리를 바로잡아 평등한 세상을 만들고자 했으며 이를 위해 궁극적으로 현 국가의 폐지를 지향했다는 점에서는 아나키즘과 마르크시즘이 동일한 출발선에 섰다. 그러나 아나키즘이 국가의 권력자체를 부정하는 것에 반해 마르크시즘은 프롤레타리아 계급에 의한 새로운 정부를 지향한다는 데에서 차이가 있었던 것이다. 아나키즘은 권력이 본질적으로 유지와 확장에 대한 욕망을 내재하고 있으며 이를 위해 정의와는 반비례하게 된다고 생각한다. 유치환의 권력에 대한 견해 또한 아나키즘의 그것에서 크게 벗어나지 않음이 위 시에서 확인된다.

나의 눈을 뽑아 북악의 산성 위에 높이 걸라

망국의 이리들이여

내 반드시 너희의 그 불의의 끝장을 보리라

쓰라린 쓰라린 조국의 오랜 환난의 밤이 밝기도 전에

너희 다투어 그를 헐벗기어 아우성 치며

일찌기 원수 앞에 떳떳이 쓰지 못한 환도(環刀)이어든

한낱 사조(思潮)를 신봉하여

골육의 상쟁을 선동하여 불놓기를 서슴지 않고

보잘것 없는 제 주장을 고집하기에

감히 나라의 망함은 두려하지 않나니

매국이 의를 일컫고

사욕(私慾)의 견구(犬狗)는 저자를 이루고

오직 소리 소리 패악하는 자만이 도도히 승세하거늘

나의 눈을 뽑아 북악의 산성 위에 높이 걸라

일찌기 악한 것이 끝내 영화하고

불의가 의를 낳음은 보지 못했느니

오늘에 이르러 너희의 행패가

드디어 또한번 원수를 이땅에 이끌어

그 무도한 발길에 무찔러 조국의 산하가 마르고

사직의 주추에 잡초가 더욱더 우거지고

망국의 성터 위에 별들이 모여 떠는

수많은 겨레의 생령이 죽어 가는 날이 다시 없기를

아아 뉘가 어찌 기약하료

내 반드시 너희의 이 불의의 끝장을 보리라

- 그러나 조국이여
양춘(陽春)이라 봄이 오면
아지랑이 날으는 이 강산에
진달래 철 따라 피어 널림이
아아 서럽지 서럽지 아니한가

「祖國이여 당신은 진정 孤兒일다」 전문

위 시에서 화자의 시선을 통해 드러나는 조국의 모습은 '원수 앞에 떳떳이 쓰지 못한 환도'를 사조가 다르다는 이유로 동족에게 겨누기를 서슴지 않고, 나라의 앞날보다 '제 주장의 고집'을 우위에 두는, 혼란과 분열의 소굴이다. '매국이 의를 일컫고/ 사욕(私慾)의 견구(犬狗)는 저자를 이루고/ 오직 소리 소리 패악하는 자만이 도도히 승세하'는 부조리의 온상이다. 화자는 '악한 것이 끝내 영화하고/ 불의가 의를 낳음'은 보지 못했다는 강한 믿음을 보이며 '나의 눈을 뽑아 북악의 산성 위에 높이 걸'어 '반드시 너희의 이 불의의 끝장을 보리라'는 굳은 의지를 드러내고 있다.

이 시는 앞에서 인용한 두 시들과 어투와 분위기의 측면에서, 또 직서적으로 표현하고 있다는 점에서 매우 유사하다. 그러나 이러한 분위기는 이 시의 마지막 연에서 반전된다. 화자가 조국의 자연에서 도출하고 있는 '서러움'의 정서는 지금까지의 분위기와 조화되지 않기 때문에 오히려 청자의 주목을 끌고 있다. '아지랑이 날'고 '진달래 철 따라 피어 널'리는 '이 강산'은, '산하가 마르고/ 사직의 주추에 잡초가 더욱더 우거지고', '수많은 겨레의 생령이 죽어 가는' 것으로 묘사되는 '불의의 끝장의 날'의 조국과는 상반되는 이미지를 발현하고 있기 때문이다. 이와 같은 조국의 현실과 자연과의 대립적 구도는 아래 시들에서도 볼 수 있다.

들어 보세요
이렇게 다시 살아나는 목숨들의 기쁨을 노래하여
종달이가 웁니다
산천에는 다시 봄이 온다고
종달이가 웁니다
가만히 눈감고 들어 보면
얼마나 황홀한 눈물 나는 노래입니까

그러나 여기 영원히 봄이 오지 않는 골짜기가 있답니다
아무리 나부대고 기쓰고 악물어도
서로 껴안은 채 쓰러져 죽어만 가는
슬프고 외롭고 떨리기만 하는 골짜기랍니다
아아 이 인간의 골짝에는 그 언제
저같이 황홀한 가락이 불러질 것입니까

들어 보세요
종달이가 웁니다
인간의 골짝에는 오지 않는 봄이
산천과 초목에는 다시 온다고

저렇게 종달이가

아지랑이 속에서 종일을 목청 높이 웁니다

「종달이」 부분

썩어진 조선의 마음 위에

한달 아닌 아홉 해를 홍수비 내려라

일찌기 청초(靑草)도 뜻있어

의로운 무덤엔 삼가 오르지 않았거늘

모외사대(慕外事大) 사색편당(四色偏黨)의 탈을 뒤집어쓴

백귀야행(百鬼夜行)의 소돔의 나라 조선이여

아직도 이 나라에 해와 달이 비침을 저허할지니

불 아닌 천의(天意)의 은혜하는 이 한달 비에

아아 너희 달갑게 썩어지라 썩어지라

「1947년 7월 조선에 한 달 비 내리다」 전문

작품 「종달이」에서는 '종달이의 울음'과 '인간의 골짝'으로 표상되는
조국이, 「1947년 7월 조선에 한 달 비 내리다」에서는 '해와 달', '비'와
같은 자연물과 '소돔의 나라 조선'이 대립적 구도를 이루고 있다. 먼저
「종달이」에서는 '다시 살아나는 목숨들의 기쁨을 노래'하는 '종달이'
가 등장한다. '종달이'의 노래는 '다시 봄이 온다'는 것을 알리는 노래
이며 '황홀한 눈물 나는' 노래이다. 그런데 '인간의 골짝'은 '영원히 봄
이 오지 않는' 곳이다. '아무리 나부대고 기쓰고 악물어도/ 서로 껴안
은 채 쓰러져 죽어만 가는/ 슬프고 외롭고 떨리기만 하는 골짜기'이다.
여기에서 '봄'의 의미를 간취해 낼 수 있다. '봄'은 '살아남', '생명', '희

망'의 표상이며 따라서 '봄'이 오지 않는 '인간의 골짝'이란 희망이 보이지 않는 조국의 현실을 의미하는 것이다.

「1947년 7월 조선에 한 달 비 내리다」에서 '비'는 '썩어진 조선의 마음'에 내려지는 형벌로 작용한다. '의로운 무덤엔 삼가 오르지 않'는 '청초'와도 같이 '모외사대(慕外事大) 사색편당(四色偏黨)의 탈을 뒤집어쓴/ 백귀야행(百鬼夜行)의 소돔의 나라 조선'은 '해와 달이 비침'을 받을 자격이 없는 곳이다. 그러므로 '한달 아닌 아홉 해를 홍수비 내려' 그 비에 '달갑게 썩어지라'는 것이다. 이처럼 '해와 달', '비'는 각각 '조선'에 비치지 않고, 형벌로 작용하는 대상으로 '조선'과는 대립적인 관계에 자리하고 있다.

그렇다면 이와 같은 조국의 현실과 자연과의 대립은 어떤 의미를 지니고 있는 것일까? 이는 유치환의 조국에 대한 개념에서 살펴볼 수 있다.

> 우리가 사랑하는 조국이란 무엇을 가리켜 일컫는 것이겠습니까? 그것은 아득히 먼 우리의 조선으로부터 여기에 깃들어 살 아 온 이미 우리의 혈육과 분간할 수 없이 정든 이 산천과 하늘 그리고 여기에서 사는 오랜 동안 겪은 辛苦風霜의 긴 역사와 그 긴 역사에서 빚어진 정서와 전통 그런 것을 통털어 말함임에 틀림없는 것입니다. 즉 조국이란 오늘 눈 앞에 있는 이것을 두고 말함이 아니라 눈 앞에 오늘과 연결되어 그 눈 앞의 오늘 뒤에 위로 치올라 아득히 뻐쳐 있는 보이지 않는 줄기를 일컫는 것입니다.[149]

---

149 위의 글, p.307.

조국에 대한 애정이란 祖國愛니 민족애니 하는 개념에서 오는 심히
모호하고 관념적인 껍데기가 아니라 바로 흙 한 줌 돌 한 덩이가 피가
돌고 숨결이 통하니 나의 혈육이나 나의 분신같이 살뜰하고 귀하게만
느껴지는 그런 것이었습니다.[150]

유치환은 조국을 '산천과 하늘'과 같은 자연, 그 자연에서 빚어지고
미래로 이어지는 역사, 역사에 내재되어 있는 정서와 전통을 모두 일
컫는 것이라 생각한다. '우리의 혈육', '나의 혈육이나 나의 분신'이라
는 표현에서 알 수 있듯 유치환과 자연 사이에는 거리가 존재하지 않
는다. 유치환에게 분신과도 같은 자연은 그대로 조국이다. 또한 조국
에 대한 애정이란 '조국애'니 '민족애'니 하는 모호하고 추상적인 관념
이 아니라 '피가 돌고 숨결이 통'하는 유기체적 관계이다. 나라의 혼
란은 오히려 '조국애', '민족애'와 같은 추상적 관념에 매몰된 인간들
에 의해 자초된 것이다. 그러므로 위 시들에서 자연은 사조와 이념,
명목뿐인 조국애, 민족애와 대척되는, 조국을 이루는 긍정적 요소라
할 수 있다. 자연에 대한 화자의 '서러움', '눈물' 등의 정서는 조국에
대한 애틋한 감정을 구현하는 것이다. 유치환은 자연과 조국 현실의
대립적 구도를 통해 '소돔의 나라'와 같은 조국을 부정하고 있지만 그
이면에는 육친을 그리는 듯한 애틋한 사랑을 배태하고 있음을 보여주
고 있다.

이처럼 유치환은 그의 시에서 직서적 표현으로 격하게 비판하거나
자연과의 대립을 통해 부정하는 방식으로 권력에 대한 비판을 드러내

---

150 위의 글, p.304.

고 있는데 이 외에도 「할렐루야」, 「佈告」와 같은 작품에서는 비판의
방법적 의장으로 풍자를 취하고 있다.

> 권도라면 개 같은 아유구용!
> 법과 제도의 허울 뒤에 숨겨진
> 갖은 불법과 부도의 거미줄을 타고
> 거짓과 인색과 간사와 비겁의 소용돌이 속
> 이 미끈한 외면치례들이 얼마나 고우냐 보란다께
> 헐벗기고 짓밟히고 내쫓기는
> 가난하고 약한 자의 화려한 꽃밭에서
> 할렐루야! 할렐루야!
> 거룩한 천주에게 드리는 영광의 울음소리가
> 얼마나 얼마나 아름다우냐 들으란다께
>
> 모조리 잘리우면 천지가 다 내것 됨을 아느냐
> 절통한 억울이 커다란 홍소로 통함을 아느냐
>
> 「할렐루야」 부분

포 고

- 미증유의 풍수해로 인하여 식량부족의 위기에 봉착하게 되었
으니 전국민은 국가민족을 위하여 소아를 버리고 일치단결하여
국난극복에 매진하여야 할지니 개인의 이익과 안일에만 급급하
지 말고 민족정의로서 식량소비 절약을 하기와 같이 실천할 것
을 여기 포고함
이 포고에 위반하는 자는 엄벌로써 처단함

단기 485년 11월 일

내무부장관×××
국방부장관×××
재무부장관×××
법무부장관×××
농림부장관×××
사회부장관×××
보건부장관×××
기
1. 쌀로써 술을 못해 먹는다
2. 음식점에서 쌀밥을 팔지 못한다
3. 여관에서는 점심밥을 주지 못한다
4. 엿 떡을 만들어 못 판다
5. 쌀로서 과자는 만들지 못한다
6. 한 사람에게 한 잔 이상 술을 못 판다

불길하고 음산한 회오리바람만이 쓸어 부는

빈 거리거리는 휘휘히 어둡기만 어둡기만 한데

담벼락에 길바닥에 흰 종이쪽만 헷것처럼 나붓거리고

어디서 뱃가죽을 움켜 안고 터져나는 홍소(哄笑)의

너털대는 포만(飽滿)과 우롱(愚弄)의 저 소리소리!

「佈告」전문

위 두 시에서는 '권도라면 개 같은 아유구용', '갖은 불법과 부도', '거짓과 인색과 간사와 비겁'의 표상인 권력층의 그럴듯한 외면치례를 풍자하고 있다. 하여 그 분위기는 표면적으로 '홍소'로 구현되고 있지만 심층에는 '헐벗기고 짓밟히고 내쫓기는/ 가난하고 약한 자'들에 대한 비통함을 발현하고 있는 것이다. '모조리 잘리우면 천지가 다 내것 된다'는 것과 '절통한 억울이 커다란 홍소로 통한다'는 역설은 서로 상동의 관계에 있다. '모조리 잘리움'과 '절통한 억울'이, '천지가 다 내것 된다'와 '커다란 홍소로 통한다'가 서로 상응되고 있기 때문이다. 이처럼 서로 연결될 수 없는 의미를 병립시키는 역설, 이 역설을 통한 풍자는 '권도에 아유구용'하는 계층의 끝없는 탐욕에 대한 통렬한 비판의 방식이다.

작품 「佈告」에서는 포고문을 그대로 옮겨놓는 방식으로 이들의 '미끈한 외면치례'를 부각시키고 있다. '국가민족'을 위하자, '소아를 버리고 일치단결' 하자, '개인의 이익과 안일에만 급급하지 말고 민족정의'를 실현하자는 등등의 포고문에 포함된 내용은 모두 포고하는 주체에 해당되는 것이므로 '홍소'를 자아내는 것이다. 이는 그 실천사항에서도 드러나고 있는데 쌀로 빚은 술, 음식점, 여관, 엿, 떡, 과자, 주점에서의 과음 등은 빈한에 처한 이들에게는 그야말로 해당사항 없는 개념들인 것이다. 포고된 강령은 매우 구체적이고 세밀하게 밝혀져 있는데 이렇게 구체적이고 세밀할수록 이 강령은 더 우스꽝스러운 것에로 끌어내려진다. 화자에게 '담벼락에 길바닥'에 포고문 '나붓거리'는 소리가 '뱃가죽을 움켜 안고 터져나는 홍소'의 소리, '너털대는 포만(飽滿)과 우롱(愚弄)'의 소리로 들리는 것은 이러한 맥락에서이다.

유치환은 해방 후부터 그가 타계하기까지 지속적으로 권력층에 대한 비판을 멈추지 않았다. 여기에는 시대적인 상황도 크게 작용했지만 그 일면엔 권력의 본질에 대한 유치환의 인식도 자리한 것으로 보인다. 그는 '언제고 권력은 정의를 포기하기 마련'이라는 언급으로 현상 유지, 나아가 보다 강력한 지배수단의 획득을 추구하는 것이 권력의 속성임을 드러내었으며, 이러한 인식을 바탕으로 그의 작품을 통해 나라와 백성의 안위에 앞서 자신들의 영달과 권력취득에만 몰두하는 정치세력에 끊임없이 비판의 날을 세우기를 멈추지 않았던 것이다.

4. 양가성의 구현 양상과 그 의미

1) 비정과 애련의 길항관계

무카로프스키에 의하면 한 예술 작품을 특정 시대와 특정 환경에서
보편적으로 통용되는 가치 체계의 관점에서 축어적으로 해석하기가
어려워지면 어려워질수록 그만큼 더 그 작품의 독자적인 미적 가치는
증대되고 지속성을 얻게 된다. 또 강한 내적 모순을 지닌 작품은 바로
그 긴장과 거기서 생겨나는 다의적 의미 때문에 실제로 타당한 가치
들의 전체 체계를 기계적으로 적용하는 데는, 내적 모순이 없거나 미
약한 작품보다 훨씬 더 큰 난관을 일으킨다. 이런 사실로도 예술이라
는 물질적 형성물의 다형태성, 다의성 및 미분화가 잠재적인 미적 장
점임이 입증된다고 하겠다.[151]

유치환의 시는 이러한 관점에서 볼 때 '독자적인 미적 가치'를 획득
하고 있는 것으로 판단된다. 그의 시세계는 '강한 내적 모순' 즉 양가

---

151 p.V. Zima, 앞의 책, 1993, pp.237~238.

성이 하나의 큰 축으로 자리하고 있기 때문이다. 양가성이란 이중가
치성을 지니는 것으로 서로 공존할 수 없는 것들의 결합을 의미한다.
그러므로 양가성은 일목요연한 이분법적 질서에 대한 위반의식으로
의미를 갖는다고 할 수 있다. 이렇게 양가성이 인과율적이고 위계적
인 질서를 파괴하는 효과를 지니고 있다는 점에서 세계에 대한 부정
의 힘, 내지는 비판적 도구로 작용할 수 있는 것이다. 모든 권위적인
힘에 대한 부정, 비판은 아나키즘 사상의 핵심이다. 이러한 맥락에서
양가성을 아나키즘의 특성으로 분류할 수 있다고 보았다.

  아나키즘의 사상과 미학의 관점에서 유치환의 시를 조망하고자 하
였을 때 그의 시에서는 모순의 양립[152], 애매모호성, 불확실성, 가치
의 전도 등의 양가성의 특성을 뚜렷하게 포착해 낼 수 있었다. 또한
이러한 특성들은 일의적이고, 획일적인 가치에 대한 비판의 의도를
명징하게 보여주고 있다. 실제로 그의 시는 연구자의 관점에 따라 정
반대의 해석을 내어놓는 경우도 있어, 그의 시가 세계의 전형적이고
타당한 가치들에 의해 일의적으로 해석되기 어려운 면모를 지니고 있
음을 증명해준다.

  한편, 그의 시는 강인한 남성적 어조를 바탕으로 하고 있으면서도
세심한 정서를 구현하는 연정의 시가 존재하고, 의지와 관념에 대한

---

152 유치환은 『東方의 느티』(신구문화사, 1964.)에서 그의 시형식의 모호함과 그의 시에
    서 모순이 양립하는 예가 흔히 있음을 스스로 밝힌바 있다. 이는 유치환의 양가적인
    것에 대한 의식하에서 작품 창작이 이루어졌음을 의미하는 것이다.
      "나의 작품들은 시(詩)고 무에고 본질이 심히 어정쩡해서 시라고 말했다가 산문(散
    文)이라고 불렀다가 할 수 있는 것부터가 부끄러운 일이 아닐 수 없다. 여기서 한 가
    지 더 덧붙여 두고 싶은 것은 나의 사유하는 데 있어 전후가 모순되는 점이 흔히 없지
    가 않은데 예를 들면 신의 존재를 생각하는데도 어디서는 범신적이었던가 하면 또 어
    떤 곳에서는 유일신적이기도 한 것이다"

직설적 표현을 그 특징으로 꼽을라 치면 이미지적 상상력 또한 그의 시적 의장으로 크게 자리하고 있어 그의 시세계를 어느 한쪽으로 편재된 특징으로 단정 짓기란 불가능한 일로 보인다. 이러한 특징으로 하여 유치환은 '의지의 시인'[153]이라는 평가와 '센티멘트의 서정시인'[154]이라는 평가를 동시에 받고 있는 것이다.

서정주의 '의지의 시인'과 김춘수의 '센티멘트의 서정시인'이라는 유치환에 대한 상반된 견해는 이후의 논자들에게도 이어져 '의지'냐 '서정'이냐, '의지의 시인'이냐 '애련의 서정시인'이냐 하는 평가의 기로에 서게 했다. 유치환이 '서정의 시인'이냐 '의지의 시인'이냐 하는 양자택일적 해석의 관점으로는 유치환 문학의 일면만을 강조하게 되는 한계를 가질 수밖에 없다. 이를 '비정'과 '애련'의 관계를 통한 양가성의 특성으로 고구될 때 유치환시의 상반적인 두 경향을 모두 아우를 수 있게 된다.

'의지의 시인'이라 평하는 근저에는 남성적 어조와 사변적 내용, 의지와 관념에 대한 직설적 표현 등이 자리하고 있다. 이는 이성의 층위와 관련되어 있으며 그 중심적인 정서는 '비정(非情)'이라 할 수 있다. 다른 한편으로 청마를 '서정적 시인'이라 일컫는 데에는 세심하고 내밀한 연정의 시적 발현과 관련되어 있고 이 서정성에 중심이 되는 정서는 '애련'이라고 할 수 있다.

이성에 대한 신뢰는 아나키즘의 특성 중 하나이다. 특히 프루동은 예술을 '계몽적 이성의 실현 수단'이라고 보았다. 이는 그의 예술론이 윤리적 성격에 뿌리를 두고 있음을 의미한다. 그에 의하면 예술은 이

---

153 서정주·조지훈·박목월 공저, 「의지의 시인 유치환」, 『詩創作法』, 선문사, 1947, p.128.
154 김춘수, 앞의 글, p.71.

성을 통하여 이상을 확보하고, 감수성을 통하여 현실에 존재하는 비이성적, 권위적 억압을 고발하는 데 의미가 있다. 계몽적 이성이 대중화될 때 사회의 진보를 기대할 수 있으며 예술은 개인과 사회의 진보라는 이상을 위한 활동이라는 것이다.[155] 한편, 마르쿠제는 이성을 '부정하는 힘'으로 규정한다. 현실의 허구에 대한 '부정'을 통하여 진리를 획득하는 것이 이성이다. 이성이 한편으로 현실사회를 비판하고 다른 한편으로 현실과는 다른 새로운 사회질서를 전망할 수 있는 것은 이 이성의 '부정하는 힘'에 근거하는 것이다. 그러나 마르쿠제는 이성이 단지 '과학적 합리성'으로 축소될 때 오히려 인간 존재의 다른 '가능성'을 차단하는 편협한 것으로 전화함을 지적함으로 '이성의 이중적 의미'[156]를 간과하지 않는다.[157] 기실 이성이나 합리성은 여러 다양한 모순들을 통합하는 능력이다. 그런데 그런 통합의 강도가 질서를 조정하는 차원을 넘어서 강제성을 띠게 될 때, 그것은 억압으로 작용하게 되는 것이다.[158] 마르쿠제는 예술이 이러한 이성과 감성을 매개시

---

155 송재우, 「프루동의 예술 이론에서 계몽적 이성의 역할」, 『인문연구』55호, 영남대학교 인문과학 연구소, 2008, pp.475~478.

156 하버마스는 이를 '도구적 이성'으로 구분한다. 그는 서구사회의 위기가 이성이 본궤도에서 벗어나 도구화된 데에서 기인한 것으로 본다. 이성의 가면을 쓴 규율적 권력이 개인과 사회를 철저히 억압함으로써 얻어진 결과라는 것이다. 이러한 도구화된 이성과 합리성의 부정적 결과가 경제 및 사회에 있어서의 관료행정이라 파악한다. (J. Habermas, 「技術的 進步와 社會的 生活世界」, 『프랑크푸르트학파』(신일철편), 청람, 1990, pp.208~210.) 그러나 20세기의 생태 아나키스트인 머레이 북친은 이러한 이성 비판에 대해, 이성은 도구적 · 분석적 이성만 존재하는 것이 아니라 이것 외에 유기적이고 비판적인 속성을 가지고 있는 이성도 있음을 지적한다. 이 유형의 이성은 분석적인 통찰력을 유지하고 있고, 윤리적이지만 현실과 접촉을 유지하고 있는데북친은 이를 '변증법적 이성'이라 부른다. (Murray Bookchin, 문순홍 역, 『사회생태론의 철학』, 솔, 1997, pp.33~34.)

157 김애령, 앞의 논문, pp.10~14.

158 송기한, 앞의 책, p.39.

킴으로써 현존하는 것에 대립하는 것이라 규정한다.

그러나 허버트 리드는 예술이 이성이나 지성의 활동이 아니라고 단언한다. 오히려 예술은 인간의 가장 깊은 본능이나 정서의 표현이며 이드의 영역에 관계하는 개념으로 판단한다. 사물에 대한 '영감', 예술작품에 깃든 '인간적 감정' 등의 강조는 그의 주장을 잘 드러내준다. 유치환의 시에서는 이러한 '부정하는 힘'으로서의 이성의 층위와 인간적 감정과 같은 본능의 층위가 양가적으로 공존하고 있으며 이것이 '의지'와 '서정', '비정'과 '애련'의 관계로 나타나고 있는 것이라 할 수 있다. 그렇다면 유치환의 시에서 '비정'과 '애련'[159] 사이의 거리, 혹은 '비정'과 '애련'의 관계를 어떻게 설명할 수 있을까. 우선은 그 연결고리로 '고독'을 상정해 볼 수 있다.

> 내 오늘 병든 즘생처럼
>
> 치운 십이월의 벌판으로 호을로 나온 뜻은
>
> 스스로 비노(悲怒)하야 갈 곳 없고
>
> 나의 심사를 뉘게도 말하지 않으려 함이로다

---

159 이 글에서는 '비정'에 속하는 시를 그 특성상 사변적 진취적 내용, 의지와 관념의 발현, 자학, 분노, 비장 등의 정서를 표출하는 시로, '애련'에 속하는 시를 이와는 대척되는 정적 감성의 발현, 내밀한 연정의 정서를 표출한 시로 구분한다. 물론 유치환의 문학에서 '애련'은 연정의 의미로도, 인간사에 얽매는 감정, '애증'과 관련된 의미로도 혼용되어 쓰이고 있는 것이 사실이다. 또 '애련'이 사전적으로는 '사랑하고 가엾게 여기는 것, 가엾게 여겨 사랑하는 것'을 의미한다. 그러나 이렇게 따지면 유치환 시에서 서정성이 드러나는 모든 작품이나, 복잡한 인간사를 떠나고 싶어하는 여행에 관련된 시는 물론, 인간에 대한 박애정신이 구현된 작품들도 모두 이에 해당하게 되어 그 범위가 매우 방만해지는 결과를 낳게 된다. 하여 본고에서는 유치환의 작품에서 '애련'이 가장 뚜렷하게 현현되는 형태의 시가 연시라 보고, 논의의 편의상 '애련'에 속하는 시를 내밀한 연정의 정서를 표출한 시로 구분하였다.

삭풍에 늘렬한 하늘 아래

가마귀떼 날러 앉은 벌은 내버린 나누어

대지는 얼고

초목은 죽고

온갓은 한번 가고 다시 돌아올 법도 않도다

그들은 모다 뚜쟁이처럼 진실을 사랑하지 않고

내 또한 그 거리에 살어

오욕(汚辱)을 팔어 인색(吝嗇)의 돈을 버리려 하거늘

아아 내 어디메 이 비루한 인생을 육시(戮屍)하료

증오하야 해도 나오지 않고

날새마자 질타(叱咤)하듯 치웁고 흐리건만

그 거리에는 다시 돌아가지 않으려노니

나는 모자를 눌러쓰고 가마귀 모양

이대로 황막한 벌 끝에 남루히 얼어붙으려노라

「가마귀의 노래」 전문

위 시에는 '~도다', '~노라' 형태의 남성적 어조, 진실을 사랑하지 않는 '그들'에 대한 분노와 비판, 자신의 '비루한 인생을 육시(戮屍)하'리라는 자학 등이 구현되어 있다. 그러므로 이 작품은 '애련'과 '비정'으로 구분한다면 '비정'의 편에 속하는 시라 할 수 있다. 그런데 이 시에서 분노와 자학 등의 감정 외에도 고독의 정서를 간취해낼 수 있다. '병든 즘생처럼/ 치운 십이월의 벌판으로 호을로' 나온 정황이라든가,

자신의 '비노'한 '심사를 뉘게도 말하지 않으려 한'다는 데에서 그러하
다. '가마귀떼 날러 앉은 벌', '언 대지', '죽은 초목' 등의 공간 또한 이
러한 고독의 정서를 환기시키는 상관물로 작용하고 있다. 마지막 연
에서 '그 거리에는 다시 돌아가지 않으려' 한다는 의지는 차라리 '황막
한 벌 끝에 남루히 얼어붙'겠다는 결연함과 비장함으로 강조되고 있
다. 이 결연함과 비장함의 중심에 고독이 자리하고 있는바 이 시에서
고독은 첫 연에서 마지막 연에 이르기까지 이어지고 있는 중심정서라
할 수 있다.

> 오직 사유하는 자만이 능히
> 이 절대한 고독을 견디나니
> 영원이란
> 전부를 느껴 알고 전부를 준거(峻拒)하는 자--
>
> …… 중략 ……
>
> 엘리 ! 엘리 ! 엘리 ! 를 부르짖던 너도
> 드디어 이끌 수 없던 인류일랑 버리고
> 여기에 나와 더불어
> 영원한 고독에 얼어 서자 !
>
> 「히말라야 이르기를」 부분

작품 「히말라야 이르기를」의 주조적인 정서 또한 고독이라 할 수
있는데 이 시에서는 사유와 고독과의 관계가 드러나고 있다. 위 시에

서 보면 '절대고독'을 견디게 하는 것은 '사유'이다. '사유하는 자'만이 '절대한 고독'을 견딜 수 있고, '영원'과 '우주'를 느끼고 알고 준거하고 모색할 수 있는 자이다. 그런데 고독은 역으로 이러한 사유를 추동하는 힘으로 작용한다. 물론 고독과 사유는 긴밀하게 연결되어 있다는 일반적인 사실에서도 설명되지만 이 시에서는 예수로 유추되는 인물에게 '나와 더불어/ 영원한 고독에 얼어 서자'는 대목에서 확인되고 있다. 사유가 영원과 우주의 '전부'를 알고 준거하고 모색하는 근거가 된다고 할 때, 인류를 이끄는 데 실패한 예수에게 자신과 함께 고독에 들자라는 것은 그 행간에, 차라리 고독에서 영원을 모색하자라는 의미가 포진되어 있는 것이며 이때 고독은 사유를 끌어내는 근거기반이 되는 것이다. 즉 사유가 고독을 이겨내는 기제라면 고독은 사유를 이끌어내는 역기제로 작용한다는 의미이다. 유치환의 시에서 '고독'이 매우 중요한 위치를 점하고 있음은 앞 장160에서도 이미 살펴보았다. 그의 시에서 고독은 '자기고양'을 위한 매개로 작용하는데, 사유와 고독이 동일한 층위에서 서로를 추동하는 역할을 하고 있다고 할 때 사유 또한 자기고양의 매개로 기능한다고 볼 수 있다.

다음은 '애련'의 서정시라 할 수 있는 유치환의 일련의 연시들을 살펴볼 차례이다.

1) 파도야 어쩌란 말이냐

파도야 어쩌란 말이냐

---

160 본문 III-2-1 (생명의지와 자기반역의 변증적 관계)참조. '무한한 고독과 회오'가 있음으로 하여 '거룩한 부활이 있었'다는 시구(「復活」)에서 드러나는바 '고독과 회오'는 '재생'과 '파괴' 모티프 중 '파괴 모티프'에 해당하는 개념으로 유치환 시의 변증법적 구도에서 긍정을 위한 부정의 계기로 작용한다.

　　임은 뭍같이 까딱 않는데

　　파도야 어쩌란 말이냐

　　날 어쩌란 말이냐

「그리움」전문

2) 오늘은 바람이 불고

　　나의 마음은 울고 있다.

　　일찍이 너와 거닐고 바라보던 그 하늘아래 거리언마는

　　아무리 찾으려도 없는 얼굴이여.

　　바람 센 오늘은 더욱 너 그리워

　　긴 종일 헛되이 나의 마음은

　　공중의 기(旗)빨처럼 울고만 있나니

　　오오 너는 어디매 꽃같이 숨었느뇨.

「그리움」전문

두 작품은 모두 '그리움'이라는 동일한 제목의 시이다. 1)은 화자의 임을 향한 마음을 뭍으로 달려드는 파도에 빗대어, '뭍같이 까딱 않는' 임에 대한 그리움을 현현하고 있다. '파도야 어쩌란 말이냐'의 반복으로 임에 대한 그리움으로 어쩌하지 못하는 화자의 마음을 극대화하고 있으며 이것으로 청자의 감정이입을 유도하는데 성공하고 있다. 가슴 아픔을 표현하는데 세세한설명보다 말 한마디 못하고 가슴을 치는 행위가 더 공감을 불러일으키듯이, 통곡보다 울음조차 잊은 무표정이 더 비극적이듯이, 이 시에서 '파도야 어쩌란 말이냐'는 구체적 설명을 넘어서는 깊은 그리움의 도상이라 할 수 있다. 하여

위 시가 '파도야 어쩌란 말이냐'는 구문 외에는 별다른 내용을 그리
고 있지 않음에도 화자의 깊은 그리움이 청자에게 효과적으로 전달
되고 있는 것이다.

2) 또한 임에 대한 그리움을 그린 작품으로 화자의 마음은 이 그리
움으로 하여 울고 있다. '바람'은 그리움의 정서를 더욱 고조시키는 상
관물이다. '아무리 찾으려도 없는 얼굴'이나 '너는 어디메 꽃같이 숨었
느뇨'는 화자의 마음에 임의 부재라는 현실이 강하게 각인되어 있음을
드러낸다. 임의 부재라는 현실은 그리움이라는 표출된 정서와 함께
고독이라는 내재된 정서를 환기시킨다. 이는 화자의 심정이 '공중의
기(旗)빨'로 표상된 데서 확인되고 있는데 '긴 종일 헛되이' 나부끼는
깃발은 하염없는 그리움과 기다림을 표상하는 것이기도 하지만 여기
에서 일차적으로 환기되는 정서는 고독과 애상인 것이다.

> 표연히 낡은 손가방 하나 들고 나는
> 정거장 잡답(雜遝) 속에 나타나 엎쓸린다
> 누구에게도 잘 있게 ! 말 한 마디 남기지 않고
>
> …… 중략 ……
>
> 나무에 닿는 바람의 인연-
> 나는 바람처럼 또한
> 고독의 애상에 한 도를 가졌노라
>
> 「離別」 부분

너의 편지에
창밖의 저 바람소리마저
함께 봉하여 보낸다던 그 바람소리
잠결에도 외로와 깨어 이 한밤을 듣는다.

알 수 없는 먼 먼데서 한사코
적막한 부르짖음 하고 달려와
또 어디론지 만리(萬里)나 날 이끌고 가는
고독한 저 소리!

…… 중략 ……

아아 또 적막한 부르짖음 하고 저렇게
내게로 달려오는 정녕 네 소리!

「밤바람」부분

　　유치환의 연시를 무작위로 뽑아 인용하여도 거기엔 이별이나 임의
부재라는 현실, 그에 따른 그리움과 고독으로 대별되는 정서들이 발
현되는 공통점을 발견할 수 있다. 위 시들에서도 이러한 특징들을 확
인 할 수 있다. 「離別」에서 이러한 정서는 내면화 되어 있고 '우의로
운 미소'로 이별의 감정을 표출하고 있지만 절제되고 제한된 감정의
노출로 오히려 화자의 '통곡하고 싶은 외로운 심사'는 더욱 강조되고
있다. 이 시의 화자는 '섭섭함과 슬픔을 느끼는 따위는/ 한갖 허례(虛
禮)한 감상(感想)밖에 아니'라고 '애련'의 감정에 매몰되는 것을 경계

하면서 그와는 다른 측면에서 '고독의 애상'을 취하고 있다. 고독은 그리움에서 발로되는 감정이면서도 그리움, 슬픔 등속의 감정과는 또 다른 층위의, 감정과 사유의 중간, 매개의 정서라 할 수 있는 것이다.

유치환의 연시에서 '바람'은 늘 주조의 정서를 고조시키는 상관물로 등장한다. 「밤바람」에서도 바람은 전경화되어 그리움의 정서를 환기시키는 역할을 하고 있다. '바람소리'는 임의 편지에 '함께 봉하여 보낸' 소리요, 하여 화자가 '잠결에도 외로와 깨어' 한밤 내 듣는 소리이다. 또한 '바람소리'는 '적막한 부르짖음'이요, 화자를 '고독'으로 이끄는 소리이자 그 자체로 '고독한 소리'이다. 그리고 그 소리는 바로 임의 소리, '정녕 네 소리'인 것이다. 결국 임은 자아를 고독으로 이끄는 존재인 것이다.

> 사랑하는 사람이여, 내가 이렇듯 당신을 애모(愛慕)함은 무슨 연유이랴?
> 당신의 용모? 당신의 자질?
> ─ 아니거니!
> 당신을 통하여 저 영원에의 목마름을 달래려는 한 가상(假像)으로─
> 그러기에 아득한 별빛을 우러르면 더욱 애닯게도 그리운 당신!
>
> 「목마름」 전문

위 시에서 '임'의 정체는 보다 구체적으로 드러나고 있다. 화자가 '사랑하는 사람', 즉 '임'을 '애모'함은 '용모'나 '자질' 때문이 아니라고 강하게 부정하고 있다. 시적 자아, 이를 시인이라 가정한다면 유치환은 임을 '영원에의 목마름을 달래려는 한 가상'으로 상정하고 있는 것이다. 즉 임이라는 대상이 '용모'와 '자질' 등의 형상을 갖춘 구체적인

실재가 아니라 임이라는 그 자체로 의미를 갖는 하나의 상이라는 의
미이다.

> 무척이나 무척이나 기다렸네라
> 기다리다 기다리다 갔네라
>
> 날에 날마다 속여 울던 뱃고동이
> 그제사 아니 우는 빈 창머리
> 책상 위엔 쓰던 펜대도 종이도 그대로
> 눈 익은 검정 모자도 벽에 걸어 둔대로
> 두 번 다시 못 올 길이었으매
> 홀홀히 어느 때고 떠나야 할 길이었으매
> 미래(未來)없는 억만(億萬)시간을
> 시간마다 기다리고 기다렸네라
>
> 흐림 없는 그리움에 닦이고 닦이었기
> 하늘에 구름빨도 비춰는대로
> 이름 없는 등성이에
> 백골(白骨)은 울어도
>
> 그때사는 정녕
> 너는 아니 와도 좋으네라
>
> 「기다림」 전문

위 시는 제목 그대로 임을 기다리는 마음을 그린 작품이다. 이 시에서도 '무척이나 무척이나', '기다리다 기다리다', '날에 날마다' 등의 단어의 반복으로 '기다림'의 정서를 강조하고 있다. '미래(未來)없는 억만(億萬)시간을/ 시간마다 기다리고 기다렸'다는 대목에서는 그 기다림이 얼마나 절실한 것인지를 잘 드러내고 있다. 유치환에게 있어서 '임'이라는 대상과 '연정'이라는 감정에는 자기정화의 의미[161]를 내포하고 있다. '흐림 없는 그리움에 닦이고 닦이었'다는 시구는 이러한 맥락에서 이해될 수 있는 것이다. 그런데 마지막 연의 '그때사는 정녕/ 너는 아니 와도 좋네라' 부분에 주목할 필요가 있다. 그토록 기다리던 임이었으나 '그때사는' 오지 않아도 좋다는 것이다. '백골'이라는 시어에서 '그 때'란 죽음으로 인해 화자가 부재하는 때를 의미하는 것으로 볼 수 있지만, 그보다는 화자의 초점이 구체적인 임의 오고 안옴에 있는 것이 아니라 기다림 그 자체에 두고 있는 것으로 보아야 할 것이다.

살펴본 바와 같이 유치환의 연시에서 임이라는 대상과 그리움, 기다림의 정서는 고독과 회오를 수반하고 있으며 나아가 임이나 그리움 등의 정서는 고독을 끌어내는 계기로 작용하고 있다. 유치환 시에서 '비정'의 세계와 '애련'의 세계가 조우하는 지점이 바로 이 '고독'이다.

---

161 "그러므로 그것이 관능적인 계략이나 정욕의 발작이 아니요, 어디서 연유한지도 모를 근원적인 이성에의 진실한 갈망에서 오는 연정이라면, 그 애틋하고도 짙은 황홀한 연소로 말미암아 인간의 바탕은 얼마나 지순(至純)하며 지선(至善)하여지는 것인가? 지순 지선한 것은 언제나 진실하고 깊은 회오(悔悟)를 상반하기 마련인 운명인 것이다. 이유로는, 인간과 인간과의 원죄적인 관계에 있어서는 지순 지선함으로써 더욱 죄 앞에 심각히 예민하고 결백한 때문이다." (유치환, 「눈 감고 죽고 싶다」고, 『청마 유치환 전집Ⅴ』, 국학자료원, 2008, p.180.) 이 글에서 보면 연정은 인간을 '지순 지선'하게 만들며, '지순 지선한 것은 언제나 진실하고 깊은 회오(悔悟)를 상반'하는 것으로 자기정화의 의미를 띠게 된다.

고독은 자기 고양을 위한 매개이다. '비정'의 시가 고독, 자학, 분노 등을 표출하고 있으며 이는 창조를 위한 파괴, 부활을 위한 죽음 등속의 긍정을 위한 부정의 계기로 의미를 획득하고 있다면 '애련'의 시에서 임의 부재, 그로인한 그리움, 기다림의 정서는 자기고양, 혹은 자기정화의 매개인 고독과 회오를 끌어내는 기제로 작용하는 것이다. 이러한 '비정'과 '애련'이 양가적으로 내재하고 있는 자아를 표상하고 있는 상관물이 바로 '깃발'이다.

> 이것은 소리없는 아우성
> 저 푸른 해원을 향하여 흔드는
> 영원한 노스탤지어의 손수건
> 순정은 물결같이 바람에 나부끼고
> 오로지 맑고 곧은 이념의 푯대 끝에
> 애수는 백로처럼 날개를 펴다
> 아! 누구인가?
> 이렇게 슬프고도 애닲은 마음을
> 맨 처음 공중에 달 줄을 안 그는.
>
> 「旗빨」 전문

위 시에서 '저 푸른 해원'이란 전인적 자아, 완전한 자아의 경지이다. 화자의 '해원'을 향한 순정이 '영원한 노스탤지어의 손수건'에 비유되는 것은 존재의 삶이란 이 완전한 자아에 근접하고자 하는 노력일 뿐 결코 완전한 자아상에 닿을 수는 없기 때문이다. '맑고 곧은 이념의 푯대'란 바로 '비정'의 층위로 기의 깃대에 해당한다. '백로처럼 날개를

펴'는 '애수'는 기의 깃발로 표상되고 있으며 '애련'의 층위이다. 그러므로 기의 형상은 비정의 층위와 '슬프고도 애닲은 마음'이라는 '애련'의 층위가 양가적으로 존재하고 있는 시적 자아의 현현인 것이다.

　지금까지 유치환 시에 드러난 '비정'과 '애련'의 관계를 고독을 매개로 한 자기고양의 과정이라는 관점에서 살펴보았는데 또 다른 한편으로 두 세계의 관계를 시적자아의 페르조나와 아니마의 관계로 조망해 볼 수 있다.

　　나의 가는 곳
　　어디나 백일(白日)이 없슬소냐.

　　머언 미개(未開)ㅅ적 유풍을 그대로
　　성신(星辰)과 더부러 잠자고

　　비와 바람을 더부러 근심하고
　　나의 생명과
　　생명에 속한 것을 열애하되
　　삼가 애련에 빠지지 않음은
　　―그는 치욕임일레라.

　　나의 원수와
　　원수에게 아첨하는 자에겐
　　가장 좋은 증오를 예비하였나니.

마지막 우러른 태양이

두 동공(瞳孔)에 해바라기처럼 박힌 채로

내 어느 불의에 즘생처럼 무찔리[屠]기로

오오, 나의 세상의 거룩한 일월에

또한 무슨 회한인들 남길소냐.

「日月」전문

　논자들 사이에서 '애련'과 관련하여 논란이 되고 있는 시가 바로 위의 인용시 「日月」인데 논란이 되고 있는 것은 3연의 '생명에 속한 것을 열애하되/ 삼가 애련에 빠지지 않음은/ - 그는 치욕임일네라' 부분의 해석에 있어서이다. 대부분의 연구자들은 '-'표를 역접으로 풀이하여 '애련에 빠지는 것'이 치욕이라 해석하고 있지만 '-'표를 '그것이 바로'라는 순접의 의미로 풀이하여 '애련에 빠지지 않음'이 치욕이라 해석한 연구162도 있어 논란이 되고 있는 것이다. 그러나 이러한 논란의 옳고 그름163에 관계없이 변하지 않는 사실은 앞에서 살펴본 일련의 연시에서도 확인되는바 '지금 여기'의 유치환은 애련에 물드는 존재라는 것이다.

　유치환의 시에서 비정의 세계는 종교, 정치, 윤리와 도덕이 존재의 근거기반으로 작용하는 규범적 사회, 이성이 지배하는 사회의 표상으

---

162 조동민, 앞의 글, pp.419~442.
　　　방인태, 앞의 논문.
163 유치환의 여러 시와 산문을 근거로 유추해 볼 때, 위 시의 해석에 있어서 애련에 빠지는 것을 경계하는 방향의 해석이 타당해 보인다.

로 볼 수 있다. 이때 시적 화자는 이러한 상징계의 주체로서의 페르조나이다. 애련의 세계는 이에 대응되는 이성이전의 세계, 원초적 모성과의 분리의 경험과 그로인한 근원적 상실이 존재하는 심층의 세계이다. 이러한 근원적 상실감을 내재한 자아, 즉 시적 화자는 끊임없이 타자와의 합일을 욕망하게 되는 것이다.

이러한 맥락에서 남성적 어조의 사변적 시, 관념과 의지를 직설적으로 표출한 시의 형태를, 규범적 사회에 적응하며 살아가는 시적 페르조나의 발현이라고 한다면, 내밀한 정서를 표출한 연정의 시, 서정적 형태의 시는 합일의 세계를 꿈꾸는 시적 자아의 아니마의 발현이라 할 수 있는 것이다. 이는 '비정'의 시에서 타자와의 분리, 규범 제시, 결의, 질책, 분노, 자학 등이 강하게 드러나고 있는 것에서 확인할 수 있으며 여기에 '애련'이 자리할 수 없음, 내지 '애련'을 배제할 수밖에 없음은 자명한 이치이다. 유치환의 시에서 애련에 물들지 않으리라는 의지가 빈번히 표출되고 있지만 이는 시적 자아의 페르조나의 강조라 할 수 있으며 페르조나가 강조되면서 억압되었던 '애련'의 정서는 시적 자아의 아니마에 의해 표출되는 것이다. 이러한 '비정'과 '애련'사이의 거리를 단적으로 보여주는 시가 바로 「바위」이다.

> 내 죽으면 한 개 바위가 되리다.
> 아예 애련에 물들지 않고
> 희로(喜怒)에 움직이지 않고
> 비와 바람에 깎이는 대로
> 억년 비정의 함묵(緘默)에
> 안으로 안으로만 채찍질하여

드디어 생명도 망각하고

흐르는 구름

머언 원뢰(遠雷)

꿈꾸어도 노래하지 않고,

두 쪽으로 깨뜨려져도

소리하지 않는 바위가 되리라.

「바위」전문

위 시는 유치환의 대표작 중 하나라 할 수 있는 「바위」로, '바위'는 유치환의 시에서 '비정(非情)'의 의지를 표상하는 대표적 상관물이다. 고대부터 바위는 견고, 고정, 무변을 상징하고 보호와 안전, 감정에 흔들리지 않는 강인함 등을 표상했으며 사물, 사상, 기틀 따위의 반듯하고 견고함을 상징하는 반석의 이미지 또한 내재하고 있다. 인용시에서도 이러한 바위의 성질이 부각되고 있는데, 이는 시적 자아가 지향하는 성정이자 시적 자아의 페르조나가 도달하고자 하는 지향점에 다름 아니다.

먼저 '바위'는 '애련에 물들지 않고' 슬픔과 분노에 움직이지 않는 대상이다. '비와 바람에 깎이'고 '두 쪽으로 깨뜨려 져도' '억년 비정의 함묵'으로 견디는 존재이다. 화자는 자신이 이상으로 설정한 일체의 흔들림 없는 바위와 같은 자아가 되겠다고 선언하는 것이다. 첫 행과 끝 행의 '되리라'의 반복, 의지를 나타내는 종결어의 수미상응은 이러한 화자의 강한 결의를 환기시키는 역할을 하고 있다.

공간적으로 '바위'가 지상에 기반하고 있는 대상이라면 '흐르는 구름'과 '머언 원뢰'는 지상에서 닿을 수 없는 상공에 있는 대상이다. 그러므로 '바위'가 현실에 대응하는 윤리적 자아를 표상한다고 하면 '흐르는 구름'과 '머언 원뢰'는 윤리적 자아의 심층에 내재한, '꿈꾸어 노래하'는 서정성이라 할 수 있다. '안으로 안으로 채찍질 하'여 자신을 다그치는 자아는 바로 의지적 자아, 윤리적 자아인 것이다. 이에 반해 '생명'을 열애하고 꿈꾸는 바를 노래하고 깨뜨려지는 아픔을 노래하는 자아는 서정적 자아, 애련에 물드는 자아라 할 수 있다. 화자는 이에 대척되는 '생명도 망각하고', '꿈 꾸어도 노래하지 않고', '두 쪽으로 깨뜨려 져도 소리 하지 않는' 자아가 되리라는 것이다. '바위'의 보편적 이미지를 통해 현실에 대응하는 의지적 자아, 윤리적 자아, 화자가 지향하는 이상적 페르조나를 드러내고 있다.

　인간은 본연적으로 애련에 물드는 존재이다. 분리주의적이고 파편적인 현실 세계에 기투된 자아는 끊임없이 원초적 합일에 이르고자 하는 욕망을 심층에 내재하고 있기 때문이다. 인간에 대한 가치를 절대적으로 신뢰하고 있었던 유치환의 경우, 이러한 인간 본연의 욕망까지 포용하고 있음을 그의 여러 시편들에서 확인할 수 있었다. 그러나 세계와의 관계 속에서 자신을 위치시켜야 할 때, 혹은 현실에 대응하기 위해 표층에 내세우는 페르조나는 바위와 같이 애련에 물들지 않고 희노에 움직이지 않는 강인한 의지의 인간이어야 했던 것이다. 이렇게 청마의 시에 드러나는 표층과 심층이 이반되는 현상은 그의 시작(詩作)의 바탕에 지난했던 시대를 배태하고 있기 때문이라 할 수 있다. 다시 말해 그의 시에서 '비정'과 '애련'의 관계는 일제 강점기와 전쟁, 분단체험, 그리고 극단적인 이념의 대립 등의 경험으로, 보여지는 표층과 억압되어야 하는 심층과 이반될 수밖에 없는 현실의 모순과 상동의 관계에 있다는 것이다.

이것뿐이로다

억만 년 가도

종시 내 가슴 이것뿐이로다

온갖을 내던지고

내 여기에 펼치고 나 누웠노니

오라 어서 너 오라

밤낮으로 설레어 스스로도 가눌 길 없는

이 설은 몸부림의 노래소리가 들리지 않느냐

오직 높았다 낮았다 눌러 덮은

태초 생겨날적 그대로의 한 장 비정(非情)의 하늘 아래

구할 길 없는 절망과 회오와 슬픔과 노염에

찢고 딩굴고 부르짖어 못내 사는 나

때로는 스스로 달래어

무한한 온유(溫柔)의 기름 되어 창망히 잦아 누운 나

아아 내 안엔

낮과 밤이 으르대고 함께 사노라

오묘한 오묘한 사랑도 있노라

삽시에 하늘을 무찌르는 죽음의 포효도 있노라

아아 어느 아슬한 하늘 아랜

만 년(萬 年)을 다물은 채 움찍 않고

그대로 우주 되어 우주를 우러러 선 산악이 있다거니

오라 어서 너 오라

어서 와 그 산악처럼 날 달래어 일깨우라

아아 너 오기 전엔

나는 영원한 광란의 불사신(不死身)

여기 내 가슴 있을 뿐이로다

「바다」전문

　유치환은 그의 시에서 '애련'을 배제하고 '비정'의 요소를 전면화하고자 하는 의지를 보여주지만 '비정'과 '애련'은 어느 한쪽으로 통합되거나 치우침 없이 양가적으로 공존하는 양태를 보인다. 위 시에서는 이러한 '비정'과 '애련'의 양가적 공존이 잘 드러나고 있다. 1연은 '밤낮으로 설레어 스스로도 가눌 길 없는/ 이 설은 몸부림의 노래소리'에서 알 수 있듯 '애련'에 물든 시적자아를 현현하고 있다. 2연의 '구할 길 없는 절망과 회오와 슬픔과 노염에/ 찢고 딩굴고 부르짖어 못내 사는 나'는 바로 '비정'의 세계에 존재하는 자아이다. 이어지는 행에서는 이러한 공존을 명시하고 있다. '오묘한 사랑'도 있고 '죽음의 포효'도 있는 시적 자아의 내면이 그것이다. 화자는 이를 '낮과 밤이 으르대고 함께 사'는 것으로 표현하고 있다. 여기에서 낮과 밤은 바로 '애련'과 '비정'의 표상이라 할 수 있는 것이다. 마지막 연에서도 이러한 구조는 그대로 이어진다. '만 년을 다물은 채 움찍 않고/ 그대로 우주 되어 우주를 우러러 선 산악'은 바로 함묵과 비정의 '바위'와 동일한 층위의 대상이다. 화자는 '너 오기 전엔/ 나는 영원한 광란의 불사신'이라며 '산악'을 호출하고 있다. 이는 비정의 의지를 도모하기 전, '여기'의 '내 가슴'은 '애련'에 물들어 있다는 것을 의미한다. 여기에서 우리는 유치환이 애련에 물드는 것을 치욕으로 여기든, 애련에 물들지 않음을 치욕으로 여기든 '지금 여기'의 유치환은 애련에 물들어 있는 존재라는 사실을 다시 한 번 상기할 만하다.

2) '허무'와 '의지'의 다의성

유치환의 시세계에서 '허무'와 '의지'는 매우 중요한 개념이다. '허무'와 '의지'는 시인이 일생에 걸쳐 질문하고 고구했던 생, 사, 영원, 신, 인간 등에 대한 문제의식과 긴밀하게 연결되어 있는 개념이기 때문이다. '허무'는 아무것도 없는 텅 빔, 유(有)에 대립하는 개념만 있고 실재하지 아니하는 무(無)의 의식을 의미한다. 이에 반해 '의지'는 어떠한 목적을 실현하기 위하여 자발적으로 의식적인 행동을 하게 하는 내적 욕구를 의미한다. 그러므로 의미상 '허무'와 '의지'는 상반되는 개념이라 할 수 있을 것이다. 그런데 유치환의 시에서 '허무'와 '의지'는 이러한 일의적 의미에 그치지 않고 다의적이면서 독특한 의미를 획득하고 있다. 그 관계 또한 상반의 개념이라는 일반적 관계에 머물지 않고 상호작용의 관계 내지 상호층위간 교호의 관계를 이루고 있는 특징을 보인다.

> 행복의 기만에 취하느니보다 불길(不吉)의 상복(喪服)을-
> 검은 장속(裝束)에 커다란 부리, 일절 동락(同樂)을 멸시 거부하는 존
> 대스런 거리에서
> 시초의 시초부터 만유를 회의하고 가설하고 부정하고
> 영원히 모면 못할 운명의 검은 부채(負債)를 경구(警句) 예고하기에

그 걸걸한 목청으로 이 골짜기 조석으로 날아 울던 너! 그 너를

　　이같이 몽당비모양 여기에 유기(遺棄)한 것은 무엇이더냐

　　스스로 고독하여 오만한 너와 너의 사유를

　　하룻밤 여지없이 오그라뜨려 마침내 낙엽처럼 떨어뜨리던 것은

　　- 과연 그 무엇이더냐

　　한때 이 한적한 골짜기 푸른 송백(松柏)과 하늘과 맑은 대기와 더부러

　　형상과 인식을 갖추어 너는 정녕 실재하였거니

　　이제는 부재하여 여백할 그 점거의 공허마저

　　아아 이같이 메꾸어진 흔적조차 없이 산간의 고요는

　　무관스리도 무결(無缺)한 대로 시종 보유를 지켜 있나니

　　철학이여 또한 실재여

　　너도 한갓 허구였던가

　　허구에 지나지 않은 것이었던가

「가마귀」전문

- 또 눈이 오시려나!

음산히 칩고 얼어붙은 저잣가

해도 숨고

시간도 상실한 무거운 하늘을 우럴어

근심스리 서넛 서성대며 뇌이는 이들은

까마귀,

진정 남루한 까마귀

일체 인간의 애꿎은 사변의 노력을 덮쳐

아예 한 마디 설명도 요(要)치 않고

커다란 날개를 퍼뜨려 소리 없이 밀고 오는 것!

- 결론은 이같이

언제나 너의 안에 있지 않거니

검은 허무의 소생(所生)들이여,

마지막 너의 자폭의 행패마저

도피도 사양도 불허하는

이 이매한 강요와 번롱(翻弄) 앞에선

실로 우스깡스럽고 싱거운 노릇이거니

스스로 모가지라도 분질고 싶은

이 비소(卑小)의 치욕과 분노를 견디고

너의 기도를 올려야 하느니,

더욱 무용(無用)한 기도를 올려야 하느니

아아 너희는

정녕 까마귀,

남루한 까마귀

「까마귀의 노래」 전문

유치환의 시에서 까마귀는 자주 등장하는 상관물로 죽음, 허무의 존재를 표상한다. 위 시들의 '불길의 상복'이나 '검은 장속'이라는 외관의 표현이나 '음산히 칩고 얼어붙은 저잣가', '해도 숨고/ 시간도 상실한 무거운 하늘'이라는 분위기에서도 죽음의 이미지를 발현하고 있다. 작

품 「가마귀」의 '스스로 고독하여 오만한 너와 너의 사유'에서도 드러나
는바 까마귀는 '시초의 시초부터 만유를 회의하고 가설하고 부정하'는
존재, 사변적 존재를 표상하는 것이기도 하다. 이처럼 까마귀는 '형상
과 인식을 갖'추어 '실재'했던 존재였다. 그러나 죽음으로 인한 까마귀
의 부재에서 화자는 '실재'의 '허구', '철학의 허구' 즉 허무를 깨닫게 된
다. '일체 인간의 애꿎은 사변의 노력을 덮쳐/ 아예 한 마디 설명도 요
(要)치 않고/ 커다란 날개를 퍼뜨려 소리 없이 밀고 오는'(「까마귀의 노
래」) 까마귀의 행태는 존재의 철학이나 사유를 무의미하게 만드는, 즉
'한 마디 설명도 요치 않고' '소리 없이 밀고 오는' 죽음의 형상에 다름
아니다. 이처럼 까마귀는 존재의 실재, 사유의 표상이면서도 '검은 허
무의 소생'과 같이 이를 무화시키는 죽음의 의미 또한 포지하고 있다
는 점에서 이중적이며 양가적인 상관물이라 할 수 있겠다.

'영원히 모면 못할 운명의 검은 부채(負債)'(「가마귀」)가 존재의 유한
한 삶을 의미한다고 할 때 영원과 관련되는 우주적 질서는 '산간'으로
비유되고 있다. 존재의 부재와는 '무관스'럽게 '산간의 고요'는 '무결
(無缺)한 대로 시종 보유를 지키'고 있다. 무한의 우주에 비할 때 유한
한 존재의 삶은 매우 '비소'한 것이 되고 마는 것이다. 무한 앞에서의
유한에 대한 자각, 여기에서 '허무'가 발생하게 된다. 그런데 「까마귀
의 노래」에서 보면 이 '허무'가 절망이나 생에 대한 의지의 포기로 떨
어지지 않고 있음을 알 수 있다. '마지막 너의 자폭의 행패'가 바로 포
기된 생에의 의지로 볼 수 있는데, 이것은 '도피도 사양도 불허하는/
이 이매한 강요와 번롱(翻弄)'이라는 우주적 생의 질서 앞에서는 '실로
우스꽝스럽고 싱거운 노릇'이라는 것이다. '스스로 모가지라도 분질고
싶'을 정도의 '비소(卑小)의 치욕과 분노'는 스스로 감내해야 할 몫이

다. 화자는 생에의 의지를 포기할 바엔 차라리 '기도를 올리'기를 주문한다. 여기에서 기도는 '영원'에 관한 염원이다. 이는 이어지는 '무용(無用)한 기도'라는 표현에서 포착해낼 수 있다. 유치환은 '영혼 불멸', '내생', '천국' 등의 개념을 부정해 왔기 때문에 당연히 이러한 것들에 대한 기도는 '무용한' 것일 수밖에 없다. 「가마귀」의 첫행에서 '행복의 기만'이란 이러한 가상의 개념들에 기댄 행복 내지 안도감을 의미하는 것이고 '불길(不吉)의 상복(喪服)'은 이와는 상반되는 죽음, 유한한 삶에 대한 적확한 인식과 자각을 의미하는 것이다. 그러므로 '행복의 기만에 취하느니보다 불길(不吉)의 상복(喪服)을' 택하라는 것은 이러한 기만의 거짓된 행복 속에 있지 말고 유한한 삶이라는 불편한 진실을 긍정하라는 의미이다. '운명이란 피할 수 없는 것이 아니라/ 진실로 피할 수 있는 것을 피하지 않'는 것이기 때문이다.(「너에게」, 『鬱陵島』) 그런데 생에 대한 의지를 포기하는 것보다는 차라리 이러한 무용한 기도에서 위안이라도 얻으며 '행복의 기만'[164]에 드는 것이 낫다는 것이니 여기에서 생에 대한 절실한 의지를 읽어낼 수 있는 것이다. 이 때 의지는 생명에 대한 열애, 현세의 삶에 대한 긍정과 관련된 인간적 지향을 의미한다.

화자는 '나의 삶은 한 떨기 이름없이 살고 죽는 들꽃/ 하그리 못내 감당하여 애닲던 생애도/ 정처 없이 지나간 일진(一陣)의 바람/ 수수(須須)에 멎었다 사라진 한 점 구름의 자취임'(「드디어 알리라」, 『生命의 書』)을, '드디어 크낙한 공허이었음을' 깨닫고 고백하게 된다. 그러

---

164 "영혼 불멸을 믿는 사람은 행복하다. 그러나 불행하게도 나는 영혼불멸을 믿지 못한다. 진실인즉 인간은 영혼 불멸이 아니므로 사실을 부인하지 못하는 내가 불행한 것이 아니라 그것을 착각하고 자위할 수 있는 사람이 행복한 것이다." (유치환, 「虛無의 意志 앞에서」, 『靑馬詩集』의 序.)

나 전언한 바와 같이 유치환의 시에서 유한한 삶에 대한 자각과 '공허감', '허무'는 부정의 의미로 작용하는 것이 아니라 생에 대한 의지를 고취시키는 기제로 작용한다.

시방 기척 없이 저무는 먼 산이며
거리위에 아련히 비낀 초생달이며
자취없이 사라지는 놀구름이며-
이들의 스스로운 있음과 그 행지(行止)의 뜻을
나의 목숨이 새기어 느낄 수 있음의
그 행복(幸福)에 흐느껴 눈물짓는 것이다.

- 진실로 진실로
의지없고 덧없음으로 하여
보배롭고 거룩한 이 꽃받침자리여.

「슬픔은 불행이 아니다」 부분

안해는 빨간 손으로 김장을 하고
나는 마당에 나와 헌 옷을 끄내 손보고
오후가 되니 날은 흐리고 치운 바람이 일어 ─
이것이 가장 덧없는 목숨의 영위일지라도
가장 덧없는 영위이기에 내 참되려노나

「영위」 전문

위 시들에서는 모두 목숨의 영위에 대한 긍정이 드러나 있다. 「슬픔은 불행이 아니다」에서 화자는 '초연한 거리 끝에 서서' '기척 없이 저무는 먼 산', '거리위에 아련히 비낀 초생달', '자취없이 사라지는 놀구름' 등 사라지는 것들을 관망하며 눈물짓고 있다. 그러나 자신이 눈물짓는 것은 불행하여서가 아니라 오히려 이들의 '스스로운 있음'과 사라짐의 뜻을 새기어 느낄 수 있음의 '행복'에서 눈물짓는 것이라 한다. '의지없고 덧없음'으로 하여 더욱 '보배롭고 거룩'하다는 역설을 보여주고 있는 것이다. 작품 「영위」의 맥락 또한 이와 다르지 않다. 아내와 화자의 소소로운 일상을 그리면서 이것이 '가장 덧없는 목숨의 영위'일지라도 '가장 덧없는 영위'이기에 화자는 더욱 '참되'고자 한다. 이처럼 시적 자아는 유한한 삶을 '의지없'고 '덧없'는 '영위'로 인식하지만 이로써 자신을 절망의 정조에 매몰시키지 않고 '덧없는 영위'를 '보배롭고 거룩'한 것으로 승화시켜 이에 '참되'고자 하는 의지를 포지하게 된다.

위 시들에서 '허무'가 유한한 삶에 대한 자각, 그로인한 '덧없음', '의지없음'의 인간적 감상으로 현현되었다면 다른 한편으로 '허무'는 무한으로서의 죽음의 세계, 영겁, 영원회귀[165] 등과 연결된다.

---

165 니체는 영원회귀를 니힐리즘의 가장 극단적 형식으로 보았다. "의미나 목표는 없으나 그러나 무(無) 가운데로의 하나의 종국을 갖는 일도 없이 불가피적으로 회귀를 계속하고 있는 그대로의 생존, 즉 '영원회귀'. 이것이 니힐리즘의 극한적 형식이다. 즉 무(무의미한 것)가 영원히! …… 우리는 결말을 짓는 목표를 부인한다. 생존이 그러한 것을 가지고 있다고 한다면, 그것은 당연히 달성되어야 하기 때문이다."(Friedrich Nietzsche, 강수남 역, 『권력에의 의지』, 청하, 1988, p.59.) 유치환도 허무가 단지 소멸이나 죽음을 의미하는 것이 아니라 존재하는 것들의 무한한 생성의 반복과 유전을 의미한다는 사유를 보여주고 있는데 이는 영원회귀적 니힐리즘이라는 니체의 사유와 유사한 것이다. "대우주 대자연 속에는 이르는 바 진보 변화라는 것은 없는 것이다. 시종여일 한 가지 현상을 반복 지속하고 있는 것이다. 그 이유로는 이것이 창설된 때부터 완전무결한 때문인지 모른다"(유치환, 「신의 존재와 인간의 위치」, 『청마유치환 전집 V』, 2008, p.234.)

　그렇다! 나는 내가 잡은 조종간을 어느 방향으로 돌리지 않으리라 이 공막한 길 없는 길- 온갖 악덕과 애노(哀怒)와 또한 순정(純情)의 마음 저림이 함께 있는 저자에 살며

　(어느 패륜의 뒷골목에서 내 보람없이 비명하기로 애석잖는 목숨이여!)

　아아 이 헛헛한 허공! 갈수록 아득히 두고 온 인간 삶의 환호가 등불처럼 마음 끄는 이 무한 고독을 헤치고 이대로 나는 나의 길을 가리니

　어느 날 뜻않이 나의 자리 비었음을 보거들랑 사랑이여 원수여 그날 그렇게 죽자 하던 은수(恩讎)를 넘어 - 오늘이 너와의 있음은 진정 증거할 수 없는 바람의 몸짓일 뿐, 마침내 저 허무로!

　표표히 왔던 길 다시 돌아감이 있음을 정녕 보아라

「돌아오지 않는 飛行機」 부분

무한(無限)이여 무(無)의 무(無)여

드디어 너와 겨르지 못한 목숨의 나의 적은 뇌수가

너의 의미 없는 그 지속의 의미를 깨치지 못하고

그날 땅에 떨어진 새같이 엎디진 너머로

종시 기차게도 아랑곳 없을 너희 산악이어 우주여

「죽음에서」 부분

　영겁이란 오직/ 아아 이 혈혈표표한 목숨의 반증 없이는 있지 않는 허(虛)요 무(無)!

「잠자리」 전문

먼저 「돌아오지 않는 飛行機」에서 화자는 '온갖 악덕과 애노(哀怒)와 또한 순정(純情)의 마음 저림이 함께 있는' 인간 삶을 뒤로 하고 '무한 고독'의 '헛헛한 허공'을 '나의 길'로 삼아 '내가 잡은 조종간을 어느 방향으로 돌리지 않으리라'고 결의한다. '무한 고독을 헤치고' 가는 이 길은 허무에로의 회귀의 길이다. 여기에서 '허무'는 '삶', 혹은 현세와 대척되는 의미의 죽음의 세계, 현세 이전의 세계를 의미하고 있음을 알 수 있다. '나의 자리 비었음'이란 죽음으로 인한 현세에서의 부재를 의미하기 때문이다. 이러한 죽음 앞에서 '사랑', '원수', '그렇게 죽자 하던 은수(恩讎)'는 '증거할 수 없는 바람166의 몸짓일 뿐'이다. '순정의 마음 저림'과 '애노', '악덕'이 혼용된 인간적 삶이 죽음이라는 '허무' 앞에서 무상할 따름이라는 의미이다. 이 시에서는 돌아감, 회귀의 의미의 강조와 함께, 죽음이 현세와의 강제된 단절이 아닌 능동적 돌아감의 의미로 구현되고 있다는 특징이 있다.

이러할 때 '허무'는 유한에 대응되는 '무한', '무의 무'라는 의미를 갖는다. '무의 무'란 '의미 없는 지속'이며 '영겁'이다. 이는 온갖 희노애락 속의 인간의 유한한 '목숨'과는 상반되는 개념이자 '목숨의 반증 없이는 있지 않는 허요 무'이다. 또한 이러한 '무의 무', 즉 허무의 세계는 '너와 겨르지 못한 목숨'이 '땅에 떨어진 새같이 엎'디어 있대도 '종시 아랑곳 없'을 비정의 세계이다. 앞에서 허무와 의지가 인간적 감상과

---

166 "바람이라는 의미체는 매 편마다 다소의 편차를 지니며 청마의 시에 빈번히 등장한다. 어떤 곳에서 바람은 평범한 자연의 바람으로 나타나기도 하지만, 어떤 곳에서는 생 자체의 냉엄한 법칙으로서, 생의 비정한 징후로서, 혹은 삶의 무상함을 표방하는 대상"으로 나타나기도 한다. (이승원, 「青馬시와 虛無의 內面化」, 『근대시의 내면구조』, 새문사, 1988, p.159.) 이 시에서 '바람'은 형체 없음의 성질이 부각되어 의미 없음, 무상함등의 의미로 쓰였다.

지향, 욕구 등속의 인간적 층위의 의미를 지니고 있었다면 위 시들에서는 허무는 유한하고 희노애락한 인간적 삶과는 유리된 '영겁'의 세계, 비정의 세계를 표상하고 있다.

> 그러나 나는 신(神)의 존재는 인정한다. 내가 인정하는 신이란 오늘 내가 있는 이상의 그 어떤 은총을 베풀며 베풀 수 있는 신이 아니라 이 시공(時空)과 거기 따라 존재하는 만유(萬有)를 있게 하는 의지(意志) 그 것인 것이다. …… 목적을 갖지 않은 허무의 의사(意思)이다. …… 그러므로 오늘 당목(瞠目)할 인간의 지혜인즉 인간의 운명을 어디까지나 인간 자신의 손에 맡겨 놓은 그의 냉혹한 의지의 무관심한 시험에 불외(不外)한 것이다. …… 오늘이야말로 인간은 그의 양지(良知)와 선성(善性)으로서 이 절대한 허무의 의지를 정시(正視) 인정하므로 진실한 자신의 길을 택하여 앞날을 설계하여야 될 것이다.[167]

위 인용글에서 '허무'와 '의지'는 또 다른 의미를 포회하고 있다. 이 글에서 '허무'는 '신'의 의미를 갖고 있으며 나아가 '신'은 '의지'이다. '신'은 '목적을 갖지 않은 허무의 의사(意思)'이며 '시공(時空)과 거기 따라 존재하는 만유(萬有)를 있게 하는 의지(意志)'인 것이다. 이러할 때 본디 상반의 개념인 '허무'와 '의지'는 동일한 층위의 의미에 자리하게 되는 것이다. "인간의 운명을 어디까지나 인간 자신의 손에 맡겨 놓은 그의 냉혹한 의지의 무관심한 시험"이라는 표현에서 알 수 있듯 '목적을 갖지 않은 허무의 의사', '절대한 허무의 의지'란 인간의 삶과

---

167 유치환, 「虛無의 意志 앞에서」, 『靑馬詩集』의 序.

죽음에 관여하지 않는 냉혹과도 연결되는 것이며 오직 우주와 세계가 그 스스로 구현 혹은 영위케 하는 '의지'를 의미하는 것이다. 존재는 이러한 '허무의 의지'를 깨달아 '진실한 자신의 길을 택하여 앞날을 설계'해야 한다는 것이다.

> 외로움, 그것이 외로운 것 아니란다
> 그것을 끝내 견뎌남이 진실로 외로운 것
> 세월이여, 얼마나 부질없이 너는
> 내게 청춘을 두고 가고 또 앗아가고
> 그리하여 이렇게 여기에 무료히 세워 두었는가
>
> …… 중략 ……
>
> 별이여, 오직 나의 별이여
> 밤이면는 너를 우러러 드리는 간곡한 애도에
> 나의 어둔 키는 일곱 곱이나 자라 크나니
> 허구한 낮을 허전히
> 이렇게 오만 바람에 불리우고 섰으매
> 이 애절한 나의 별을 지니지 않은 줄로 아느냐

「雅歌(3)」 부분

위 시는 '허무의 의지'에 대한 깨달음과 '진실한 자신의 길'로 정진하고자 하는 의지가 드러나 있다. 존재의 '외로움'은 운명과도 같은 것이다. '운명'이란 피할 수 없는 것이 아니라 피할 수 있는 것을 피하지 않는 것인 것처럼 '외로움' 또한 그것 자체로 외로운 것이 아니라 그것을 피하지 않고 '끝내 견뎌남이 진실로 외로운 것'이기 때문이다. 운명, 외로움을 피하지 않는다는 것은 고독과 절망을 극복하여 '허무의 의지'에로 나아가고자 함이다. 이 시에서 '바람결', '새들'은 인간사를 의미하며 '낮'은 이러한 온갖 인간사들이 엉켜있는 현세계를 상징한다. 이에 대응하는 상관물과 시간적 배경은 '별'과 '밤'으로 화자가 애절하게 지니고 있는 '별'은 '허무의 의지'이며 밤은 허무의 세계라 할 수 있다.

> 이 밤이 다하기 전에 이 무한한 벽을 뚫어야 하는 수인(囚人)
> 또는,
> 허무를 데굴대는 쇠똥구리
>
> 「나」 전문

위 시에서 화자는 자신을 '수인(囚人)'과 '쇠똥구리'에 비유하고 있다. 그런데 양자는 모두 '허무의 의지'와 관련되어 있다. '무한한 벽'을 뚫는 '수인'의 행위와 '허무를 데굴대'는 '쇠똥구리'의 노역은 '무한', '허무'를 지향한 노력이기 때문이다. 이는 위 시들에서 드러났던 존재의 '외로움', '운명'을 극복하는 과정이기도 하고 '나의 길', '자신의 길'을 표상하는 것이기도 하다. 이처럼 유치환의 시에서 화자는 '허무'의 세계, 만유에 내재되어 있는 '의지', '허무 의지'에로 근접하고자 하는 의지를 보여준다.

모름이로다 모름이로다

일체 목숨 집 빌린 자는 궁창에 걸린 저 혁혁한 해로부터 그지없이 울어 새는 풀잎 새의 한 마리 미물에 이르기까지 반드시 그집 물러야 할 필멸(必滅)의 날이 있음이어니

깨닫지 못한 자여

너 저 어디메 먼 성좌와 성좌 새의 메울 수 없는 인과(因果)의 심연에서 삽삽(颯颯)히 형상 없이 일어 와 애 게도 너의 듣[內] 의미와 형상을 구걸하여 방황하고 탄식하고 저주하고 - 바람 되어

차라리 생겼음의 회오(悔悟)를 적막한 밤일수록 헌 문짝같이 흔들어 날 문초하나니

그러나 오늘은 조춘(早春)의 이 황막한 들녘 끝 등성이에 내 호을로 거닐며 노닒은

마음 이끌려 먼 먼 바다로! 그 외론 섬들의 변두리에 근심스리 설레이는 풍랑 되어 보내고

아아 나는 차라리 이대로 이대로 무료한 신(神)이어라

「虛無의 傳說」전문

일찍 한낮의 햇빛과 더불어 다투어 형상(形像)하던

산악도 구름도 삼림도

오고가던 배들도 속절없이 그 자취 감추고

여기 일체를 거부하는 시공(時空)의

이 장엄한 향연에 참녜하여 서면-

나여 나여

어디메에 더욱 네가 있는가
아아 드디어 바람처럼 흩날리고
너는 의지, 허무 그것이어니

- 이 밤을 낭랑히 울림하라
낮게 낮게 날개 펴라

「밤 鎭海灣頭에 서서」 부분

작품 「나」에서 '허무 의지'에로 정진해가는 자아의 노력을 '수인'과 '쇠똥구리'의 행위를 통해 구체적으로 보여주고 있다면 위 시들에서는 시적 자아가 '허무', '의지', '신'과 동일화되어 있다. 「虛無의 傳說」에서 화자는 현세계의 존재는 미물에 이르기까지 반드시 필멸의 날이 있음을 역설하고 있다. 이를 깨닫지 못하기에 현세계는 '인과(因果)의 심연'이 되고, 존재는 '애닯음', '구걸', '방황', '탄식', '저주' 등에 얽혀있게 되는 것이다. 이러한 것들을 '풍랑'에 실어 보내고 무한의 '먼 먼 바다로' 향할 때 존재는 그대로 '무료한 신'이 되는 것이다.

「밤 鎭海灣頭에 서서」에서도 시적 자아의 내면적 지향의 구도는 동일하다. '한낮의 햇빛과 더불어 다투어 형상(形像)'하던 '산악', '구름', '삼림', '오고가던 배들' 등속의 대상들은 현세계의 형상을 표상한다. 이들이 '속절없이' 자취를 감춘다는 것은 존재가 '필멸의 날'에 직면했다는 것과 다르지 않다. '일체를 거부하는 시공(時空)의/ 이 장엄한 향연'은 밤바다를 비유하는 것이고 바다는 「虛無의 傳說」의 '먼 먼 바다'와 마찬가지로 무한 즉 허무를 상징하는 것이다. '이 장엄한 향연'에 '참녜'하면 '나'라는 존재는 '바람처럼 흩날리고' '나'는 그대로 '의지'

이고 '허무'가 된다.

살펴본 바와 같이 유치환의 시에서 '허무'와 '의지'는 단순하고 명료한 일의적 의미를 견지하고 있지 않다. '허무'와 '의지'에는 사전적 의미에 가까운 인간적 정서 층위의 의미도 포함되어 있지만 그 외에 여러 다의적 의미 또한 포진하고 있다. '허무'는 유한에 대비되는 '무한', '무'의 의미 또는 그러한 세계를 의미하기도 하고 '신'의 개념으로도 쓰인다. '의지' 또한 '생명의 열애'와 관련된 욕망, 지향, 극복의 의미를 가지고 있는 반면 만유를 스스로 있게 하고 지탱하게 하는 '힘', 근원, 나아가 '신'의 의미도 포함하고 있다. 그러므로 그의 시에서 상반된 개념의 '허무'와 '의지'는 현세계 층위와 무한, 신의 층위 사이에서 서로 양가적 관계에 있기도 하고, 동일한 의미로 상존하기도 하는 양상을 보이고 있다. 이처럼 이들 의미들은 서로 상충되면서도 공존하고 하나의 기표에 서로 상반되는 기의들이 동시에 결합하는 극단적인 양가의 형태를 보여주고 있다.

3) 일의적 세계에 대한 부정과 비동일성 구현

절대 자유를 지향하는 아나키즘은 현존하는 세계의 표출된 강제, 억압은 물론 내면화 되어 인식하지 못하는 예속에서도 해방되어야 함을 주장한다. '인식하지 못하는 예속'이란 바로 법, 규범, 윤리, 도덕 등을 근간으로 이루어진 세계의 질서를 의미하는 것으로 인간은 이러한 질서 안에서 오히려 안전감, 평안함을 느끼게 되므로 자발적 예속의 형태를 띠게 되는 것이다. 그러나 질서가 강조되면 될수록 그 사회는 '차이', '다름'이 인정되지 않는 동일성의 세계, 일의적 세계에 근접하게 되고 이는 인간을 억압하는 기제로 작용하게 된다. 동일성의 사유란 객체를 주체에로 귀속시키고 주체로 귀속되지 않는 객체는 타자로 소외시키기 때문이다.

이러한 동일성의 사유가 극단화 된 형태가 바로 유치환이 경험했던 식민지 정책이나, 전쟁 등이 될 것이다. 그런데 유치환의 문학에서 드러나는 식민지나 전쟁에 대한 비판은 애국이나 이념의 옳고 그름을 벗어나 있다. 국경이나 좌·우의 경계를 넘어 인간에 대한 인간의 지배라는 층위에서 비판의식을 견지하고 있다는 것이다. 이는 유치환의 시가 비애국에 대한 자기합리화, '일제를 정당하다고 인정', '힘의 질서의 정당성을 인정'하기에 이르고 있다는 평가의 연원이 되는 태도이기도 하다. 그러나 이것은 유치환의 아나키즘적 세계인식에서 연유한 태도라 할 수 있다.

인간을 궁극의 가치로 두고, 인간의 자유를 제한하는 어떠한 권위적인 힘도 인정하지 않으려는 것이 아나키즘 사상인데 이에 의하면 애국심이라는 추상적 개념 또한 하나의 권위로 자리할 수 있는 것이다. "나의 가까운 血肉을 위하여서만으로도 길ㅅ가의 한 신기리가 되려는 그러한 굳고 깨끗한 마음성"을 가지기를 소망한다는 유치환의 진술은 애국심이 강조되는 당대 현실의 관점에서 보면 역사에서 빗겨난 편협하고 이기적인 태도에 해당되는 것이다. 유치환의 만주행을 두고 일제의 탄압을 피한 행위이냐 그 자신과 가솔들의 안위를 위한 것이냐에 대한 논란 또한 이러한 관점에 근거한 것이다. 일제의 탄압을 피하기 위하여 정든 고향과 이웃을 떠나는 행위는 애국적 행위라 할 수 있으나 자신의 가솔들을 위한 탈출은 반애국적 행위이기 때문이다. 그

러나 유치환의 만주행이 일제의 탄압을 피하기 위함이었든, 자신의
가솔들을 위한 선택이었든 아나키즘의 관점에서는 크게 문제되지 않
는다. 아나키즘의 관점에서 인간의 자유를 직접적으로 억압하는 일제
의 탄압이나, 한 인간의 가치를 판단하는 근거로 작용하는 권위적 힘
으로써의 애국심이나 인간의 자유를 제한하고 있다는 점에서는 동일
하기 때문이다. 유치환은 당대 현실에서 권위적 힘으로 작용하는 애
국심이라는 추상적 개념에 귀속되지 않고 '혈육을 위한다'는 소위 반
애국적이라 매도될 수 있는 마음가짐을 당당하게 진술하고 있는 것이
다. 유치환의 시의식을 관류하고 있다고 할 수 있는 비판적 사유는 이
처럼 애국심이나 윤리, 도덕, 법규와 같은 추상적 개념에 기반하고 있
는 것이 아니라 인간의 존엄과 자발적 질서, '열린 도덕'에 근거를 두
고 있는 것임을 알 수 있다.

　모든 개념은 비동일적인 것을 동일화함으로써 생겨나는 것이다. 개
별적인 것과 현실적인 것을 간과함으로써 개념을 갖게 된다는 것이
다.[168] 애국심이나 윤리 도덕 등속의 추상적 개념들 또한 비동일적인
것들을 통합하여 일의적 가치 속에 귀속시키고자 하는 속성이라 할
수 있다. 그러므로 이러한 "단의성의 요청은 정치적으로 받아들여질
수 있는 체제 순응적 수용을 보증해야 한다는 주로 이데올로기적 기
능을 수행"[169]하고 있는 것으로 볼 수 있다. 이러한 맥락에서 비동일
성, 모순성, 애매모호성, 양가성 등의 구현은 지배욕구에 대한 원천적
비판으로 기능한다고 할 수 있다.

　유치환의 문학에서는 일의적 세계에 대한 거부와 비동일성 구현을

---

168 p.V. Zima, 앞의 책, 1993, p.67.
169 위의 책, pp.105~106.

위한 여러 층위에서의 시도를 확인할 수 있었다. 먼저 그의 문학관에서 이를 확인할 수 있는데 그의, 나는 시인이 아니라는 '반시인론'과 내 시는 시가 아니라는 '비시론'이 그것이다. 이는 당대에서 인정하는 시의 기법, 형식과 창작태도, 이를 근거로 한 시인이라는 틀에서 벗어나는 그의 작품과 자신을 이르는 언표이다. 그의 단장형식의 작품을 시의 형식으로 인정해 주기를 주장하는 것 또한 이러한 맥락에서 이해되어질 수 있다. 다시 말하면 이미 규정되어진 예술에 대한 가치 기준에 상반되는 가치를 자신의 것으로 내어놓아, 외형상으로는 그 기준에 미치지 못함을 이유로 '반시인'과 '비시'임을 주장했지만 기실은 시인이 기존의 고정된 가치에 이항으로 자리할 수 있는 가치를 양립시키는 것으로 볼 수 있다.

유치환의 윤리에 대한 태도 또한 표면상으로는 모순적이다. 그는 어떠한 이유로도 '부정이나 불선'을 간과하거나 허용해서는 안 된다는 윤리에 대한 준열성을 강조하며, 이러한 준열성이 바로 문학에 있어서의 정신이며 진실임을 역설한바 있다. 그러나 그의 시에서는 빈곤을 면하기 위해서는 어떠한 행위도 용납되어야 한다거나(「죄악」) 살인강도의 편에 선다거나(「姜五元」) 하며 앞의 진술과는 모순되는 입장을 보이고 있기 때문이다. 여기에서 우리는 유치환의 윤리가 사회에서 일반적으로 인식하고 있는 개념으로서의 윤리가 아님을 눈치 챌 수 있다. 유치환의 윤리는 인간을 궁극적 가치로 두고 있는 아나키즘의 사유를 토대로 이루어진 인간에 대한 자유와 박애의 정신으로 오히려 일반적 개념의 윤리와는 대척되는 의미망을 형성하고 있는 것이다.

유치환의 문학에서 드러나는 신, 종교, 예술에 대한 인식도 이와 비슷한 구도를 보여준다. 그의 시에서 이들 개념들에 포진되어 있는 위

엄, 권위, 신성함, 영원성 등의 가치는 무화되고 오히려 이와 이항적
자리에 위치한 인간, 현세의 유한한 삶, 인생 등의 가치가 강조되고 있
기 때문이다. 권위적인 힘에 대한 부정의식은 아나키즘 사상의 핵심
이다. 유치환은 인간에게 이 권위적인 힘, 혹은 우상으로 작용할 수
있는 신성하다고 인식되는 것들에 끊임없이 속된 가치들을 양립시키
고 오히려 이러한 속된 가치들에 더욱 의미를 부여하고 있다.

　근대 자본주의의 삶에서는 시간 또한 하나의 권위로 자리한다. '시
간은 곧 돈'이라는 말이 극명하게 보여주듯, 근대 자본주의 사회에서
시간은 근로와 생산의 양과 밀접하게 관련되어 있으며, 이에 따라 시
간은 끊임없이 분절되고 분절된 시간은 화폐로 환산된다. 그러므로
시간을 얼마나 효율적으로 그리고 분주하게 보내는가가 근대 자본주
의사회에서 성공을 결정짓는 하나의 요소로 작용할 수 있다. 이러한
사회에서 나태란 무능이나 부도덕에로까지 연결되는 부정적 요소임
이 자명한 이치인데 유치환은 가속화되는 자본주의의 분절적 시간성
에 이 '원시적 나태'를 대립시키고 있다. 그는 이러한 나태에 대한 부
도덕적 죄의식의 원인을 자본주의적 문명사회와 기독교적 사고에서
찾았으며 그의 시에서는 이와는 대척되는 세계로 유유자적한 삶을 그
리고 있다.

　유치환의 전쟁시에서도 단의화 경향에 대한 비판을 엿볼 수 있다.
전쟁이란 상대국으로부터의 위협을 가장 극단적인 형태로 느낄 수
있는 환경이기 때문에 그 어느 때보다 국민은 국가의 통솔아래 하나
로 응집하게 된다. 이러한 이유로 국가는 국민을 통합하는 결정적인
권력을 손에 넣게 된다. 잠재적인 외부의 위기 덕분에 국가는 내부
의 위기를 통제할 수 있다. 대내외적인 불안정, 국가사이 또는 국가

내부의 잠재적 위기 상황은 국가 권력의 과잉을 합리화한다.[170] 6·
25 전쟁과 이를 통한 분단의 현실은 이러한 국가 권력의 원리를 명징
하게 보여주었다. 특히 6·25가 이념의 대립으로 촉발된 전쟁이라는
점에서, 근대 주체중심의 동일성 사유를 극단적인 폭력의 형태로 보
여준 단적인 예라 할 수 있다. 유치환은 이러한 전쟁의 본질에 대해
인지하고 있었기에 이념의 옳고 그름보다는 단일한 이념에 인간을 구
속하려는 독단체계, 내지는 그러한 집단에 대한 비판을 견지하고 있
었다. 또한 그의 전쟁시에서는 이러한 일의적 세계에 대한 응전으로
남과 북, 좌와 우의 경계가 없는[171], 자연과의 교감, 인간에 대한 애정
을 발현하고 있다.

이처럼 일의적 세계에 대한 부정과 비동일성에 대한 사유는 유치환
의 시를 구동하는 힘이자 그의 시를 관류하는 시의식이라 할 수 있다.
유치환의 시에 있어서 이성, 사유는 고독과 연결되는 개념이자 자기
고양의 매개이며 '허무', '의지', '신'과도 연결되는 매우 중요한 가치에
해당된다. 그렇다고 그의 시에서 연정, 혹은 육체성, 성애, 정념에 근
거한 사랑 등이 저속하거나 몰가치한 층위에 자리하고 있지는 않다.
시적 화자는 이러한 정서들을, 원시 본연의 감성에 이성의 틀이 덧씌

---

170 Colin Ward, 앞의 책, pp.35~36.

171 물론 유치환은 '남측', '우'의 편에서 종군작가로 전쟁에 참여하였으며 유치환의 시에는
'가증한 공산도당의 그칠 바 모르던 반역의 음모' (유치환, 「背水의 時間에서」, 『구름
에 그린다』, p.316.)라든가 '겨레의 원수 김일성 박헌영 무정(武亭) 괴수들을/ 압록강
을 넘어 달아나기 전/ 뒤통수를 갈겨라/ 발굼치를 쳐라'(「反擊」) 등과 같이 북한 공산
군에 대한 적개심을 구체적으로 드러낸 글이나 작품들도 있다. 그러나 그의 산문과 시
작품을 면밀히 살펴보면 이는 신념이나 사상의 문제에서 비롯된 것이라기보다 유치환
의 언급처럼 자신들의 이익과 주장의 관철을 위해 나라와 겨레는 돌보지 않고 전쟁까
지 불사하는, '처참한 불행을 먼저 실마리를 일으킨 자'에 대한 증오, 전쟁주체에 대한
분노라 할 수 있다.

워지기 전의 개념, 객관적 인식과 주관적 감성이 분리되기 이전의 무엇으로 인식하고 있어, 이들의 가치 또한 높게 인지되고 있음을 알 수 있다. 이와 같은 양가적 개념의 공존 또한 유치환 시의 특징으로 꼽을 수 있다.

유치환 시의 양가적인 특성은 그에 대한 평가에서도 쉽게 확인된다. '서정의 시인'과 '의지의 시인', '인간주의'와 '반인간주의'라는 상반된 견해들이 그것인데 이는 모두 '비정'과 '애련'의 관계에 연결된다. 가장 먼저 접하게 되는 것은 서로 상반되는 개념들의 충돌이 될 것이다. '비정'의 세계는 분노, 비판, 자학, 의지 등의 정서와 관련된 시의 세계이고 '애련'의 세계는 이와 반대로 사랑, 그리움, 연정 등의 정서와 관련된 세계이다. '허무'와 '의지'의 관계에서 '허무'는 유한한 삶에 대한 자각에서 비롯되는 무상함이라는 인간층위의 감정으로도, '무한의 무'라는, 유한한 존재에 상반되는 신의 층위의 개념으로도 쓰인다. '의지'또한 무엇을 이루고자 하는 결심, 행위 등의 노력을 의미하는 인간층위의 정서로도, 만유에 존재하면서 스스로 영위하도록 하는 신의 뜻, 혹은 신자체의 의미로도 쓰인다. 이처럼 이들 의미들은 서로 상충되면서도 공존하고 하나의 기표에 서로 상반되는 기의들이 동시에 결합하는 극단적인 양가의 형태, 혹은 다의성을 드러내 보여주고 있다.

양가성은 간접적으로 헤겔의 동일성 사유에 대한 비판의 의미를 내재하게 된다. 페터 지마가 지적한바와 같이 전지적 주체라는 헤겔의 관념은 주체에 의한 타자의 지배와 이를 통한 단의적 세계에 대한 합리화에 유용한 이데올로기이다. 양가성은 이러한 동일성, 통일성, 총체성에 대한 비판이라는 것과 지배 이데올로기들이 강제로 분리시키고 있는 가치들을 결합시킴으로써 획일적, 강제적 동일화에 대한 항거의 의미를 지닌다는 것에 의미가 있는 것이다. 양가성의 의미를 비판이라는 관점에서 확장해본다면 살펴본 바와 같이 유치환의 시세계는 양가성의 세계라 해도 과언이 아니다. 유치환은 그의 시에서 지배 이데올로기의, 혹은 단의화 경향의 도구로 기능할 수 있는 상식, 도덕, 윤리 등속의 개념들에 늘 그 상대적 개념을 대립시키고 있기 때문이다.

유치환이 살아내야 했던 시대는 식민지와 전쟁, 이념에 근거한 조국 분단, 부정에 의한 권력유지 등 혼란과 부조리가 혼효되어 있었던 때였다. 그만큼 애국심이나 통일된 이념, 강력한 질서와 통제, 획일적 사상이 필요했던 때이기도 했다는 의미이다. 유치환 시에 드러난 아나키즘적 세계인식은 이러한 시대성에서 더욱 큰 의미를 획득하게 되는 것이다. 법, 윤리, 도덕, 질서 등과 같은 규범의 제 양상들뿐만 아니라 신, 종교, 예술에 이르기까지 인간에게 제시되는 일의적 세계에 유치환은 늘 그 이항의 대립적인 면을 제시하거나 다의적 가치들을 양립시키는 방식으로 대응하고 있기 때문이다. 그의 치열했던 실천적 삶에서도 드러나지만 그의 시에서도 표면적으로나 심층적, 구조적 면에서 모두 인간의 자유와 행복을 제한하는 일의적 세계에 대한 비판의 관점을 끝까지 견지하고 있었다는데 의의가 있는 것이다.

IV.
유치환,
그의 문학과 아나키즘적 세계인식

유치환은 그의 작품이나 행적에서 표면적으로는 많은 모순을 노정하고 있는 듯 보인다. 이러한 경향에 근거하여 그에 대한 평가 또한 여러 상반된 논의들이 공존해 있는 형국이다. 이 글은 유치환의 문학에서 드러난 모순성이나 평가의 양극화와 아나키즘 사상에 바탕한 그의 시의식과의 관련성에 주목하면서 출발하였다. 아나키즘은 하나의 성격으로 확고하게 규정짓기 어려운 매우 광범위한 사상으로, 인간의 절대 자유에 대한 지향이라는 기치아래 개인주의적 아나키즘의 개인적 자아와 사회주의적 아나키즘의 사회적 자아라는 모순적 관계가 공존하고 있기 때문이다.

아나키즘에 있어서 생, 자연, 자아, 개성 등이 매우 중요한 인식의 틀로 작용한다는 사상적 특성은 '인간', '인생', '생명'에 대한 구경을 본질로 하고 있는 생명파와의 유사성을 유추해 볼 수 있는 근거가 되었다. 생명파는 인위적 의도성에 의존하지 않고 본능적 직관에 의해 형상화 하는 시작 기법, 산문시체, 직접적 자기 고백 형식의 어법, 투박하면서도 불규칙적인 리듬, 절제되지 않은 영탄, 연과 행 구분의 관용성 등의 특징을 지니고 있다. 이는 생명파의 시가 어떤 시적 규범에 따라 정제되거나 조형되지 않고 어떤 인위적인 의도나 미학적 규범, 지적 세련에 구애받지 않는다는 것을 의미하는데 이러한 특징들은 아나키즘 미학의 특성이기도 하다.

유치환의 '비시론'과 '반시인론'이라는 문학관 또한 이러한 맥락에서 이해될 수 있는데, 문단에서 인정하고 있는 시적 형식이나 세련미, 미학적 규범 등에서 벗어나는 자신의 작품과 창작 태도에 대한 언술이기 때문이다. 유치환의 문학관을 살펴보았을 때 유치환의 시의식이 아나키즘 사상과 긴밀하게 연결되어 있음을 확인할 수 있었다. 다음으로는 이러한 시의식이 그의 작품에서는 어떻게 발현되고 있는지를 구체적으로 살펴보았다.

권위에 대한 거부, 정부 및 국가에 대한 혐오, 상호부조, 소박성 등과 같은 아나키즘의 모든 교의의 원천은 자연이다. 즉 원시적 원형으로서의 자연, 무위·무한으로서의 자연에 뿌리를 두고 있다는 의미이다. 아나키즘의 자연은 균형과 조화의 원리이며 이는 자연 안에 본래부터 갖추어져 있는 평등과 공명의 원리, 본연적 질서가 실재한다는 믿음에 근거한 것이다. 그런데 합리적인 개념화, 합리적인 논리의 탈을 쓴 온갖 문명의 횡포 아래에서 인간은 본연적 자태를 잃고 인간의 정신과 마음은 노예화 되어 스스로를 탐욕과 억압의 사슬에 구속하게 된다. 일제의 식민지 정책이나 전쟁은 이러한 탈선의 문명의 극단적 예이며 이러한 강제와 인위적 질서 속에서 본연적 자아를 상실한 시적 자아는 절대 고독 속에서 본연적 자아를 탐색하는 양상을 보인다.

유치환의 시에서 발현되고 있는 자연성은 이러한 인위의 폭력과 인간의 자유로운 감성을 제한하는 이성적 규율의 부조리함을 부각시키며 이와는 대척되는 원시적 원형으로서의 자연, 무위·무한으로서의 자연으로 구현되고 있다. 또 한편 유치환은 다수의 자연물과 자연적 배경들을 고독한 시적 자아를 상징하는 상관물로 등장시키고 있는데 그의 시에서 고독은 자아를 매몰시키는 역할을 하는 것이 아니라 본연적 자아를 탐색하고 나아가 본연적 자아로 회귀하고자 하는 의지를 갖게 하는 기제로 작용하고 있음을 확인하였다.

의지가 발현된 시이건, 서정이 발현된 시이건, 또 시기에 있어서도 거의 전시기에 걸쳐, 유치환의 시는 긍정을 위한 부정의 매개라는 변증법적 구도를 취하고 있다. 이에 근거하여 '신명을 바치지 못한' 행위에 대한 '자기변명', '자기합리화'로 비판받은 바 있는 유치환 시의 '자학'이, 슈티르너의 '자기반역'이라는 관점에서 볼 때 긍정을 위한 부정, 창조를 위한 파괴라는 변증법적 구도 속에서 '생명 의지'에로 연결되고 있음을 밝혔다. 특히 이러한 비판은 유치환의 만주이주와 긴밀하게 연결되어 있는데, 그의 만주행이 적극적인 항일이라는 애국적 행위가 아닌 도피의 의미를 지니고 있고 가솔과 자신의 안위를 위한 행위일 수 있음에 연원하고 있는 것이다. 이러한 도피적 행위에 대한 자기변명이 '자학'의 양상으로 구현되고 있다는 것인데 이러할 때 '자학'이 '생명 의지'로 연결되는 데에서는 논리적 비약이 발생하게 된다. 또한 '자학'의 양상이 만주이주와 관련되지 않은 시기에서도 발견된다는 것은 유치환 시의 '자학'적 구도가 역사 complex만으로 해석될 수 없음을 의미하는 것이며 이러한 해석과 평가는 매우 제한적인 의미를 갖게 될 수밖에 없는 것이다.

이와 같은 맥락에서 친일작품, 혹은 힘의 질서의 정당성을 인정하는 작품으로 논란된 바 있는 「首」 또한, 작품 자체에 의거하여 메저키즘이라는 변증법적 구도의 틀로 분석했을 때 모순된 세계를 드러내 보여준다는, 다른 측면에서의 시적의미에 도달하게 된다. 유치환의 시가 변증법적 구도에서 운용되고 있다는 사실의 확인은 매우 중요한 것이다. 그의 시를 변증법적 구도의 틀에서 해석할 때, 그간의 평가들에서 편편적으로 보여지던 유치환시의 시의식은, 비로소 일관성을 획득하게 되며 아나키즘 사상이라는 전시기의 작품을 관류하는 시의식의 면모를 확인할 수 있게 되기 때문이다.

유치환의 '자학'과 관련된 시가 그 주제와 구도적 면에서 개인주의적 아나키스트인 슈티르너의 아나키즘적 특성의 면모를 보이고 있다면, 그 대상이 인류로 확대되었을 때, 본래적 인간관계를 상호부조와 협동, 동정심과 애정의 관계로 보는 사회주의적 아나키즘의 성격을 띠고 있는 양상도 살펴보았다. 시기적으로는 8·15 해방이 기점이 될 수 있는데, 해방 전까지의 작품이 주로 개별적 자아에 초점이 맞추어져 있다면, 해방 후 작품들에서는 그 대상이 타자, 나아가 인류에로 확대되는 양상을 보인다.

이와 같이 유치환의 시는 아나키즘의 사회주의적 특성과 개인주의적 특성의 교호지점에서 다양한 파장을 일으키고 있다고 할 수 있는데 '윤리'에 대한 유치환의 모순되는 언술은 이 개인주의적 아나키즘과 사회주의적 아나키즘의 교호적 관점에서 설명될 수 있었다. 유치환의 윤리에 대한 준열성이란 공동체주의적인 평등과 박애의 정신이라는 사회적 자아의 의식과, 인도(人道), 윤리, 질서 등속의 추상적·보편적 개념을 부정하는 개인적 자아의 의식의 혼효에서 도출된 독특한 개념이기 때문이다. 이처럼 아나키즘 사상과 변증법적 구도는 유치환 시에 대한 평가의 양극화나 유치환의 작품이나 언술에 내재되어 있는 모순성을 해명하는 틀로 기능한다는 데 큰 의미를 부여할 수 있을 것으로 본다.

아나키즘은 한마디로 부정의 미학이라 할 수 있다. 인간에게 억압이나 우상으로 작용할 수 있는 신성함, 권위적인 힘에 대한 총체적인 부정과 거부가 아나키즘 사상의 핵심이라 할 수 있는 것이다. 인간에게 '신성함'은 두려움을 수반하여 의식을 통제하고 행위를 제약하게 된다는 점에서 권위적인 힘으로 자리할 수 있는데, 유치환의 시에서는 신성함을 대표하는 신과 종교뿐만 아니라 예술, 영원 등과 같은 광범위한 범주에서의 신성한 것에 대한 위반의식이 발현되고 있다.

이는 절대 자유의 구현이라는 아나키즘의 궁극적 지향점에 근거한 의식으로 이러한 관점에서 아나키즘은 인간의 예속을 강제하게 되는 근대성에 대해 비판의 의지를 견지하게 된다. 유치환의 시에서도 인간을 도구화하는 자본주의, 합리성을 무기로 공동체적 유대의 파편화를 조장하는 문명, 근대 주체중심의 동일성 사유에 근거한 극단적 폭력으로서의 전쟁 등 부정적 근대성에 대한 비판을 총체적으로 드러내고 있다.

유치환의 이러한 비판의식은 해방 후엔 지배세력, 권력의 주구세력에게로 집중된다. 유치환에게 있어서 국가는 소수의 지배권력층이 아닌 다수의 인민들에 의해 이루어지는 것이다. 이러한 유치환의 국가관은 넓은 의미에서 지배와 통치가 아닌 인간의 자발적인 질서에 의한 사회라는, 아나키즘의 이상적 사회에 그 맥락이 닿아있다고 볼 수 있다. 이러한 연유에서 유치환은 당파를 내세우고 또 다른 외세에 의지하면서까지 권력을 점유하고자 하는 정치세력들에 대해 맹렬한 비판을 퍼붓게 되는 것이다.

한편, 주지하고 있는 바와 같이 유치환의 시세계는 강한 내적 모순 즉 양가성이 하나의 큰 축으로 자리하고 있다. 양가성이란 이중가치성 즉 서로 공존할 수 없는 것들의 결합을 의미하는 것으로, 일목요연한 이분법적 질서에 대한 위반의식으로 의미를 갖는다. 이렇게 양가성이 인과율적이고 위계적인 질서를 파괴하는 효과를 지니고 있다는 것은 세계에 대한 부정의 힘, 내지는 비판적 도구로 작용할 수 있다는 것을 의미하며 이는 아나키즘 사상과도 상통하는 부분인 것이다. 아나키즘의 철학적 사상과 미학적 관점을 중심으로 유치환 시를 고구하였을 때 양가성이 그 한 맥락으로 자리하고 있다는 것은 양가성이 아나키즘 미학의 한 특성으로도 위치할 수 있음을 의미하는 것이다.

유치환의 시에서는 양가성 구현의 대표적 양상으로 '비정'과 '애련', '허무'와 '의지'의 관계를 들 수 있다. 그 결과 이들 의미들은 서로 상충되면서도 공존하고 하나의 기표에 서로 상반되는 기의들이 동시에 결합하는 극단적인 양가의 형태를 보여주고 있음을 확인할 수 있었다. 이는 지양과 종합을 통한 합일, 주체에로의 객체의 귀속이라는 헤겔의 동일성 사유와는 대척되는 지점에 자리하는 것으로 볼 수 있는데, 유치환 시의 양가성은 모순과 양면성에 대한 의식을 끝까지 지속시켜 나가는, 지양이 없는 대립의 일치, 혹은 상호동화의 형태를 띠고 있기 때문이다. 이러한 맥락에서 유치환의 시에서 드러나는 양가성은 간접적으로 헤겔의 동일성 사유에 대한 비판의 의미를 내재하고 있으며, 다의성의 구현으로 주체에 의한 타자의 지배와 단의적 세계에 대한 비판을 수행하고 있다고 볼 수 있다. 즉 유치환 시에서 양가성은 동일성, 통일성, 총체성에 대한 비판이라는 것과 지배 이데올로기들이 강제로 분리시키고 있는 가치들을 결합시킴으로써 획일적, 일률적인 가치체계에 대한 항거의 의미를 지닌다는 점에서 큰 의의를 획득하고 있는 것이다.

유치환은 그 누구보다 제도권 내에서 안정적이라 할 수 있는 사회적 지위를 취득하고 있었던 사람이었기에 아나키즘과는 관련짓기 힘들어 보이는 것이 사실이다. 여기에는 아나키즘이 아직도 무정부주의, 국가체제의 거부, 무질서 등과 관련된 매우 과격한 사상으로 통용되고 있다는 점도 원인으로 작용하고 있을 것이다. 그러나 아나키즘은 살펴본 바와 같이 매우 광범위한 개념으로 여러 유파에 따라 그 성격 또한 천차만별이다. 과격하고 혁명적인 단체가 있는가 하면 평화적인 연합조직이 있고, 연대를 이루고 그 범위를 확장해 나가는 조직이 있는가 하면 개인적으로 자신의 소신을 실천하는 형태의 아나키즘도 있다.

유치환의 시와 산문에서는 그 사상과 미학적 측면에서 이러한 여러 형태의 아나키즘에 배태되어 있는 사유의 맥락을 분명하게 확인할 수 있었다. 또한 그의 지속적인 사회 비판의 목소리와 행동 또한 그러한 사유의 맥락에서 나온 결과라 판단된다. 그러므로 유치환이 직접적으로 아나키즘의 기치를 내걸진 않았지만 우리가 그의 시와 진술들을 통해 아나키즘을 대면할 수 있다는 것은 그가 자신의 위치에서 나름대로의 형태로 실천적 삶을 살았음을 의미하는 것이며, 아나키즘적 사유를 근거로 실존에 대한 모색과 현실에 대한 저항 사이에서 끊임없이 고투하고 있었음을 의미하는 것이다.

이 글은 유치환 시에 대한 많은 연구에도 불구하고 그동안 깊이 있게 고구되지 못했던 유치환의 정신사와 아나키즘 사상과의 관련성을 드러내었다는 것에 의미가 있을 것으로 본다. 또한 이를 통해 유치환 시에 내재해 있었던 모순성과 파편적으로 보였던 시의식, 이에 따른 상반된 평가와 같은 현상의 원인이 그의 일반적이고 보편적인 개념을 초월하는 아나키즘적 사유에 있었음을 밝혔다는 데 의미를 둔다.

참고문헌

1. 기본 자료

남송우 엮음, 『청마 유치환 전집 Ⅰ - 시전집1』, 국학자료원, 2007.

　　　　　, 『청마 유치환 전집 Ⅱ - 시전집2』, 국학자료원, 2007.

　　　　　, 『청마 유치환 전집 Ⅲ - 시전집3』, 국학자료원, 2007.

　　　　　, 『청마 유치환 전집 Ⅳ - 시전집4』, 국학자료원, 2007.

　　　　　, 『청마 유치환 전집 Ⅴ - 수필집』, 국학자료원, 2007.

　　　　　, 『청마 유치환 전집 Ⅵ - 산문집』, 국학자료원, 2007.

박철석 편, 『새발굴 청마 유치환의 시와 산문』, 열음사, 1997.

柳仁全 엮음, 『청마 유치환 전집 1 - 旗빨』, 정음사, 1985.

　　　　　, 『청마 유치환 전집 2 - 波濤야 어쩌란 말이냐』, 정음사, 1985.

　　　　　, 『청마 유치환 전집 3 - 나는 고독하지 않다』, 정음사, 1985.

유치환, 『청마시초』, 청색지사, 1939.

유치환, 『구름에 그린다』, 신흥출판사, 1958.

유치환, 『마침내 사랑은 이렇게 오더니라』, 문학세계사, 1986.

2. 국내 논저

권영민, 「柳致環과 生命意志」, 『한국현대시사 연구』, 일지사, 1983.

구승회 외, 『한국 아나키즘 100년』, 이학사, 2004.

김갑수, 「도가 사상과 아나키즘」, 『시대와 철학』제19권 3호, 2008.

김경복, 「한국 아나키즘 시문학 연구」, 부산대 대학원 박사학위논문, 1998.

김경복, 『한국 아나키즘 시와 생태학적 유토피아』, 다운샘, 1999.

김경복, 「생태아나키즘 문학의 흐름」, 『전환기의 문학론』(남송우·정해룡 편저),

　　　　세종출판사, 2001.

김광엽, 「한국 현대시의 공간 구조 연구 : 청마와 육사, 김춘수와 김수영을 중심
　　　으로」, 서강대 대학원 박사학위논문, 1994.

김동리, 「新世代의 精神」, 『문장』, 1940.

김성주·이규석, 「아나키즘과 인간의 자유 - 절대자유의 사상에 관한 일고찰」,
　　　『사회과학』 제 42권(통권 제55호), 2009.

김수정, 「청마 유치환의 심상 체계 연구」, 연세대 대학원 석사학위논문, 2003.

김애령, 「미학적 차원의 해방적 계기 - 마르쿠제 사회철학에서의 예술이론」, 이
　　　화여대 대학원 석사학위논문, 1990.

김영석, 「유치환론」, 경희대 대학원 석사학위논문, 1974.

김영주, 「청마 유치환 시에 나타난 시적 자아 연구 - 타자성과 양면성을 중심으로」,
　　　부산대대학원 석사학위논문, 1998.

김예호, 「청마시의 심상구조 연구」, 연세대 대학원 박사학위논문, 1991.

김용직, 「絶對 意志의 美學 - 유치환론」, 『한국현대시사』, 한국문연, 1996.

김윤식, 「허무의지와 수사학」, 『현대문학』, 1957. 11.

김윤정, 「'절대'의 외연과 내포 - 유치환론」, 『한국 현대시와 구원의 담론』, 박문사,
　　　2010.

김은석, 『개인주의적 아나키즘』, 우물이 있는 집, 2004.

김은정, 「『시인부락』의 모색과 도정」, 『상허학보』제4집, 상허학회, 1999.

김종길, 「비정의 철학」, 『詩論』, 탐구당, 1970.

김종길, 「靑馬 柳致環論」, 『眞實과 言語』, 일지사, 1974.

김종길, 「靑馬의 生涯와 詩」, 『靑馬詩選』, 민음사, 1975.

김준오, 「靑馬詩의 反人間主義」, 『가면의 해석학』, 이우출판사, 1985.

김진성, 『베르그송 硏究』, 문학과 지성사, 1990.

김춘수, 「유치환론」, 『문예』4권 2호, 1953.

김　현, 「유치환 혹은 지사의 기품」, 『한국문학사』, 민음사, 1973.

김　현, 「기빨의 시학」, 『유치환 - 한국현대시문학대계15』, 지식산업사, 1987.

김화산, 「階級藝術論의 新展開」, 『朝鮮文壇』, 1927. 3.

남궁경, 「韓國 아나키즘 文學論 - 아방가르드 藝術運動과 關聯하여」, 중앙대 대
　　　학원 석사학위논문, 1999.

박연규, 「아나키즘 미학과 상징」, 『전환기의 문학론』(남송우 · 정해룡 편저),
　　　세종출판사, 2001.

박재승, 「유치환 시 연구」, 인하대 대학원 박사학위논문, 1990.

박철석, 「유치환 시의 변천」, 『현대문학』, 1977. 1.

박철석, 「1930년대 시의 사적 고찰」, 『1930년대 민족문학의 의식』(이선영 편), 한길사, 1990.

박철석, 「청마 유치환의 삶과 문학」, 『한국현대시인연구-18 (유치환)』, 문학세계사, 1999.

박철희, 「의지와 애련의 변증」, 『한국근대시사연구』, 일조각, 2007.

박홍규, 『자유·자치·자연 아나키즘 이야기』, 이학사, 2004.

방영준, 「아나키즘의 정의론에 관한 연구」, 서울대 대학원 박사학위 논문, 1990.

방영준, 「아나키즘의 이데올로기적 특징」, 『아나키·환경·공동체』(구승회, 김성국 외), 도서출판 모색, 1996.

방영준, 『저항과 희망, 아나키즘』, 이학사, 2006.

방인태, 「한국 현대시의 인간주의 연구 - 유치환 시를 중심으로」, 서울대 대학원 박사학위논문, 1990.

무정부주의사 편찬위원회 편, 『韓國아나키즘運動史』, 형설출판사, 1978.

문덕수, 『청마유치환평전』, 시문학사, 2004.

문덕수, 「靑馬 柳致環論」, 『현대문학』, 1957. 11 - 1958. 5.

문덕수, 「유치환의 시연구」, 『유치환』(박철희 편), 서강대 출판부, 1999,

민명자, 「육사와 청마 시에 나타난 아나키즘 연구」, 『비평문학』제29회, 한국비평문학회, 2008.

서동인, 「한국 현대시에 나타난 '생명성' 연구」, 성균관대 대학원 박사학위논문, 2005.

서정주, 「意志의 詩人 柳致環」, 『詩創作法』(서정주·박목월·조지훈 공저), 선문사, 1947.

서정주 외, 『시창작법』, 선문사, 1955.

서정주, 『한국의 현대시』, 일지사, 1973.

서정학, 「靑馬 柳致環 研究」, 충남대 대학원 박사학위논문, 1992.

손지은, 「열린 체계로서의 미학」, 『시와 반시』, 5호, 1993.

손철성, 『유토피아, 희망의 원리』, 철학과 현실사, 2003.

송기한, 『한국 전후시와 시간의식』, 태학사, 1996.

송기한, 「서정적 주체 회복을 위하여」, 『서정시의 본질과 근대성 비판』(최승호 편저), 다운샘, 1999.

송기한, 「유치환 시에서의 무한의 의미 연구」, 『어문연구』60호, 어문연구학회, 2009.

송재우, 「프루동의 예술 이론에서 계몽적 이성의 역할」, 『인문연구』 55호, 영남 대학교 인문과학 연구소, 2008.

신용협, 「柳致環의 詩精神硏究」, 『우리어문연구』, 우리어문학회, 1988.

안병욱, 『휴머니즘 - 그 理論과 歷史』, 민중서관, 1969.

오세영, 「유치환의 '깃발'」, 『현대시』, 1996.

오세영, 『20세기 한국시 연구』, 새문사, 1989.

오세영, 「6·25와 한국전쟁시」, 『한국 근대문학론과 근대시』, 민음사, 1996.

오세영, 「생명과 허무의 시학 - 유치환론」, 『시와 시학』, 2000.

오탁번, 「청마 유치환론」, 『어문논집』제21집, 고려대국문학연구회, 1980.

원정근, 『도가철학의 사유방식』, 법인문화사, 1997.

이경재, 『非의 詩學』, 다산글방, 2000.

이기서, 「청마 유치환론」, 『어문논집』제23집, 고려대 국문학연구회, 1982.

이미경, 「유치환과 아나키즘 - 특히 『소제부』, 『생리』誌 소재의 시를 중심으로」, 『한국학보』, 일지사, 2000.

이미경, 「생명과 연구」, 경북대 대학원 박사학위논문, 2000.

이새봄, 「유치환 시에 나타난 수직적 상상력 연구 - 숭고의 의미를 중심으로」, 서울대 대학원 석사학위논문, 2004.

이순옥, 「한국 초현실주의 시의 특성 연구」, 영남대 대학원 박사학위 논문, 1998.

이숭원, 「靑馬시와 虛無의 內面化」, 『근대시의 내면구조』, 새문사, 1988.

이어령, 「문학공간의 기호학적 연구」, 단국대 대학원 박사학위논문, 1987.

이형기, 「柳致環論 - 『미루나무와 南風』을 中心으로」, 『문학춘추』, 1965. 2.

임수만, 「유치환 시의 낭만적 특성 연구 - 낭만적 아이러니를 중심으로」, 서울대 대학원 박사학위논문, 2004.

임철규, 『왜 유토피아인가』, 민음사, 1994.

임학수, 「恥辱의 一年 : 文藝小年鑑」, 『文章』2권 10호, 1940.

임화, 「착각적 문예이론」, 『조선일보』, 1927. 9. 4.

정대호, 「유치환의 시 연구 - 아나키즘과 세계인식의 관련양상을 중심으로」, 경북대 대학원 박사학위논문, 1995.

정은숙, 「유치환 시 연구 : 어조를 중심으로」, 서강대 대학원 석사학위논문, 1991.

정한모, 「한국현대시개관」, 『대학국어』, 서울대출판부, 1989.

조동민, 「청마연구서설」, 『현대시연구』(국어국문학회편), 정음사, 1981.

조두섭, 「권구현 문학의 주체구성 방식」, 『문예미학』제10호, 문예미학회, 2002.

조상기, 「柳致環 硏究」, 한양대 대학원 박사학위논문, 1989.

조연현, 「유치환」, 『한국현대작가론』, 어문각, 1977.

조연현, 『한국현대문학사』, 성문각, 1982.

조영복, 『1920년대 초기 시의 이념과 미학』, 소명출판사, 2004.

조지훈, 「한국현대시사의 관점」, 『조지훈전집3』, 일지사, 1973.

조진근, 「아나키즘 예술이론 연구 - Herbert Read를 중심으로」, 서울대 대학원 석사학위논문, 1990.

하승우, 「직접행동의 정치사상적 해석 - 아나키즘과 니체를 중심으로」, 시민사회 와 NGO, 한양대학교 제3섹터 연구소, 2004.

허만하, 『청마풍경』, 도서출판 솔, 2001.

허만하, 「안의에서 대구로 나타난 청마 - 체험적 시론」, 『다시 읽는 유치환 - 청마 탄신 100주년 기념문집』, 시문학사, 2008.

황동, 「유치환 시에 나타나는 아나키즘」, 동국대 대학원 석사학위 논문, 2007.

최민홍, 『실존철학연구』, 성문사, 1986.

최동호, 「靑馬詩의 旗발이 향하는 곳」, 『현대시』2집, 문학세계사, 1985.

최동호, 「韓國現代詩에 나타난 물의 心象과 意識의 硏究 - 김영랑, 유치환, 윤동 주의 시를 중심으로」, 고려대 대학원, 박사학위논문, 1990.

편석촌, 「感覺. 肉體. 리듬 - 詩壇月評」, 『人文評論』2권 2호, 1940.

3. 국외 논저

노자·장자, 장기근, 이석호 역, 『노자·장자』, 삼성출판사, 1992.

후지타 쇼조, 김석근 역, 『천황제 국가의 지배원리』, 논형출판사, 2009.

A. Giddens, 이윤희 외 역, 『포스트 모더니티』, 민영사, 1991.

Colin Ward, 김정아 역, 『아나키즘, 대안의 상상력』, 돌베개, 2004.

Corliss Lamont, 방영식 역, 『휴머니즘』, 정음사, 1979.

Daniel Guerin, 하기락 역, 『현대 아나키즘』, 도서출판 新命, 1993.

Ernst Bloch, 박설호 역, 『희망의 원리』, 솔, 1993.

Friedrich Wilhelm Nietzsche, 강수남 역, 『권력에의 의지』, 청하, 2003.

F. Jameson, 여홍상외 역, 『변증법적 문학이론의 전개』, 창작과 비평사, 1992.

Gaston Bachelard, 정영란 역, 『공기와 꿈』, 이학사, 2000.

George Woodcock, 하기락 역, 『아나키즘 - 사상편』, 형설출판사, 1972.

Gilles Deleuze, 이강훈 역, 『매저키즘』, 인간사랑, 2007.

Herbert Marcuse, 박종렬 역, 「이성과 자유」, 『마르쿠제 평론선 (Ⅰ)』, 풀빛, 1982.

Herbert Read, 박정봉 역, 『비정치적 인간의 정치론』, 형설출판사, 1993.

Ilya Prigogine, 이철수 역, 『있음에서 됨으로』, 민음사, 1988.

J. Habermas, 「技術的 進步와 社會的 生活世界」, 『프랑크푸르트학파』(신일철편), 청람, 1990.

J. Jaccobi, 이태동 역, 『칼융의 심리학』, 성문각, 1978.

Jean Preposiet, 이소희·이지선·김지은 역, 『아나키즘의 역사』, 이룸, 2003.

Karl Heinz Bohrer, 최문규 역, 『절대적 현존』, 문학동네, 1998.

Peter Kropotkin, 하기락 역, 『근대과학과 아나키즘』, 도서출판 신명, 1993.

Matei Calinescu, 이영욱 외 공역, 『모더니티의 다섯 얼굴』, 시각과 언어, 1993.

M. Bell, 김성곤 역, 『원시주의』, 서울대 출판부, 1985.

Murray Bookchin, 문순홍 역, 『사회생태론의 철학』, 솔, 1997.

M. Eliade, 이동하 역, 『성과 속』, 학민사, 1990.

M. Faucalt, 이규현 역, 『性의 歷史』, 나남, 1993.

N. Dodd, 이택면 역, 『돈의 사회학』, 일신사, 2002.

Paul Feyerabend, 정병훈 역, 『방법에의 도전』, 한겨레, 1987.

p.V. Zima, 허창운 역, 『텍스트사회학』, 민음사, 1991.

p.V. Zima, 허창운 역, 『문예미학』, 을유문화사, 1993.

Renato Pogioli, 박상진 역, 『아방가르드 예술론』, 문예출판사, 1996.

R. Barthes, 정원 역, 『신화론』, 현대미학사, 1995.

Sheehan, S. M. 조준상 역, 『우리시대의 아나키즘』, 필맥, 2003.

T. Adorno & M. Horkheimer, 김유동 역, 『계몽의 변증법』, 문학과 지성사, 2002.

Wiliam Godwin, 박승한 역, 『정치적 정의』, 형설출판사, 1993.

Daniel Guerin, 『Anachismus』, Begriff und Praxis, Suhrkamp Verlag, 1970.

Herbert Read, 『Art and Alienation』, The Role of the Artist in Society, Lundon, Thames and Hudson, 1967.

Woodcock, George, 『Anachism: A History of Libertarian Ideas and Movement』, Cleveland, Ohio: World Publishing Co, 1962.

찾아보기

● 인명색인

● 작품명색인

● **일반색인**

저자 | **박진희**

대구 출생
대전대 대학원 국어국문학과 졸업
문학박사
문학평론가
대전대 강사

• 주요논문
「박재삼 시에 나타난 사랑의 구현양상 연구」
「유치환 시의 아나키즘적 특성 연구」
「유치환의 연정의 시에 관한 고찰」

유치환 문학과 아나키즘

초판 인쇄 | 2012년 4월 30일
초판 발행 | 2012년 5월 8일

저　　자　박진희

책임편집　윤예미

발 행 처　도서출판 지식과교양
등록번호　제 2010-19호
주　　소　서울시 도봉구 창5동 262-3번지 3층
전　　화　(02) 900-4520 (대표)/ 편집부 (02) 900-4521
팩　　스　(02) 900-1541
전자우편　kncbook@hanmail.net

ISBN 978-89-94955-47-6 93810　　　　　　　　**정가** 21,000원

이 도서의 국립중앙도서관 출판도서목록(CIP)은 e-CIP홈페이지(http://www.nl.go.kr/ecip)에서
이용하실 수 있습니다. (CIP제어번호: CIP2012002093)